중첩인형 속의 우로보로스

중첩인형 속의 우로보로스

- 유신 정권의 언론 탄압에 맞선 한 광고인의 분투기

지은이 / 윤태일
펴낸이 / 조유현
편　집 / 이부섭
디자인 / 박민희
펴낸곳 / 늘봄

등록번호 / 제300-1996-106호　1996년 8월 8일
주소 / 서울시 종로구 김상옥로 66, 3층
전화 / 02) 743-7784　　　이메일 / book@nulbom.co.kr

초판 발행 / 2024년 11월 30일
ISBN 978-89-6555-115-7　03810

※ 값은 표지에 있습니다.

윤태일 장편소설

중첩인형 속의 우로보로스

- 유신 정권의 언론 탄압에 맞선 한 광고인의 분투기

늘봄

주요 등장인물

이민호 언론의 역사 메타버스 개발 프로젝트 연구조교. 발표회 당일 사라진 후, 진아에게 자신이 메타버스에 갇혀버렸다는 이메일과 동화일보 광고사태 관련 자료를 보냄.

송진아 민호의 대학원 동기이며 메타버스 프로젝트 연구조교. 사라진 민호와 소통하면서, 동화일보와 관련된 진실을 알기 시작함.

김민수 동화일보 광고사태를 전공한 언론학자. 메타버스 프로젝트를 실질적으로 추진한 연구교수.

박흥복 동화일보 광고국 대리. 언론자유 투쟁으로 촉발된 광고 해약 사태를 해결하기 위해 온갖 노력을 다함. 이때 카피라이터로서의 능력을 발휘하기도 함.

이연이 두성식품 선전실 디자이너. 동화일보 광고사태를 해결하려는 흥복을 적극 도와줌.

홍동준 광고대행사 종통의 광고기획실 차장. 되도록 남의 일에 얽히지 않으려는 냉소주의자이지만, 동화일보 광고사태를 해결하려는 흥복과 연이에게 적지 않은 도움을 줌.

김방일 동화일보 사주 가문의 일원. 동화일보 전무일 때는 유신 권력에 굴종적인 모습을 보였지만, 동화미디어그룹(DMG) 고문일 때는 정치와 문화 권력을 주무르려고 함.

탁명석 우리문화재연구소 소장. 광고 해약 사태를 해결하려는 흥복에게 접근해서, 민통선에 묻혀있다는 박수훈 화백의 그림 발굴사업에 동화와 두성을 끌어들임.

황춘식 우리문화재연구소 직원. 춘천 영화관의 간판장이였으나, 같은 고향 출신인 박화백 그림의 비밀과 엮이면서 민통선 그림 발굴사업에 따라나섬.

안혁필 동화일보 기자. 동준의 친구이며, 동화일보 자유언론 투쟁의 선봉.

차 례

첫째 날

실종된 건지 잠적한 건지 확실하지 않지만, 민호와 김 교수가 사라졌다. 오늘 오전 11시에 예정되어 있던, '언론의 역사 메타버스 개발프로젝트 발표회'에 나타나지 않았다. 메타버스 프로젝트는 일종의 교육용 롤 플레잉 게임(RPG)을 개발하는 산학협력 융복합 사업이다. 이를테면 1930년대 '손기정 일장기 말소 사건'이나 1980년대 '박종철 고문치사 사건'처럼 언론사의 굵직굵직한 사건을 시뮬레이션하고, 기자로 설정된 아바타가 롤 플레잉 게임을 하면서 언론인의 직업윤리를 성찰하게 하려는 것이다. 프로젝트 책임연구원은 마은영 교수다. 하지만 프로젝트를 실질적으로 추진한 핵심은 김민수 교수와 이민호 조교였다.

처음에 마 교수는 두 사람이 없더라도 발표회를 강행하려 했다. 그런데 메타버스 장비 중에서 핵심인 무선 헤드셋이 보이지 않았다. 장비라고 해봐야 머리에 쓰는 무선 헤드셋과 PC, 대형 모니터 정도가 전부인데 그나마도 완비가 되지 않은 것이다. 김 교수와 민호가 메타버스 개발에 실패하자 무책임하게 잠수 탄 것으로 마 교수는 짐작했다. 결국 적당한 핑계를 둘러대어 일단 발표회를 연기하면서, F로 시작하는 영어 욕설을 날렸다. 민호의 대학원 동기이자 역시 프로젝트 조교인 진아에게 김 교수와 민호를 찾아오라고 닦달했다.

진아가 두 사람에게 여러 번 전화했지만 받지 않았다. 언제부턴가 전화기가 꺼져있어서 문자와 음성 메시지 및 이메일 등도 남겼다. 민호 선후배들에게도 연락해서 학교 근처의 자취방에도 가보았지만 없었다. 행정실에서는 김 교수 측에 연락하려 했다. 워낙 가족이 없는 분이라 연락할만한 사람도 없었다.

진아는 리서치파크 내 큐빅 연구실을 지켜야 했다. 대학 외곽의 리서치파크는 큐빅이라 불리는 컨테이너 사무실 30개 정도, 그리고 중간중간 공동의 휴게공간과 컨퍼런스룸을 갖춘 규모였다. 발표회 장소인 컨퍼런스룸에는 RPG 메타버스를 리허설 한 흔적이 있었다. 1974년 9월 초 동화일보 광고사태로 설정된 월드맵을 불러오고, 「월간 대화」라는 잡지사 기자로 아바타를 정해서 RPG를 시도한 것으로 보였다. 그러나 접속은 끊어진 상태였다.

민호나 김 교수가 늦게라도 나타날까 봐 연구실을 지키던 진아는 오후에 이상한 이메일을 발견했다. 이메일에서 오늘 자 '[AntiSpam] 일일 스팸 리스트(08/17일 자 01시)'의 내용을 눈으로 훑어보다가 제목이 '진아에게'여서 복구한 스팸 메일이었다. 이메일 주소도 생전 본 적 없는 요상한 qxvzmail.com로부터 왔고 보낸 사람 이름도 없어서, 처음엔 열어보기가 께름칙했었다. 혹시나 해서 발신자명인

alsgh_alstn을 한글 자판으로 쳐봤다. 민호_민수를 영어 자판으로 쓴 거였다. 민호나 김민수 교수와 관련 있나 싶어서 일단 열어봤다. 이메일 내용은 황당무계 그 자체였다.

제　　목 : 진아에게

보낸 날짜 : 2018년 9월 8일 오후 11:54

보낸 사람 : alsgh_alstn@qxvzmail.com

받는 사람 : 송진아

아마도 이런 일이 벌어질 걸 그전부터 난 예감한 것 같아. 아직 오지 않은 그날에 대해, 갈수록 또렷해지는 기억을 진아 너에게 털어놓는 일.

그때 '언론의 역사 메타버스 발표회'를 열기로 했잖아? 발표회 준비를 위해서 김 교수님이랑 같이 마지막 리허설을 동화일보 광고사태로 했어. 내가 1974년 9월 초 서울로 설정된 월드맵을 불러오고, 잡지사 기자로 내 아바타를 정했거든. 무선 헤드셋을 쓰고 뒤쪽에 달린 스위치를 켜서 RPG 메타버스에 접속했어. 메타버스 속으로 진입하니까 창문 너머로 사람들 소리가 들리는 거야. 천천히 컨퍼런스룸의 문을 열고 나갔어.

밖은 대학 연구소들이 들어서 있는 2019년의 리서치파크가 아니라 1974년의 휑한 공터였어. 저쪽의 학교 운동장에서 연기가 피어오르고 노랫소리가 들리는 거야. 천천히 다가갔지. 수북하게 쌓인 신문지를 불태우면서 학생들이 노래를 부르고 있었어. 처음에는 동화일보 광고사태인데 이건 뭐지 싶더라고. 그러다가 이게 언론 역사책에서 본, 대학생들의 '언론 화형식'이라는 걸 깨닫게 됐어.

신문을 불태우며 노래를 부르던 대학생들이 스크럼을 짜고 시위를 벌이기 시작했어. 스크럼을 짠 시위대가 교문 쪽으로 돌진하는 거야. 교문 앞에 진을 치고 있던 전투경찰들이 밀고 들어왔고…. 펑! 펑! 펑! 공중에서 최루탄이 연달아 터졌어. 눈물 콧물에 구토가 나기 시작했지. 시위대에 휩쓸려서 나도 도망갈 수밖에 없었어. 경사가 제법 급한 비탈길이 금방 나타났어. 아래로 몸을 피하려는데 전투경찰 하나가 나를 뒤쫓아 오더라고. 내 머리를 곤봉으로 내리쳤어. 그리곤 뒤에서 밀어 버리는 거야.

난 머리에 심한 충격을 받고 비탈길 아래로 굴러떨어졌어.

그런데 메타버스 속 내 아바타가 비탈길로 굴러떨어질 때, 진짜 현실 속 내 몸도 경사진 곳에서 턱에 걸려 고꾸라지는 느낌인 거 있지? 메타버스 속 아바타인지 현실의 진짜 내 몸인지는 잘 모르겠는데, 비탈길로 굴러떨어지면서 내 몸이 붕 뜨는 것 같더라고. 동시에, 몸이 찌릿해지면서 부르르 떨렸어. 언젠간 비 오는 날, 전기선 잘못 만져서 손끝이 찌릿한 적이 있었거든. 그때보다 백만 배는 더 강력한 고압 전류가 내 몸을 관통하는 것 같았어. 벼락 맞으면 이런 느낌일까? 아니면 전기고문이라도 당한 느낌? 온몸의 세포가 일제히 분열하고, 전자나 이온 입자로 분리돼서 어디론가 빨려 들어가는 착각이 들었다니까.

그전까지만 해도 진짜 현실 속 내 몸이 메타버스 가상현실 속 내 아바타를 조종했었잖아? 그런데 진짜 현실 속의 내 진짜 몸 자체가 메타버스 속으로 빨려들어온 거야. 마치 진짜 내 몸이 전자파가 되어, 메타버스 속으로 전송이라도 된 것처럼 말이야. 진짜 현실 속의 진짜 내 손을 들어 헤드셋을 벗으려 했어. 내 손의 감각이 없어져서 벗을 수가 없는 거야. 그저 메타버스 속에서 내 아바타가 피 흘리는 내 머리를 만질 뿐이었어.

아바타가 된 나는 피 흘리는 머리를 손으로 감싸고 시위대에서 가까스로 빠져나왔어. 버스를 타고 집에 가니까 이모가 내 머리의 피를 보고는 기겁을 하시는 거야. 원래 내가 있던 세계와 마찬가지로, 여기 내 아바타도 부모님이 일찍 돌아가시고 이모네서 자랐더라고. 이모는 내가 시위 현장에 취재 갔다가 혹시 봉변이라도 당할까 봐 걱정을 많이 하신 모양이야. 내가 메타버스 어쩌고 하자 이모는 무슨 버스냐며 못 알아들으셨어. 이모뿐 아니라 직장 동료 등 내 주변 인물들도 이곳이 메타버스이고 자신들은 모두 아바타라는 걸 전혀 알아채지 못하고 있더라고. 나 혼자만 이곳은 메타버스 속 세상이고 우리는 모두 아바타란 걸 의식하고 있었어. 1974년 9월 그때부터 이 메타버스에 갇혀서, 잡지사 기자라는 아바타로 살고 있어. 이 이메일이 네게 가닿을지 확실치 않기도 해서, 오늘은 우선 여기까지만.

이메일은 발송 일자도 황당했다. 분명히 어제 2019년 8월 16일 밤에 받은 이메일인데, 보낸 날짜는 거의 1년 전인 2018년 9월 8일이었다. 더 황당한 건 어제야 받은 1년 전 이메일에 오늘 오전에 벌어진 일이 적혀 있었다. 어떻게 1년 전 작성한 이메일에 오늘 오전 일이 적혀 있지? 민호가 게임 속 메타버스 속으로 미끄러졌다는 말은 또 뭐지? 아무리 RPG에 몰입해도 그렇지, 진짜 몸이 아바타로 빨려 들어가서 지금 메타버스 속에 갇혀 있다고? 민호가 농담하거나 누가 장난질하는 스팸 메일인가?

긴가민가하던 진아는 혹시나 해서 컨퍼런스룸 근처를 둘러보았다.

컨퍼런스룸 밖 비탈진 길 아래쪽에 뭔가가 보였다. 마 교수가 찾던 메타버스용 무선 헤드셋이었다. 얼마 전까지 누가 쓰고 있다가 벗어 놓은 것처럼, 혹은 헤드셋 사이로 누군가가 연기처럼 빨려 들어간 것처럼, 빈 헤드셋만 나뒹굴고 있었다. 정말 민호가 게임 속 메타버스 속으로 빨려 들어갔다는 건가?

진아는 더 혼란스러웠지만, 무선 헤드셋 찾은 걸 마 교수에게 보고했다. 이메일에 대해서는 일단 말하지 않았다. 민호가 보낸 건지 장난질 스팸 메일인지 확실치 않아서다. 그걸 확인하기 위해서 진아는 민호한테 간단하게 이메일로 답변했다.

제　　목 : Re: 진아에게

보낸 날짜 : 2019년 8월 17일 오후 2:13

보낸 사람 : 송진아

받는 사람 : alsgh_alstn@qxvzmail.com

어떻게 된 거야? 농담하는 거지?

오늘 발표회랑 다 취소됐어. 지금 대체 어디야?

이 글 보면 빨리 연락해.

마 교수 등쌀에 진아는 저녁까지 큐빅 연구실에서 두 사람을 기다렸다. 동화일보 광고사태에 대한 석사논문도 써야 하는데, 진아는 오후 내내 참고 자료를 한 페이지도 못 읽고 인터넷만 들락거렸다. 어제 일도 꼼꼼하게 떠올리며 복기해 보았다. 특별한 낌새는 없었다.

어젯밤 호프집에서 약간의 해프닝은 있었지만, 마 교수에게 얘기할 만한 수준은 아니라고 느꼈다.

어제는 진아도 저녁 늦게까지 큐빅 연구실에서 민호와 함께 김 교수 발표회 준비를 도왔다. 저녁 8시쯤에 발표 준비를 마무리하고 셋은 호프집에서 가볍게 맥주 한 잔씩 했다.

호프집에서도 특별한 얘기는 없었다. 처음에 김 교수는 자기 목소리를 내지 못한 사람들에게 목소리를 부여하는 게 구술사 연구라는, 강의실에서 지겹게 듣던 말을 늘어놓아 진아와 민호의 하품을 유발했다. 하품을 참다못한 민호가 마 교수는 프로젝트 책임자이면서 코빼기도 안 비친다고 흉보기도 했다.

민호가 화장실 간다며 일어서자 김 교수가 맥주를 더 시키라고 했다. 그날따라 김 교수는 좀 들떠 보였다. 그동안 지지부진했던 프로젝트의 마무리를 앞두고 홀가분한 표정이었다. 내일이면 먼 길 떠나는 사람처럼 보일 정도였다. 남은 생맥주를 벌컥벌컥 들이키던 김 교수가 살짝 풀린 눈으로 진아를 바라보았다. 게슴츠레한 김 교수의 눈길을 피하며 진아는 빈 맥주잔을 만지작거렸다.

어색한 침묵을 깨려고 진아가 큐빅 연구실에서 본 러시아 중첩인형에 관해 물었다. 얼마 전에 김 교수 캐비닛에서 10개짜리가 한 세트인 러시아 중첩인형을 본 적이 있는데, 보통은 목각으로 된 소녀 모양 인형이지만 콧수염 난 병정 모양이 특이해서 기억이 난 것이다. 김 교수는 옛날에 누군가에게 선물하고 나눠 가진 것이라서, 이가 빠진 것처럼 중간중간 5개가 비어있을 거라고 했다. 취기가 오른 김 교수는 고개를 푹 떨구더니 비 맞은 중처럼 혼자서 우물우물 말을 씹었다.

그러다가 고개를 번쩍 들고 진아를 보며 혀가 약간 꼬인 소리로 말했다.

"진아야! 널 처음 보자마자 난 깜짝 놀랐어. 넌 내 첫사랑하고 너무 똑같아." 김 교수가 진아의 두 손을 잡아끌어서 자신의 두 뺨을 감쌌다. "내 두 뺨에 닿았던 그 보드라운 손길, 그 느낌이 아직도 이렇게 생생한데…."

당황한 진아가 두 손을 빼려고 했다. 김 교수 눈빛이 평소답지 않게 이글거렸다. 자기 뺨을 감싼 진아의 손이 빠져나가지 못하게 더 꽉 움켜쥐었다.

지금 뭐 하시는 거냐며, 언제 나타났는지 민호가 버럭 소리 질렀다. 김 교수의 손을 거칠게 풀어헤치며 진아의 손을 김 교수 뺨에서 잡아뗐다. 뒤통수를 세게 얻어맞은 것처럼 김 교수는 고개를 탁자에 떨어뜨렸다. 그리고 움직이지 않았다.

김 교수를 부축해서 택시를 태워 보내고 민호가 호프집으로 돌아왔다. 민호와 같이 진아는 버스정류장까지 걸었다. 8월 중순이라 땀이 나면서 끈적거렸다. 땀도 식힐 겸 에어컨이 시원한 선물 가게에 잠시 들어갔다.

선물 가게에서 콧수염 난 병정 모습의 러시아 중첩인형이 눈에 띄었다. 연구소에서 본 것과 비슷해서 진아가 유심히 보자 민호가 사주겠다고 했다. 괜찮다고 사양하는 진아에게 기분이 좀 풀릴 거라면서 민호가 굳이 선물했다. 진아는 10개가 겹쳐있는 인형을 열어서, 티가 나지 않게 중간중간 다섯 개 인형을 꺼냈다. 꺼낸 인형은 자기가 갖고, 나머지 5개를 민호에게 주었다.

민호는 자기가 사준 것이면서도, 마치 진아한테 선물 받은 것처럼 좋아했다. 나중에 이 인형들을 맞춰볼 날이 올까, 하며 민호가 헤벌쭉 웃었다. 진아는 머리카락을 왼손 둘째손가락으로 말아 쥐면서, '후 노우즈(who knows)?' 하며 어깨를 으쓱했다.

두 사람은 선물 가게를 나와 버스정류장에 앉아 버스를 기다렸다. 민호는 귀한 선물이라도 받은 것처럼 러시아 인형을 꼭 쥐고 있었다. 그 모습에 진아는 장난기가 발동했다. 저쪽에서 진아네 집으로 가는 버스가 다가왔다. 버스를 타려다가 진아는 민호의 두 뺨을 두 손바닥으로 감싸 안고 말했다. 민호야 오늘 고마웠어! 버스에 올라탄 후 차창 너머 보이는 민호에게 손을 흔들었다. 그렇게 민호와 헤어진 게 어젯밤이었다.

어제의 민호 모습을 떠올리던 진아는 책상을 정리하고 큐빅 연구실을 나왔다. 집으로 돌아와 침대에 누워 휴대폰을 만지작거리다가 진아는 벌떡 일어났다. 민호한테 보낸 이메일에 답변이 와있었다. 민호가 보낸 날짜는 석 달 전인 2019년 5월로 표기되었다. 이번에는 제법 양이 많은 문서 파일이 첨부됐다. 이메일을 휘리릭 눈으로 훑었지만, 발표회에 대한 언급은 없는 것 같았다. 지난번 이메일 내용과 연결되어 그 뒷이야기를 하는 듯했다. 진아는 이메일을 꼼꼼하게 읽고 첨부파일을 열어보았다.

제 목 : Re:Re: 진아에게

보낸 날짜 : 2019년 5월 13일 오후 11:45

보낸 사람 : alsgh_alstn@qxvzmail.com

첨부파일 : 파일 1_응원 광고.hwp

믿어지지 않네! 진아 너한테 답장이 오다니… 지난번 네게 이메일을 보내고 여덟 달 동안이나 답장이 없길래 포기했었거든. 당연하지. 내가 있는 이곳은 메타버스 속 가상현실이고 네가 있는 그곳은 진짜 현실이니까, 서로 통할 수 없으리라 생각했어. 내가 쓰는 이메일 서비스 업체가 주소도 좀 야리꾸리한 게 요상하기는 한데, 아무래도 이게 가상현실과 진짜 현실을 이어주는 커뮤니케이션 채널인 것 같아. 앞으로 이 채널을 이용해서 너랑 소통해야겠어.

여기 1974년 메타버스에서 내 아바타가 「월간 대화」라는 잡지의 초짜 기자였다고 했잖아? 마침 동화일보 광고사태가 터져서, 내가 취재하게 됐어. 그때 내 주요 취재원이 동화일보 광고국의 박흥복 대리였어. 그분 말고도 두성식품 선전실 디자이너 이연이 씨하고 종통(종합통신) 광고기획실 홍동준 차장도 만났지만, 아무래도 동화일보 박 대리 이야기를 많이 듣게 됐어. 물론, 이미 2019년에 내가 김 교수님의 동화 광고사태에 대한 구술사 연구를 도와드리면서 박흥복 선생을 만난 적이 있었지. 그분은 당연히 미래 일이니까 나를 기억 못 하셨어. 내가 미래의 진짜 현실에서 왔다는 얘기는 하지 않았어. 정신 나간 놈 취급할 테니까.

대학원생일 때 내가 이 메타버스로 미끄러졌으니까, 74년 그때 내 나이가 스물다섯 살이었고 박 대리는 스물아홉 살이었을 거야. 박 대리보다 이연이 씨는 세 살 어리고 홍동준 차장은 세 살 많다고 하더라고.

내 취재 수첩을 바탕으로 동화 광고사태에 관한 기사를 잡지에 연재하려고 했어. 그 당시 우리 「월간 대화」는 민중들의 수기나 르포소설을 많이 연재했거든. 그런데 편집장이 막판에 난감해하더라고. 신문사 광고국 직원이 과연 민중인가, 질문하면서 지금까지 연재된 노동자 수기나 르포와는 결이 다르다는 거야.

그러면서 아예 동화일보 광고사태에 대한 르포소설로 가는 게 어떠냐면서, 3인칭 논픽션 소설 형식으로 바꿔보라고 편집장이 제안하는 거야. 같은 내용이지만 3인칭 르포소설 형식으로 바꾸는 것도 쉽지 않더라고. 더구나 매달 다른 기사 마감하기도 빠듯해서, 차일피일 미루다가 결국 원고를 수정하지 못했어.

이번에 진아 네 이메일을 받고 그때 그 원고를 마무리하고 있어. 요즘은 기사도 스토리텔링을 중시하잖아? 좀 더 많은 사람이 재미있게 읽을 수 있게 스토리텔링을 강화하고, 그 당시의 용어나 상황에 대한 설명도 첨가했어. 일단 처음 부분을 여기에 첨부파일로 네게 보낼게.

첨부파일로 네게 보내는 이유는 두 가지야. 하나는 이 이메일에 첨부파일로 올려놓으면 나중에 내가 진짜 현실로 돌아가서도 열어볼 수 있겠다는 생각이 들었기 때문이야. 여기서 그때 잡지에 발표하지는 못했지만, 나중에 돌아가면 요긴하게 활용될 수 있지 않을까?

특히 당장 네게도 도움이 될 것 같다는 게 내가 첨부파일로 보내는 또 다른 이유야. 진아 네 석사 논문 주제가 동화 광고사태여서 자료가 필요하잖아? 김 교수님도 그에 대한 구술사 자료가 꽤 많은 것으로 아는데, 책으로 출간한다면서 미루고 있는 게 벌써 몇 년째인지 모르겠네. 게으르신 건지, 완벽주의자의 결벽증인 건지, 아니면 다른 이유가 있는 건지.

르포소설이라고 하기엔 살짝 거창하지만, 아무튼 스토리텔링이 많이 가미된 원고를 첨부파일로 보낼게. 아무쪼록 도움이 되기를 바라면서, 그럼 오늘은 이만….

첨부파일 1_응원 광고.hwp

1

“나오라, 비겁한 언론이여! 시민의 목소리를 대변할 생각은 하지 않고, 권력에 빌붙어 여론을 호도하는 자들이여! 이 민주 광장으로 나와 사죄하라!”

심장을 후벼 파는 카랑카랑한 목소리에 흥복은 주변을 둘러봤다. 동화일보사 앞 빈 터에서, 대학생으로 보이는 여자가 붉은 띠를 머리에 두르고 외치는 소리였다. 아침 출근길에 동화일보사 정문으로 향하던 흥복은 걸음을 멈추고 지켜봤다. 신문지를 수북하게 쌓아 놓고 20명 남짓한 대학생들이 ‘언론 화형식’이란 걸 또 벌이고 있었다. 몇몇 학생들은 ‘동화는 각성하라!’라고 쓴 머리띠를 둘렀고, 몇몇은 머리 위로 팻말들을 흔들었다.

‘민중의 소리 외면한 죄 무엇으로 갚을 텐가?’

‘개와 기관원과 기자는 출입 금지!’

맨 앞에서 선언문을 읽어나가던 여학생이 목울대가 울리도록 외쳤다.

“너, 동화여! 으르렁거리던 사자의 위용은 어디 가고 도적 앞에서 꼬리 흔드는 강아지 꼴이 되었는가? 조국과 민족의 이름으로 너를 화형에 처한다!”

수북하게 쌓인 동화일보에 남학생들이 휘발유를 뿌렸다. ‘박 대통령 각하 대구시장 방문’이라는 1면 헤드라인으로 봐서 어제 자인 1974년 9월 15일 자 신문이 많았다. 불붙은 담배가 신문지 더미에 떨어졌다. 훅! 불붙는 소리와 함께 뜨거운 열기가 흥복의 얼굴에까지 전해졌다. 뱀의 혀처럼 허공을 널름거리는 불꽃이 휘발유 먹은 신문지를 삼키면서, 쓰레기 태울 때 나는 냄새가 코를 밀고 들어왔다. 대학생들이 불끈 쥔 주먹을 위아래로 흔들면서 노래 부르기 시작했다.

바람이 분다, 바람이 불어! 광화문에서 불어온다. 동화일보사에 불이 붙었다. 잘 탄다! 잘 탄다! 신난다! 신난다! 기자 놈들 대가리만 굴린다.

흥복은 그 모습에서 눈길을 거두고 동화일보사 정문을 열고 들어갔다. 대학생들이 신문 불태우는 모습을 처음 봤을 때는 얼음물 뒤집어쓴 것처럼 정신이 번쩍 났다. 얼음물도 시간이 지나면 미지근해지는 것처럼, 그동안 몇 번 보다 보니 요즘은 그냥 그런가 보다 한다. 열흘 전에도 몰려왔는데, 오늘은 또 다른 대학에서들 온 모양이다.

광고국 창가 쪽의 자기 자리에 앉은 흥복이 동화일보 광고면을 훑어보는데, 아침 댓바람부터 광고주한테 전화가 걸려 왔다.

"지금 광고 뺄 수 없죠? 내일 나가기로 한 우리 커피 광고요."

다짜고짜 묻는 목소리가 두성식품 선전질 다자이너 이연이 씨였다. 물론, 예약된 광고를 갑자기 취소하면 당장 메꿀 게 없었다.

"당연하죠! 대포광고[1] 때릴 순 없잖아요?"

"그럼, 당장 튀어나오세요. 미림기획 아시죠?"

사람이 용수철이야 튀어 나가게, 하는 말은 목구멍으로 삼키고 흥복이 왜 그러냐고 물었다.

"내일 나갈 광고 당장 수정해야 하거든요." 더 물어볼 새도 없이 전화를 끊으며 연이가 한마디 덧붙였다. "자세한 건 홍 차장님한테 들으세요. 거기서 봬요."

수화기를 내려놓기 무섭게 전화통이 또 울렸다. 종통(종합통신) 광고기획실 홍동준 차장이었다. 흥복은 동준한테 대략적인 이야기를 들었다. 그저께 몇몇 신문에 나갔던 두성식품 맥스 커피 광고를 수정해야 한다는 것이다. 광고모델로 나온 K대 구 교수가 자기를 광고에서 빼달라고 사장한테까지 전화한 게 그 이유였다. 시간이 촉박해서 연이가 충무로 미림기획으로 나와 직접 광고를 수정하기로 했고, 흥복은 거기서 바로 동판 받아서 동화일보 인쇄소에 넘기면 된다는 말도 더해졌다.

전화를 끊은 흥복은 어제 신문을 찾아서 맥스 커피 광고를 훑어

1) 대포광고는 신문이나 잡지 같은 매체사에서 광고주한테 광고료 받지 않고 내보내는 무료 광고. 광고 지면이 갑자기 비거나 광고주 서비스 차원에서 매체사가 무료 광고를 내보내기도 함.

봤다. 네 사람이 커피 한 잔씩 들고 앉은 사진에, '우리는 맥스 커피를 마십니다!'라는 헤드라인이 걸려있었다. 화가, 피아니스트, 무용가와 함께 구 교수도 시인 자격으로 나온 광고다. 교수가 뭐 대단하다고 광고 한 번 나온 걸 가지고 유난을 떨지? 흥복은 고개를 절레절레했다.

대충 책상을 정리하고 나가려는데, 누군가 출입문을 발로 뻥 차고 들어왔다.

"어휴, 쪽팔려! 언제까지 이런 수모를 당해야 하는 거야?"

흥복도 얼굴이 익은 안혁필 기자다. 느지막하게 출근하던 안 기자가 사옥 앞에서 대학생들과 마주친 모양이다. 출근하는 기자들에게 대학생들이 야유를 보냈을 게 불을 보듯 뻔했다. 안 기자는 창가에 서서 아직도 타고 있는 신문지를 바라봤다. 아무 말 없이 애꿎은 담배만 뻑뻑 피워대다가 거칠게 담배를 비벼 껐다. 주먹으로 창틀을 쾅! 내리치더니, 어금니를 꽉 깨물고 3층 편집국으로 올라갔다.

흥복은 충무로를 가려고 신문사 밖으로 나왔다. 언론 화형식을 하던 학생들은 이미 다 흩어졌다. 수북했던 신문지 더미는 재가 되었고, 타다 남은 신문지 쪼가리가 빈터에 나뒹굴었다. 신문지 타는 냄새가 아직도 자욱했다. 청소하는 아저씨가 비질하며 재를 쓸어 담고 있었다. 타고 남은 잿더미 속에서, 불씨가 채 꺼지지 않는 신문지 불똥이 흥복 쪽으로 날렸다. 그 불똥이 자기에게 튈까 봐, 흥복은 타다 남은 신문지를 발로 비벼서 껐다.

늘 그렇듯이 충무로 미림기획은 도떼기시장처럼 분주했다. 한쪽에서는 고바리[2] 작업을 하고 있었고, 또 다른 구석에서는 광고 동판을 만드느라 화학약품 냄새가 진동했다. 꼬리꼬리한 기름 냄새가 담배 냄새와 뒤엉켜 속이 메슥메슥할 정도였다. 연이는 벌써 나와서 작업대 하나를 차지하고 광고 수정작업을 하고 있었다. 흥복한테는 눈인사로 고개만 까닥했다. 흥복은 작업대 옆 책상에 앉아 신문을 뒤적이면서, 연이가 작업하는 모습을 힐끗힐끗 곁눈질했다.

연이가 수정하는 광고에는 구 교수를 포함해서 넷이 함께 앉아 있는 사진이 중앙에 떡 버티고 있었다. 다행히 구 교수가 네 사람 중 제일 오른쪽 끝에 있어서, 연이는 사진에서 구 교수 부분을 칼로 살살 긁었다.

칼로 긁어내면서 연이가 입술을 꽉 깨물고 눈살을 찌푸렸다. 손톱으로 칠판을 긁을 때처럼 귀를 자극하는 소리여서 흥복도 귀를 막고 싶어질 정도였다. 구 교수 부분을 칼로 다 긁어 지워버리자, 연이가 잠시 멈췄다. 이제 그 부분이 티 나지 않게 글씨를 조금씩 확대하면서 전체적인 레이아웃을 조정할 차례다.

연이가 앞으로 흘러내리는 긴 생머리를 돌돌 말아서 머리 끈으로 질끈 묶었다. 문득 어디선가 기분 좋은 향기가 흥복의 코에 스며들었다. 퀴퀴하고 꼬리꼬리한 냄새 사이로 솔솔 풍겨오는 아카시아 꽃향기였다. 흥복이 주변을 둘러보았다. 연이가 쓸어 올린 머릿결에서

---

2) 고바리는 여러 장의 광고 필름을 오려서 하나로 붙이는 작업. 1970년대는 광고를 파일로 제작하여 보관하지 않고, 필름으로 제작한 후 동판으로 떠서 전달했음.

나는 향기였다. 흥복은 이게 새로 나온 럭키 샴푸의 향이라는 걸 깨달았다.

춘천 고향에서는 아까시나무라 부르던 아카시아가 떠올랐다. 안마산에서 어릴 때 포도송이 모양의 아카시아꽃을 먹으면 그 향이 입안 가득했었다. 아카시아꽃을 입안에 물고 있는 것처럼, 연이의 하얀 볼이 통통하고 탐스러웠다.

"아이고 이거, 광고주님이 친히 행차하셨네. 아랫것들 시키면 될 일인데."

언제 왔는지 동준이 설레발치며 말했다. 그러고 보니 이런 일은 보통 광고대행사 디자이너가 하는데, 광고주가 직접 나와서 작업하고 있었다. 그만큼 급하고 중요하다는 뜻인 듯싶었다.

"그러게요. 느긋하시네요? 광고주는 애가 마르는데."

늦게 온 동준 쪽으로 몸을 돌린 연이가 위아래를 흘겨봤다. 여기서 뭐 당장 할 게 없으니까, 하는 동준의 말은 듣지도 않고 연이가 몸을 획 돌렸다. 고개를 숙이고 다시 광고 수정작업에 몰두했다. 머쓱해진 동준이 새로 나온 고급 담배 거북선을 꺼내 물었다.

흥복이 보던 동화일보를 나눠 몇 장 건네자 동준이 흥복에게 물었다.

"오늘 또 대학생들이 동화에 몰려와서 신문 불태웠다면서?"

동화일보 안혁필 기자가 동준의 친구여서 벌써 소식을 들은 모양이다.

"그래서 분위기 뒤숭숭해요."

"대학생들이 아우성칠 만하지. 시민들 목소리가 도대체 신문에서 들리지 않으니 말이야. 정부 발표만 앵무새처럼 되풀이할 뿐이잖아."

"기자들 심정이야 오죽하겠어요. 저야 뭐 광고 쪽이지만."

흥복의 말에 동준도 고개를 주억거렸다. 잠시 대화가 끊기면서 두 사람은 신문만 뒤적거렸다. 말없이 신문 뒤적이기 뭣해서 흥복이 입을 열었다.

"근데, 구 교수는 왜 자기를 광고에서 빼달라는 기예요?"

"주변 교수들이 수군댄다는 거지." 동준이 신문에서 눈을 떼지 않고 말했다. "어떻게 대학교수가 광고에 나올 수 있냐고, 천박하게."

"왜 그분만 유난 떠는 거죠? 다른 문화예술인들은 가만히 있는데."

"대학에 있다 보니 그런가 봐. 거기도 직장이고 조직이다 보니까."

하긴 광고에 같이 나온 화가, 피아니스트, 무용가는 특별히 조직에 묶여있지 않은 예술가니까 다를 수는 있을 것 같았다.

"학생들까지 들고일어났다잖아. 학교 망신이라고."

말을 덧붙인 동준이 담배 연기를 깊게 내뿜었다. 아까부터 한 손으로 입을 막던 연이가 콜록거렸다. 얼굴을 돌리더니 두 사람한테 쏘아붙였다.

"두 분 나가서 좀 이야기하실래요? 집중할 수가 없잖아요."

동준이 콧잔등에 주름을 만들며 다 들리게 중얼거렸다.

"작업을 귀로 하나, 왜 집중을 못 하지?"

연이 표정이 까칠해졌다.

"사람 피곤하게 하시네요. 괜히 쓸데없는 일 벌여놓았으면서…."

"쓸데없는 일이요?"

"교수를 괜히 광고에 썼다가 이런 사달이 난 거잖아요?"

"문화예술인들이 커피 많이 마시잖아요? 근데 광고에 나오면 안 되나요?"

"학교 망신이라잖아요?"

연이 말에 한쪽 눈꼬리가 올라가는 동준의 소매를 잡아끌고 흥복이 미안하다면서 밖으로 나갔다. 9월 초순의 바람이 아직도 후텁지근했다. '미도파백화점 1974 추석 감사 세일!' 철 이른 광고 현수막이 벌써 충무로 골목길에 걸려 바람에 살랑거렸다.

"성질머리하고는…, 저러니 대리 진급을 못 하지."

조금 떨어져 있는 전봇대 쪽으로 동준이 피우던 담배를 손가락으로 튕겨서 던졌다. 뭔 소리인가 해서 쳐다보는 흥복에게 동준이 몸을 기울이며 목소리를 낮추었다.

"두성 선전실의 최 실장이 귀띔해줬거든. 이번에 물먹을 거라고."

바로 앞 땅바닥에 떨어진 동준의 담배꽁초를 흥복이 주워 쓰레기통에 넣으며 말했다.

"그래도 주님이시잖아요? 광고주님, 하하…."

"광고주라고 유세 떨 거 있나? 어차피 우리 다 한 식구인데."

동준의 말대로 동화일보 사장 여동생이 두성식품 사장 부인이고, 두 회사가 종합통신의 지분을 가지고 있어서 한 식구인 셈이었다.

동준이 목에서 넥타이를 헐렁하게 풀었다. 시선이 전봇대에 지저분하게 붙어있는 광고 전단지에 닿았다. '멍들고 열나고 고름 난 곳

에! 종기 치료제, 이명래 고약.' '부러지고 어긋난 뼈, 맞춰드립니다! 고려 접골원.'

움푹 들어간 눈매가 오늘따라 그늘져 보이는 동준이 말했다.

"난 특히 그게 화난다니까. 사람들이 수군거리는 일을 우리가 하고 있다는 거." 동준은 교수가 광고에서 빼달라는 의미를 곱씹는 모양이다. "교수가 광고 나왔다고 학교 망신이라고? 우리가 하는 광고 일이 그렇게 창피한 일이야? 우리가 밥 벌어먹는 일, 직업으로 삼고 있는 일이 이렇게 사회적으로 인정받지 못하냐고?"

동준 혼자 탄식처럼 내뱉는 말에 흥복은 잠자코 듣고만 있다가 한마디 했다.

"광고나 언론이나 요즘은 도긴개긴이네요."

교수가 모델로 나왔다고 학교 망신이라며 빼달라는 광고나, 시민들 목소리를 담아내지 못한다고 불태워지는 신문이나, 그 처지가 비슷한 것 같아서였다. 동준도 고개를 끄덕였다.

"그러게. 사회에서 제대로 인정 못 받는 건 마찬가지니까."

필름 수정을 끝낸 연이가 밖으로 나왔다. 필름 수정한 거 광고 동판 뜨려면 두 시간 정도 기다려야 한다고 했다. 흥복과 동준이 남아서 동판들이 나오면 동화 인쇄소와 다른 신문사에 넘기기로 하고, 연이만 먼저 회사로 돌아갔다.

2

'自由言論實踐宣言 東華日報社 記者 一同(자유언론실천선언 동화일보사 기자 일동)'

붓으로 휘갈겨 쓴 한자는 흥복이 보기에도 힘찬 서체였다. 3층 편집국 뒤쪽 기둥에 걸린 두루마리 족자에서 튀어나올 것 같았다. 광고 영업하러 나가려던 흥복은 오늘 오전 10시에 전 직원 비상 회의가 있다고 해서 편집국에 올라왔다. 광고국 직원인 흥복이 생전 올라올 일 없는 편집국이다. 모인 사람들도 대부분 취재 기자들이었다. 200명 가까운 직원들이 발 디딜 틈도 없이 모여 웅성거렸다. 책상 여기저기에 '자유언론 실천선언'이라고 쓴 유인물이 흩어져 있었다. 오늘 모임을 주동한 것으로 보이는 사람이 단상에 올라와서 선언문을 낭독했다.

"우리는 교회와 대학 등 언론계 밖에서 언론의 자유 회복이 주장되고 언론의 각성이 촉구되고 있는 현실에 뼈아픈 부끄러움을 느낀다."

한 달 전인 9월 중순, 신문이 불태워지는 걸 보며 책상을 치던 안혁필 기자다.

"… 따라서 우리는 자유 민주사회 존립의 기본 요건인 자유언론 실천에 모든 노력을 다할 것을 선언하면서 다음 사항을 결의한다."

안 기자가 결의사항을 하나씩 선창하자 기자들이 바로 이어서 한 목소리로 외쳤다.

"하나! 언론에 대한 어떠한 외부 간섭도 강력히 배제한다. 하나! 기관원의 출입을 금한다. 하나! 언론인의 불법연행을 거부한다."

다 함께 외치는 결의사항을 뒤로하고 흥복은 편집국에서 내려왔다. 그저 멀리서 마음속으로 응원할 뿐, 어차피 언론자유라는 게 기자들의 일이고 흥복 자신과 직접적인 관련은 없다고 생각했다.

그런데 꼭 그렇지도 않았다. 기자들이 던진 '자유언론 선언'이라는 돌멩이는 광고국에도 잔물결을 일으켰다.

저쪽에서 구두닦이 소년이 양손에 구두를 두 켤레씩 들고 흥복과 재섭의 사리로 다가왔다. 옆자리의 재섭은 올해 초 흥복이 경력사원으로 들어올 때 같이 들어온 신입이다. 광고국 직원 중에는 흔치 않은 대졸자 출신이다. 요즘은 광고국에도 대졸자가 슬슬 들어오기 시작한다. 흥복도 한독약품 영업사원 하면서 야간대학 국문과를 다녀서, 작년에 졸업장을 거의 10년 만에 받았다.

구두닦이 소년이 아까 걷어갔던 흥복과 재섭의 구두를 들고 와서 두 사람에게 돌려줬다. 눈이 휘둥그레진 재섭이 물었다.

"너 어쩐 일로 우리한테 구두를 다 갖다주냐?"

그동안 사무실 옆 구둣방에서는 자기들이 닦을 구두는 직접 와서 걷어갔다. 닦은 구두를 돌려줄 때는 3층 편집국 취재기자들만 가져다줬다. 1층 광고국 직원들은 구둣방에 가서 찾아가야 했다. 그만큼 구두닦이의 대접이 같은 신문사 직원이라도 취재기자와는 달랐다.

그런데 오늘은 어쩐 일로 광고 직원 구두도 갖다줘서 놀란 것이다. '싸비스요!'라며 구두닦이 소년이 인심 좋은 웃음을 흘렸다. 요즘 동화가 힘 많이 쓰니까 힘들 내라는 뜻이라고 했다. 원님 덕에 나팔 부는 격이었다. 3층 편집국으로 올라가면서 구두닦이 소년이 한

마디 더 얹었다.

"똑같은 신문팔이라도 동화 돌리는 애들은 다르잖아요. 콧대가 요즘 얼마나 높아졌는지 몰라요."

자유언론 선언이 여기저기에서 일으키는 잔물결을 구두가 먼저 알려준 셈이다.

"그러고 보니 요즘 기업광고도 늘었죠? 사람 찾는 광고 접수도 전화통에 불이 난다니까요."

재섭이 동화일보의 심인광고[3] 난을 뒤적이며 말했다. '여보, 아무것도 묻지 않겠소. 내가 잘못했으니 돌아와서 이야기합시다' 그리고 '주간 다실, 야간 싸롱! 초보자 환영, 경험자 우대!' 같은 광고가 눈에 띄었다.

"요즘 편집국 전화통도 불이 난다잖아. 기사 통쾌하다는 응원 전화로."

흥복이 신문의 기사를 손가락으로 가리켰다. '대학가에 번지는 유신헌법 반대 집회'라는 헤드라인이 정치면 톱을 장식했다. 유신헌법의 정당성을 선전하는 정부의 목소리만 들리던 동화일보에 이제 그 반대의 목소리도 들리기 시작한 것이다.

사회면에서는 '삥땅과 알몸 수색의 악순환, 대책은 없는가?'라는 기획 기사가 눈에 들어왔다. 이전에는 기껏해야 '알몸 수색'이라는

---

3) 심인광고(尋人廣告)는 사람 찾는 광고로, 자영업자가 구직자 찾는 내용이거나 가족들이 실종자 찾는 내용이 대부분이며 1단(=3.3cm) 높이에 폭 1센티 크기가 최소 단위임.

선정적인 헤드라인으로 버스 안내양들이 버스 요금을 '삥땅'쳐서 회사로부터 수색당한다는 기사만 실렸다. 어린 그녀들이 어떤 치욕감을 느끼고, 왜 그런 '삥땅'과 몸수색이 반복되는가에 대한 심층분석이 이제 실리기 시작했다.

동화일보의 이런 변화에 시민들은 열렬하게 호응했다. 당장 시민들의 응원 전화가 편집국에 쇄도했다. 길거리 가판대에서 동화일보 판매 부수가 두 배나 뛰었고, 정기독자 수도 가파르게 늘어났다. 언론화형식에서 대학생들은 동화일보는 빼고 다른 신문들만 불태웠다.

"편집국과 광고국 전화통에 불나는 거, 서로 관계있을까요?"

재섭이 물었다.

"물론이지!" 흥복이 말했다. "자유언론 선언 이후 독자가 늘었잖아? 독자가 많아지니까 광고효과가 높아지고, 그걸 아는 기업이나 시민들은 광고효과가 좋은 동화로 몰리는 거지. 그래서 기업광고도 많이 늘었거든. 요즘 같아서는 광고단가 후려치거나 대포광고 때릴 일도 없어."

다음 달이 벌써 12월이라서 연말연시 광고가 더 몰릴 게다. 이대로 가면 올해 광고 목표 10억은 무난히 달성할 것 같았다.

자유언론 선언이라는 돌멩이 하나가 물결을 일으키는 동안, 정부는 의외로 조용했다. 워낙 열화와 같은 시민들의 호응 때문이라고들 짐작했다. 섣부르게 건드렸다가 언론탄압이라며 시민들이 더 거세게 반발할까 봐 우려한 것으로 자신했다.

하지만 기자들이 전혀 예상치 못한 급소를 가격당했다.

"어떻게 오셨어요?"

안내데스크 여직원이 흥복의 위아래를 훑어보면서 물었다. 두성식품 선전실 여직원이 그새 바뀐 것 같았다. 신문사 광고국 직원이라면 또 잡상인 취급당하겠지…. 흥복은 '동화일보 광고기자' 명함을 집어넣고 '동화일보 기획위원'이라고 박힌 명함을 건넸다. 명함을 힐끗 본 여직원은 이연이 씨를 만나러 왔다는 흥복의 말에 연이에게 전화를 걸었다. 흥복이 접견실에서 30분이나 기다린 후에야 연이가 나타났다.

흥복이 가방에서 광고 동판을 꺼내면서 물었다.

"저… 왜 갑자기 저희 광고를 다 취소하는 건지…."

"아시잖아요. 자세한 건 묻지 마세요."

연이가 광고 동판을 받으며 대답했다.

두성뿐 아니라 다른 광고주들이 12월 초부터 갑자기 동화에 내려던 광고를 취소했다. 올 한 해 10억 원 광고 수입을 목표로 지난달 11월까지 기세 좋게 올라가던 동화의 광고비 수입이 12월 들어 곤두박질쳤다. 더구나 이번 달은 성탄절 끼고 연말연시라 광고 성수기인데…. 광고주들이 동화에 내기로 한 광고를 다른 신문사로 돌리고 있다는 게 동준의 설명이었다. 아무래도 모처로부터 압력을 받은 것 같다고 귀띔해줬다.

연이 손에 들린 광고 동판을 흥복이 아쉬운 눈으로 바라보며 말했다.

"요즘 저희가 광고 많이 비거든요. 동판 그냥 주시면, 대포광고 때려 드릴게요."

며칠 전부터 동화의 주요 광고면이 텅 빈 채 백지 광고로 나가기 때문이었다. 광고면을 백지로 내보낼 수 없어서, 가지고 있는 동판으로 무료 광고를 내보기도 했다.

"안 돼요, 안 돼! 공짜도 싫으니까 우리 광고 절대 싣지 마세요."

무료라도 자기네 광고가 동화에 나가는 걸 연이도 꺼리는 게 분명했다. 그래서 다른 광고주들처럼 자기네 광고 동판을 회수하는 모양이었다.

"도대체 왜 이렇게까지 하는 건지…."

이번 달 광고 실적을 떠올리며 흥복이 다시 한번 말끝을 흐렸다.

"저한테 더는 묻지 말아 주세요. 저도 괴로워요."

"대충 짐작은 하지만, 그래도 왜…."

갑자기 연이의 얼굴이 일그러졌다. 헝클어진 머리를 두 손으로 감싸 안으며 소리 질렀다.

"왜 이렇게 질척거리세요? 말하고 싶지 않아요. 떠올리고 싶지도 않다고요."

연이의 얼굴이 창백해지면서 이마에 땀방울이 송골송골 맺혔다. 숨이 가빠지면서 가슴을 움켜쥐었다. 자신의 그런 모습에 연이 스스로 당황스러워했다. 흥복도 당황스럽기는 마찬가지였다. 광고주 접대용으로 가방에 가지고 다니던 활명수를 연이에게 권했다. 한 모금 마신 후 연이가 흘러내린 머리를 쓸어 올렸다. 심호흡하며 말없이 앉아 있다가 광고 동판을 챙겼다. 인사할 겨를도 없이 연이가 접견실을 나가 버렸다.

흥복은 종로2가 두성식품을 나와 시청 앞 회사까지 터덜터덜 걸었다. 12월의 칼바람이 목덜미를 파고들어 가슴까지 시려왔다. 길 건너 빌딩 옥상 광고판에 큼직한 글자가 눈에 들어왔다. '입맛 없고 피로할 때 유한양행 삐콤.' 정말 밥맛이 싹 떨어지고 몸이 까라지는 게 삐콤이라도 한 알 사서 먹을까 싶었다.

신문사 광고국에 괜히 왔다는 생각이 들었다. 여기서는 광고주가 '갑', 광고대행사가 '을', 자신과 같은 매체사 광고국은 '병'이다. 제약회사 영업사원에서 동화일보 광고국으로 옮긴 것은 1년 전쯤이었다. 야간대학 국문과 졸업하고부터는 글 써서 먹고사는 일을 하고 싶었다. 광고국 광고 기자로 있다가 편집국 취재기자로 옮길 수 있을까 해서 신문사로 왔다.

광고 직원이 취재기자로 옮기는 게 쉽지 않은 걸 어느 정도 각오는 했었다. 하지만 광고국과 편집국 사이의 벽은 베를린 장벽 같았다. 같은 베를린에 산다고 해도 서독과 동독의 시민이 엄연히 다른 것처럼, 같은 신문사라도 광고 기자는 취재기자와 다른 직종이었다.

그러게, 신문사 광고국 가지 말라고 했지? 대졸자가 할 일이 아니라고…. 고향 친구 영호 녀석의 혀 차는 소리가 귓가에 울렸다. 마침 광고대행사라는 게 새로 생기면서 자리가 있는지, 일동제약 선전실에서 일하는 영호 녀석에게 부탁했었다.

작년에 TBC(동양방송)에서 제일기획을 차렸고, 올해 초에는 MBC

(문화방송) 중심으로 연합광고를 만들었다. 광고 경력사원이 필요하다는 소문이 돌았다. 하지만 관련 회사에서 대충 다 충원했더라는 영호의 심드렁한 답변만 되돌아왔다.

당분간은 동화일보 광고국에 죽치고 있어야 하나 생각하니 갑갑했다. 신문사 광고국 직원인 이상, 광고주한테 아쉬운 소리 해야 하는 건 각오해야 할 것 같았다.

그런데 뭘 말하고 싶지 않고 떠올리고 싶지도 않다는 거지? 뭔 일이 있었나? 그러고 보니 최근의 광고사태는 꽤 심각한 것 같았다. 광고주들이 거의 협박 수준의 압력을 받은 모양이었다. 그러지 않아도 오늘 이 문제로 회의한다고 해서, 흥복은 걸으면서 생각을 그러모으기 시작했다.

광고 해약 사태가 쉽게 끝나지 않겠지? 자유언론 선언으로 기세가 오른 기자들이 그냥 물러서지는 않을 테니까…. 광고가 계속 없으면 신문사는 재정적으로 큰 타격을 받겠지. 그러면 경비 절감을 이유로 인력감축을 할 게 뻔하고…. 광고를 받지 못하니까 광고 직원은 할 일이 없어질 테고, 결국 해고 대상 1순위는 광고국 직원인가?

생각이 여기까지 미치자 흥복의 심장이 쿵! 내려앉았다. 이대로 당하고만 있을 수는 없었다. 어떻게 해야 하나, 고민하던 흥복에게 재섭이 담당하는 심인광고가 떠올랐다. 심인광고 형식을 활용해보는 방법이 없을까? 흥복은 동화일보 사옥을 향해 걸음을 재우쳤다.

오후 4시 광고국 회의에 어쩐 일로 김방일 전무가 내려왔다. 작금의 광고 해약 사태에 대해 광고국 직원들 의견을 김 전무가 직접 듣고 싶다고 했다. 외근 나간 사람 제외하고 20여 명의 광고국 직원들이 회의실로 모였다.

중앙에 앉은 김 전무가 파이프 담배를 꺼내자, 바로 옆에 앉은 고 국장이 재떨이를 김 전무 앞으로 밀어 놓으면서 말했다.

"여기까지 내려오시고 전무님 참 소탈하세요. 기자들도 생전 안 오는데."

"내가 워낙 격식을 싫어하잖아." 김 전무가 양복 윗도리를 벗었다. "자, 오늘 여러분들 의견을 들으려고 왔으니 허심탄회하게 이야기들 해 봐요."

와이셔츠 차림이 된 김 전무가 넥타이를 헐렁하게 풀었다. 보통 라이터보다 크고 단단해 보이는 금색 지포 라이터를 꺼내 파이프 담배에 불을 붙였다.

"여러분도 알다시피 나는 광고를 중시하는 사람입니다."

서로 눈치만 볼 뿐 아무도 선뜻 입을 열지 않자 김 전무가 말머리를 텄다.

"우리 동화일보 작년 매출액이 20억 정도였어요. 그중 절반은 광고비가 차지했고, 그 비중은 점점 커지고 있습니다. 신문이 구독료에 의존하던 시대는 지났어요. 언론도 산업이고 비즈니스입니다. 그 경제적 토대는 이제 광고예요. 언론사가 있어야 언론자유도 가능한 거 아닌가요? 신문사는 돈이 되는 광고를 더 많이 유치하기 위해서, 뉴스 소비자들이 좋아할 뉴스 기사를 제공하는 기업입니다. 극단적으로 말해서, 신문 기사는 광고 유치를 위한 미끼상품이라고 생각해요. 기자가 지사연하면서 사람들을 계몽하는 엘리트주의는 이제 구시대적 발상입니다."

김 전무는 잠시 말을 끊고 자리에서 일어나 회의실 밖을 살피는 척했다.

"아, 여기 기자들 없죠? 기자들이 들으면 발끈할 텐데, 하하…. 아무튼 광고국 여러분이야말로 우리 신문사를 먹여 살리는 버팀목이라는 게 제 평소 지론입니다. 그런 점에서 작금의 광고 해약 사태는 매우 우려스럽습니다. 이대로 가다가는 우리 회사 망합니다. 여러분의 솔직한 의견을 듣고 싶어요."

광고국 직원 기 살려주는 김 전무의 말이 끝나자, 직원들이 그제야 입을 열기 시작했다. 지금의 광고 해약 사태가 쉽게 끝나지 않을 것 같다고 고 국장이 먼저 입을 열었다. 광고 해약 사태를 풀어달라고 정부에 탄원해보자는 의견이 조심스럽게 나왔다. 편집국 전화통으로 쇄도하는 시민들의 호응과 비판적 기사를 쏟아내는 기자들 기세로 봐서 그 길을 가기는 어렵다는 반론이 나왔다. 그렇다고 마냥 이대로 백지 광고만 내보낼 수는 없지 않느냐고들 했다.

그럼 어떻게 해야 하나?

이 대목에서 누구도 뾰족한 수를 내놓지 못했다.

흥복이 아까 걸어오면서 다듬었던 생각을 조심스럽게 꺼내 보였다.

"시민들 광고를 받는 건 어떨까요?"

다들 고개를 갸웃거렸다. 고 국장이 말했다.

"5단통 기업광고 하나가 100만 원이야. 그 돈 감당할 수 있는 시민이 얼마나 되겠어?"

전체가 15단 크기인 신문 지면에서 기사 아래 5단짜리 광고가 100만 원인데 그 돈을 낼 시민이 있겠느냐는 뜻이었다.

"심인광고처럼 잘게 쪼개서 파는 거죠. 1단 1센티에 5천 원씩."

"시민들이 광고를 낼까? 구직자나 실종자 찾는 게 아닌데…"

김 전무를 곁눈질하면서 고 국장이 여전히 의심스러운 눈빛을 흥복에게 보냈다.

"이미 성금을 후원해주는 분들도 있잖아요? 우리 동화일보에 응원 광고 좀 내달라고 호소해보죠." 흥복은 고 국장의 눈빛을 피하지 않고 받았다. "국장님 명의로 광고를 내면 어떨까요? 당장 재야나 시민사회단체 같은 데서 후원하지 않을까요?"

시민들의 호응과 편집국 기세로 봐서 지금 물러서기는 어렵다고 했던 안 차장이 흥복의 말에 동조했다.

"그래요. 이렇게 손 놓고 백지 광고만 내보내는 것보다는 낫지 않을까요?"

광고국 막내 재섭도 힘을 보탰다.

"맞습니다. 여기서 무릎 꿇을 순 없어요. 응원 광고를 호소해보시죠."

다른 직원들이 여기저기에서 고개를 주억거렸다.

"광고 호소하는 거야 어렵지 않지만, 글쎄…."

고 국장은 여전히 김 전무를 곁눈질했다. '이게 아닌데' 하는 표정으로 김 전무가 파이프 담배를 떨떠름하게 내뱉었다. 파이프 담배에서 연기가 품어져 나오면서 회의실을 뿌옇게 감쌌다. 오래 삭은 건초더미가 타는 것처럼, 파이프 담배 냄새가 썩 좋지는 않았다. 할 이야기는 다 나왔다고들 생각하는지 모두 입을 다물고 김 전무만 쳐다봤다.

김 전무가 과연 어떤 결정을 할지 흥복도 기다렸다. 차기 사장 자리를 노리는 김 전무에게는 이번 광고사태가 사장으로 가는 걸림돌이거나 디딤돌이 될 수 있다. 왼손에 들고 있는 지포 라이터를 쳐다보지 않은 채 라이터 뚜껑을 열었다 닫았다 하던 김 전무가 책상을 치고 일어섰다.

"오케이! 여러분의 뜻이 정 그렇다면, 일단 한번 해보자고!"

3

식탁 한가운데 어복쟁반에서 김이 모락모락 올라왔다. 대여섯 명의 사람들이 동치미 냉면을 먹으면서, 어복쟁반에 소복한 양지머리와 버섯을 집어 먹었다. 이 동네 상인들로 구성된 상가번영회 간부들이 을지로 남포면옥 한쪽 방에서 점심을 먹는 중이었다.

냉면을 빨리 다 비운 흥복이 동화일보 광고면을 펼쳐 보였다.

"요즘 하고 싶은 말 많으시죠? 여기에 의견 광고 내보세요."

광고면은 대부분 빈 공백으로 남아있는 백지 광고였다. 백지 광고 사이로 드문드문 작은 쪼가리 광고가 끼어 있었다. 천주교 정의사제 구현단의 '언론탄압에 즈음한 호소문'과 신민당의 '민주언론 돕기 운동을 펴자'라는 문구가 눈에 띄었다. 새해 들어 보이기 시작한 응원 광고였다. 작년 말 홍복의 제안으로 시민들에게 응원 광고 내달라고 설득하는, 광고국장 명의의 호소문이 실렸다. 그때부터 동아일보에 응원 광고가 실리기 시작해서 종교사회단체와 야당 등에서 응원 광고를 냈다. 일반 시민의 참여는 아직 많지 않았다.

"근데 거기에 광고 냈다가 괜히 치도곤당하는 거 아니요?"

쪼가리 광고를 힐끗 본 후, 어복쟁반의 당면을 마저 건져 먹던 배불뚝이 아저씨가 물었다. 사람들의 눈길이 배불뚝이 아저씨한테 쏠렸다.

"우리 상가건물에 이발학원 있잖아? 거기서 얼마 전에 동화에 광고 냈거든, 수강생 모집한다고. 그랬더니 중앙정보부에서 득달같이 찾아왔더래요. 동화에 광고 내면 재미없을 줄 알라고 협박하더라는 거야. 세상이 이래도 되는 거요?"

배불뚝이 아저씨 말에 다들 식겁한 표정을 지었다. 기업광고는 물론, 개인 자영업자의 구인 광고까지 간섭한다는 소문이 사실인 모양이라며 수군거렸다.

"도대체 중정이 그렇게 할 일이 없나? 잡으라는 간첩은 안 잡고 말이야."

국물까지 다 비운 냉면 그릇을 식탁 위에 거칠게 내려놓으며 장발 청년이 말했다.

"응원 광고는 익명으로 내셔도 됩니다. 광고에 이름이나 소속 밝힐 필요는 없어요.” 흥복이 신문에 난 광고국 전화번호를 가리켰다. “이 번호로 전화하시면 됩니다. 응원 광고 문구 말씀하시고 광고료 입금하시면 돼요. 여러분이 원치 않으시면 신분이 노출되지 않습니다.”

“하고 싶은 말을 어떻게 정리하죠? 쪼끄만 광고면에 많이 쓸 수도 없잖아?”

파마 아주머니 물음에 흥복의 답변이 이어졌다.

“일단 말씀해 주세요. 그럼 제가 짧게 정리해 볼게요.”

사람들은 알겠다, 한번 생각해 보겠다는 말만 되풀이했다. 흥복은 확실한 당근을 쥐여 주어야겠다고 생각했다. 가계부가 별책부록으로 달린 월간지 『동화 레이디』 신년 호를 가방에서 사람 수만큼 꺼내서 돌렸다. 가계부에는 계절별 상차림과 요리법이 컬러 사진으로 삽입되어 제법 화려했다. 화려한 가계부와 여성지 뒤적이느라 정신이 팔린 상인들에게 흥복이 손에 쥔 동화일보를 흔들면서 말했다.

“신문 기사는 기자들만 쓸 수 있잖아요? 광고는 누구나 낼 수 있어요. 기자가 쓴 기사는 데스크에서 고치기도 하잖아요? 광고는 달라요. 일단 여러분이 돈을 낸 광고는 아무도 건드릴 수 없어요. 편집국장, 아니 신문사 사장도 못 고쳐요. 여러분이 돈 주고 신문 광고면을 샀기 때문이죠. 광고를 통해, 평소 하고 싶은 말 얼마든지 자유롭게 하실 수 있어요.”

가계부와 여성지를 가방에 챙겨 넣은 파마 아주머니가 지갑을 꺼내며 말했다.

“우리 딸 성혜가 이대 다니거든요. 그러잖아도 동화에 응원 광고

한 번 내자고 하더라고요. 제일 작은 걸로 할게요. 얼마죠?"

얼른 수첩을 꺼낸 흥복이 적을 준비를 했다.

"1단 1센티에 오천 원이요. 광고료는 나중에 보내주셔도 됩니다. 일단 접수해 놓을게요. 광고엔 뭐라고 쓰면 될까요?"

"우리 애가 그러더라고요. 다른 신문들은 다 맛이 갔다면서, 유일하게 버티는 동화가 마지막 희망이라고…. 동화마저 무릎 꿇으면 이민 가고 싶을 거라나 뭐라나? 뭐 그런 내용으로 알아서 써주세요."

그 내용을 정리하려고 흥복은 수첩에 이리저리 끄적거렸다. 그동안 상인들은 번영회 다른 회원뿐 아니라 주변의 향우회나 동창회 등에도 응원 광고 알려주자고 서로 권했다. 잠시 후 흥복이 정리한 문구를 보여주었다.

"이거 어떠세요? '동화, 너마저 무릎 꿇으면 이민 갈 거야! E대생 S.'"

우리 애가 하고 싶었던 말이 바로 이거라면서, 파마 아주머니는 반색하며 손뼉을 연달아 쳤다. 요즘 시민들 마음을 절묘하게 드러냈다며 다른 상인들도 칭찬했다.

상인들을 배웅한 후 흥복이 음식값을 계산하는데 연이가 다가와서 웃으면서 아는 체했다. 직원들하고 점심 먹으러 왔다가 흥복 일행 뒤쪽 테이블에 앉아서 아까부터 지켜봤다고 했다. 흥복은 상인들 설득하느라고 연이를 미처 보지 못했다. 지난번 일이 생각난 흥복이 몸은 괜찮으냐며 안부 삼아 묻자 연이가 말했다.

"지난번에 흉한 모습 보여서 민망하네요."

“뭘요…. 제가 쓸데없이 캐물어서 죄송했어요.”

두 손을 내젓는 흥복에게 연이가 엄지를 치켜세웠다.

“아까 그 광고 문구 말맛이 있더라고요. 감각 있으시네요.”

연이의 말에 흥복은 귀밑이 빨개졌다. 아까 상인들이 칭찬할 때도 무덤덤했었는데…. 연이가 자기도 동화에 응원 광고를 내겠다며 덧붙였다.

“광고비는 나중에 입금할게요. 제 응원 광고 문구 요거 어때요? ‘그냥 이대로 있을 수 없어서… 소심한 여자 Y.’”

동화일보의 응원 광고는 1월 한 달 동안 눈에 띄게 늘어났다. 특히 일반 시민들의 응원 광고 건수가 가파르게 상승하면서 어느새 시민단체 광고보다 많아졌다. 기업광고가 없어서 백지로 내보냈던 광고면이 시민들 응원 광고로 채워졌다. 응원 광고는 시민들이 전화로 의뢰한 후 광고비를 입금하거나, 광고국에 직접 방문해서 의뢰했다.

다른 광고국 직원들처럼 흥복도 요즘은 주로 광고국에 앉아 시민들 응원 광고를 접수받았다. 시민들 응원 광고를 받으려고 뛰어다닐 필요가 없어졌다. 기업광고를 영업하러 외근하는 일이 없어진 지는 꽤 됐다. 대신에 응원 광고를 접수하면서 흥복이 광고 문안을 다듬는 일이 점점 많아졌다.

한번은 동화일보 염리동 보급소 소장이 응원 광고를 내고 싶다면서 5만 원 입금하겠다고 전화했다. 보급소의 배달원들이 동화일보 돌리는 걸 자랑스러워한다면서, 보급소에서 고철이랑 빈병 휴지 등을 팔아서 모은 돈이라고 했다. 광고 문안은 알아서 써달라고 해서, 흥복은 그들의 사연을 그대로 적기로 했다.

'고철 모아 판 돈을 여기에 드립니다' - 동화일보 배달원임을 자랑스럽게 여기는 보급소 배달원들.

겨울인데도 얇은 겉옷을 걸친 서울역 지게꾼이 광고국을 직접 찾아온 적도 있었다. 광고비가 너무 적어서 미안하다며 꼬깃꼬깃한 돈 1만 원을 냈다. 꼭 동화를 위해서라기보다 그냥 광고를 내고 싶었다고 말했다. 응원 광고를 냈다는 뿌듯함을 느끼고 싶었던 것으로 짐작했다. 그 마음을 흥복이 광고 문안으로 정리해서 보여주자 좋다고 했다.

'동화를 위해 성금을 내는 것이 아닙니다. 나 자신을 위해 내는 것입니다.' - 서울역 근로자.

한국말이 서툰 한 재일교포 대학생은 광고비로 3만 원을 접수했다. 일본에서 대학을 다니는 재일교포 2세인데, 이번에 한국으로 여행을 왔다는 것이다. 원래 예약한 여관 대신 하룻밤에 1,500원 하는 여인숙에서 자면서 경비를 아껴 응원광고비를 접수하러 왔다고 했다. 서툰 한국말로 열심히 이야기하는 재일교포 대학생의 생각을 흥복이 문안으로 다듬어서 보여주었다.

'언론자유는 민주국가의 생명입니다. 언론은 국민의 것입니다.' - 재일교포

자신이 하고 싶은 말이 바로 이거였다면서 흥복에게 엄지를 들어 보였다.

마포 달동네 자취방의 주인집 아저씨가 흥복의 손에 5천 원을 쥐여 준 적도 있었다. 응원 광고에 보태라는 주인집 아저씨의 마음이 푸근하게 전해졌다. 평소 딸들에게 동화를 읽어주면서 들려줬던 말이 있다고 해서 흥복이 정리해 보았다.

'당당하게 버티는 거야. 도깨비는 날이 새면 허깨비가 되나니.' - 달동네 아저씨

응원 광고를 접수하고 다듬으면서 흥복은 사람들이 하고 싶은 말이 이렇게 많았나 새삼 놀랐다. 그동안 무시당하고 억눌렸던 사람들이다. '한강의 기적' 어쩌고 하는 그 한강 변 영등포의 양평동과 문래동 구로동의 공원인 '공돌이' '공순이', 그리고 한강 변으로 흘러 들어가는 청계천 변의 판자촌과 봉제공장의 '시다'가 바로 그들이다. 그들은 흥복이 아침저녁으로 마주치는 이웃이기도 했다.

'이겨라 동화!'라고 응원한 복덕방 주인, '안타까운 마음으로 여백을 삽니다'라고 한 밥집 아줌마, '입 막고 눈 가려도 귀만은 살아 있다'는 대아상가 모피복 근로자들, '술 한 잔 덜 먹고 여기에 내 마음을 담는다'는 운전사, '근로자의 벗 동화여!'를 외친 품팔이 근로자들….

동화를 응원하는 그 목소리에서 그동안 억눌렸던 그들의 마음을 흥복은 느낄 수 있었다. 그들의 마음, 그들의 말을 살아있는 그대로 생생하게 담아내고 싶었다. 되도록 있는 그대로 전달하려고 힘썼다. 광고 문안을 다듬으면서 흥복은 그들의 목소리로 대신 소리쳐 준다는 뿌듯함을 느꼈다.

흥복이 접수한 광고들은 글자 하나, 점 하나까지 흥복이 다듬어서

빚어낸 문안들로 대부분 꾸며졌다. 광고국 다른 직원들도 접수한 광고 내용을 흥복에게 다듬어 달라고 요청하는 경우가 늘어났다. 점점 광고를 접수 받는 일보다 문안 다듬는 일이 많아졌다. 시민 응원 광고 중에 흥복이 다듬은 문안들이 점점 늘어났다.

흥복에게는 새로운 경험이었다. 은근히 재미도 있었고 보람도 있었다. 칭찬도 쏟아졌다. 흥복이 접수하고 정리한 광고 문안이 특히 좋다고들 했다. 잘한다! 얼씨구! 하는 추임새에 신명 나게 창을 하는 소리꾼이 이런 기분일까? 박 대리 이런 글재주가 있는 줄 몰랐네! '동화의 문사(文士)'가 여기 있었구먼! 하는 추임새 소리에 흥복은 신바람이 나서 응원 광고 문안을 만들고 다듬는 일에 더욱 몰입하게 되었다.

2월 초에 흥복은 충무로에서 연이와 동준을 만났다. 시민 응원 광고 동판을 받으러 제작업체에 들렀을 때였다. 책상 위에 다음 달 3월의 광고매체 스케줄표를 놓고 두 사람이 얘기하는 중이었다.

"요즘 동화 대단해요. 기업광고는 안 보이지만 응원 광고가 넘치던데요."

연이가 동화일보의 고도리 영감 만평을 손으로 짚었다. 요즘은 사람들이 동화일보 받으면 기사보다 광고부터 본다는 내용이었다.

"이젠 광고 유치하려고 뛰어다닐 필요 없지? 광고국에서 접수받기도 바쁠 것 같은데."

동준이 흥복 어깨를 툭 치며 묻자 흥복이 대답했다.

"요즘은 문안 정리하는 일이 더 많아요. 응원 광고가 정말 많이 들어오거든요."

"어쩐지 응원 광고 수준이 높더라고요. 박 대리님 손길을 거친 거였군요."

연이의 칭찬에 흥복은 손을 내저었다.

"제가 전부 다듬은 건 아니에요. 의뢰하면서 직접 주신 문안도 많아요."

"그래도 다듬는 일이 쉽지 않겠지. 응원 광고가 워낙 많을 거 아냐?"

동준도 흥복을 추켜세웠다.

목덜미를 긁으며 겸연쩍어하던 흥복은 어제 의뢰받은 광고 이야기로 화제를 돌렸다. 공중전화인지 시끄럽고 잡음이 많은 가운데 광고 의뢰인은 본인이 육군 중위라고 밝혔다. 응원 광고 문안이랑 크기는 알아서 해달라고 하면서 입금하겠다고 했다. 나중에 확인해 보니 10만 원이나 보냈다. 그 정도면 광고를 꽤 크게 낼 수 있는 금액이었다.

"육군 중위요? 정말 뜻밖이네요. 지금은 군인들 세상인데, 육군 중위까지 동화를 응원한다?"

연이 눈이 휘둥그레졌다.

"그러게요. 그 자체가 충격적이고 상징적이네."

동준도 눈을 동그랗게 떴다.

"광고는 알아서 해달라고 하거든요. 어떤 방향이 좋을까요?"

흥복이 동준을 보고 물었다.

"지금 그걸 왜 나한테 묻고 있지?"

동준이 심드렁하게 웃으며 되물었다.

“홍 차장님이 광고 프로시잖아요.”

흥복도 웃었다.

썩 내키지 않은 표정으로 동준이 툭 던졌다.

“아무래도 육군 중위를 전면에 내세우는 게 좋겠지. 군인도 응원 광고를 냈다는 거, 그 사실 자체가 백 마디 말보다 임팩트 있잖아.”

흥복이 다시 물었다.

“그럼 과감하게 문안을 생략할까요? 빈 공간에 그냥 ‘대한민국 육군 중위’ 이렇게만?”

그게 좋겠다고 맞장구치던 연이가 눈을 반짝이면서 흥복에게 제안했다.

“디자인에 여백을 주는 거예요. 어차피 대부분의 광고 지면에 빽빽하게 광고 문구가 들어가잖아요. 여기 아무 문구도 넣지 않으면 공간이 좀 생기겠죠? 상대적으로 이 광고가 클 테니까요.” 연이가 신문의 여백에 직접 레이아웃을 그려 보였다. “빈 공간의 하얀 여백 밑에 이렇게 쓰는 거예요. '대한민국 육군 중위'라고만 아주 조그맣게. 그럼 오히려 눈에 확 띄겠죠? 어떤 광고보다 강렬한 인상을 줄 거예요.”

연이가 그린 레이아웃을 보고 동준이 엄지를 치켜세웠다.

“아주 좋아요! 빈 공간 자체가 소리 없는 아우성처럼 보이겠네요. 군인들까지도 침묵 속에서 동화를 응원한다는 아우성.”

함께 머리를 짜내서 만든 광고안이 마음에 들어서 세 사람은 서로서로 손뼉 맞장구를 쳤다. 이 광고의 임팩트가 기대된다고들 했다.

여럿이 이렇게 머리를 맞대고 광고를 만드는 게 색다른 경험이어서 흥복은 신기하고 재미있었다. 이런 게 광고하는 맛인가 보다, 하는 생각도 들었다.

4

"대한민국 육군 중위! 이 광고 누가 접수해서 만든 거요?"

광고국 출입문 쪽에서 외치는 소리에 흥복이 고개를 돌렸다. 안혁필 기자였다. 얼마 전 자유언론 선언을 주도해서 한창 바쁜 안 기자가 어쩐 일로 광고국에 다 내려왔나 싶었다. 흥복이 접수했다고 하자 안 기자가 신문을 들고 흥복 쪽으로 다가왔다. 어제 날짜 2월 16일자 동화일보 광고면을 흥복에게 들이댔다. 빈 공간에 '대한민국 육군 중위'라고만 쓰인 응원 광고였다.

"이 광고 뭐라면서 의뢰했어요? 이렇게 백지로 내 달라고 했나요?"

무슨 말을 하려고 그러지? 궁금해하면서 흥복이 대답했다.

"알아서 해 달라고 했어요. 육군 중위라고만 밝히고."

"아무 말이 안 쓰여 있는 게 더 의미 있네요. 침묵하는 군인들도 우리 편이라는 뜻이잖아요."

연이랑 동준 셋이 만든 광고가 의도했던 대로 메시지를 전달한 것 같았다. 안 기자가 동준의 친구인 게 생각나서 흥복이 말했다.

"그 광고 홍동준 차장님도 같이 만든 거예요."

"그래요? 뜻밖이네. 오불관언하는 '미스터 일모'가 어쩐 일로…."

안 기자가 허허 웃더니 두 손으로 흥복의 오른손을 꽉 쥐고 말을 이었다.

"요즘 우리 동화의 시민 광고를 보면서 느끼는 게 많아요. 시민들 누구나 자기 목소리를 내는 우리 광고면이야말로 진정한 민주 광장입니다. 고대 그리스의 아크로폴리스나 아고라 광장 못지 않아요."

흥복은 괜히 귀밑이 뜨뜻해져서 안 기자가 잡은 손을 슬그머니 뺐다. 그래도 은근한 뿌듯함이 온몸을 휘감았다. 내가 다듬는 응원 광고가 이렇게나 인정받다니! 언론자유에 그렇게나 도움이 된다고? 양쪽 입꼬리가 슬그머니 올라가는 걸 흥복도 어쩌지 못했다.

안 기자가 편집국으로 올라가자 광고국 직원들이 흥복 주변에 몰려왔다. 생전 광고국 내려오는 일 없는 기자가 직접 찾아와서 칭찬하는 게 인상적이어서다. 육군 중위 광고가 정말 충격적이라는, 주변의 반응들을 전해주었다.

고 국장과 안 차장은 점심 먹을 때가 다 되었는데도 출근하지 않았다. 이 정도로 늦으면 회사로 전화 연락을 할 텐데 이상했다. 그러고 보니 요즘 기업광고도 없어서 어디 접대할 데도 없을 텐데? 흥복이 고 국장 집으로 전화했다. 고 국장 부인은 겁먹은 목소리로 고 국장이 집에 없다고 했다. 머뭇머뭇하다가 사실 어제 고 국장이 보안사에 연행되었다고 털어놓으며 울먹였다.

어젯밤 10시 다 돼서 고 국장이 늦게 들어왔다는 것이다. 초인종

소리가 들려 부인이 대문을 열어주러 막 나갔을 때였다. 대문 앞에 검은색 지프차가 들이닥쳤다. 고 국장과 부인은 깜짝 놀라서 집 안으로 들어가려 했다. 지프차에서 세 사람이 뛰어나왔다. 군복을 입지는 않았지만, 머리가 군인처럼 짧은 청년들이었다. 청년 둘이 고 국장의 양팔을 잡았다. 또 한 명은 고 국장이 소리 지르지 못하게 손수건으로 입을 틀어막았다. 세 사람은 고 국장을 지프차에 강제로 태웠다. 책임자로 보이는 사람이 지프차에서 내렸다. 비명을 지르는 부인을 보고 쉿! 하고 입술에 손가락을 댔다. 나지막하게, 하지만 위압적인 목소리로 속삭였다. 저희가 잠시 국장님 모시고 갑니다. 국가 안보와 관련된 일이니 다른 사람들한테는 말하지 마세요. 부인은 뜬눈으로 밤을 꼬박 새웠다. 점심때가 다 되도록 고 국장은 돌아오지 않았다. 이걸 회사에 알려야 하는 게 아닌가, 안절부절못하고 망설이는 중이었다고 말했다.

흥복에게 사정을 전해 들은 광고국 직원들은 경악을 금치 못했다. 안 차장한테도 연락을 시도했다. 집에 전화가 없어서 흥복이 안 차장 집으로 찾아갔다. 역시 안 차장도 어젯밤에 연행되었다. 부인과 노모가 겁먹은 채 어떻게 해야 좋을지 몰라 애만 태우고 있었다. 부인의 이야기를 통해 그려지는 어젯밤 그림은 고 국장과 거의 비슷했다. 흥복은 경악을 넘어 불안하기까지 했다. 남의 일 같지 않았다.

뜨거운 물벼락을 맞은 개미굴처럼 신문사가 발칵 뒤집혔다. 김 전무와 편집국장이 사방팔방으로 뛰어다니며 알아봤다. 수소문한 결과 고 국장과 안 차장은 육군 보안사령부에 연행된 것으로 드러났다.

육군 중위 광고 때문이었다. 어제 동화일보에 육군 중위 이름으로 응원 광고가 나가자 청와대에서 노발대발했다는 것이다.

그러자 중앙정보부는 물론이고 보안사까지 뛰어들어 들쑤시고 다녔다. 응원 광고에 군인이 연루되었다는 핑계였다. 군인을 수사하는 보안사가 전쟁과 같은 비상 상황도 아닌데, 민간인을 이렇게 연행해도 되는지 비판이 일었다. 더구나 부인들의 말을 들어보니, 영장도 없이 강제 연행한 게 분명했다.

저녁이 되도록 고 국장과 안 차장은 풀려나지 않았다. 언론탄압이라며 반발하는 안 기자가 당장 기사를 썼다. '본사 광고국장·차장 연행'이라는 제목에 '어젯밤 육군 보안사에서, 응원 광고 의뢰 군인 신원조사와 관련' 등의 부제목을 달고 다음 날 동화일보에 기사가 나갔다.

기사가 나간 날에도 고 국장과 안 차장은 풀려나지 않았다. 보안사와 중정에서는 동화에 광고를 낸 육군 중위가 누구인지 색출하려고 혈안이 되었다. 각 부대의 중위들, 특히나 육사 출신이나 ROTC 출신 중위를 모조리 조사하는 듯했다. 청와대 각하의 심기 경호를 위해 보안사와 중정이 충성 경쟁을 벌이는 게 분명하다고들 했다.

점심시간이 지나도록 두 사람이 풀려나지 않자 흥복의 불안감은 더 커졌다. 국장과 차장을 끌고 갔으니 육군 중위 광고를 누가 맡았는지 알아냈을 것이고, 그러면 다음 차례는 담당자인 자신이 될 게 분명했다.

늦은 오후, 김해강이란 인물이 흥복을 광고국장실로 불렀다. 흥복은 김해강이 기자인 줄 알았다. 작년 10월 자유언론 실천 선언을 하면서, 동화일보에 드나들던 중앙정보부 기관원의 존재를 기자들이 폭로했다. 그때야 김해강이 기관원임이 드러났다. 그전까지 동화의 기사를 체크하고 편집국장실을 드나들면서 압력을 가했던 인물이었다.

마침내 올 것이 왔구나, 생각하면서 흥복은 광고국장실 문을 두드렸다. 불안감과 더불어 불쾌감도 끈적끈적하게 달라붙었다. 아무리 광고국장이 자리를 비웠다고 해도, 남의 사무실을 제 안방처럼 떡하니 차지하고 있는 걸 보니 기가 막혔다. 상석의 싱글 소파에 앉은 해강은 흥복을 힐끗 보더니 손님용 소파를 손짓으로 가리켰다.

흥복이 자리에 앉자마자 광고 의뢰한 사람이 누구냐고 다그치기 시작했다. 전화로 자신이 육군 중위라고만 밝혔고, 광고비를 입금한 계좌도 실명이 아니라 '육군 중위'라는 차명이어서, 흥복도 알 수 없다고 대답했다. 계속 흥복을 추궁하던 해강이 불쑥 던졌다.

"그 사람 군인인 거 확실해요?"

"저야 모르죠. 그냥 육군 중위라고 하길래 그렇게 쓴 겁니다."

해강이 백지와 볼펜을 탁자에 탁 놓더니 흥복 앞으로 밀었다.

"그러니까! 자, 긴말 필요 없고, 여기 진술서 하나 써요. 그 사람 현역 육군 중위가 아니라고."

예상 밖의 압박에 흥복은 당황했다. 당연히 육군 중위에 대해 캐물을 줄 알고, 모른다고 말하려고 마음을 단단히 먹고 왔다. 그런데 육군 중위가 허위라고 진술하라며 윽박지르고 있다. 광고 의뢰자 색출이 여의찮아서 방향을 바꿨나? 그것과 상관없이 육군 중위를 허위로 몰아가려 하나? 군인도 응원한다는 상징성을 지워버리려고? 아니면 그는 정말 육군 중위가 아니었나? 백지를 앞에 놓고 흥복은 생각이 복잡해졌다. 뭐 하냐는 듯 해강이 눈짓으로 재촉했다. 어떻게 해야 하나? 일단 시간을 좀 벌어야겠다고 생각했다. 잠깐 문안 좀 정리해 보겠다면서 흥복이 공책 뒷부분에 낙서하듯 끄적거렸다. 금방 끝내라면서 해강이 입을 씰룩거리며 비양하는 투로 내뱉었다.

"진술문 잘 정리해 보소. 요즘 '낙양(洛陽)의 지가(紙價)'를 올리는 '동화의 문사'라니까….."

거슬리는 빈정거림을 애써 무시하고, 흥복은 아주 짧은 순간이지만 온 신경을 문안에만 집중했다. 어떻게 할 것인가? 그냥 저쪽에서 원하는 대로 진술서를 써줄 것인가. 아니면 거부할 것인가. 진술서를 거부하는 게 가당키나 할까. 중정뿐 아니라 보안사까지 이빨을 드러내며 으르렁거리는 이 판국에? 그렇다고 사실을 호도할 것인가. 철공소의 용접기에서 불꽃이 튀는 것처럼, 머릿속에서 스파크가 일어났다. 흥복은 진술서에 담을 말을 이리저리 끄적거리는 척했다.

순간, 문구 한 줄이 번득였다. 오른손을 무릎에 비벼 땀을 닦은 후, 흥복이 진술서를 써서 해강에게 넘겼다.

1975년 2월 16일 자 동화일보에

대한민국 육군 중위라는 명의로 광고를 의뢰한 자가

현역 육군 중위임은 확실치 않음.

1975년 2월 18일.

동화일보 광고국 대리 박흥복.

진술서를 받아 든 해강이 입맛을 쓰읍 다셨다. 진술서를 탁자에 내던지더니 손가락으로 가리켰다.

"이건 육군 중위가 아니라는 말이 아니네?"

"……."

"그냥 확실치 않다는 거잖아."

"저야 그 사람이 육군 중위인지 아닌지 확실하게 모르죠."

"그러니까 진짜 육군 중위가 아닌 거지."

입안이 까슬까슬해진 흥복은 마른침으로 입술을 적셨다.

"그렇다고 그 사람이 육군 중위가 아니라고 말할 수는 없죠."

"뭔 소리야?"

"제가 진술할 수 있는 건 그 사람이 진짜 육군 중위인지 저는 잘 모르겠다는 겁니다."

"그런데?"

"그 사람이 육군 중위가 아니라고는 제가 말할 수 없다는 거죠."

해강이 주먹으로 책상을 내리치면서 눈을 부라렸다.

"이 양반 아주 답답하구먼. 쓰라면 쓸 것이지 뭔 말이 많아."

"여기 쓰지 않았나요? 현역 육군 중위인지 확실하지 않다고."

해강의 부릅뜬 눈을 흥복은 외면하지 않고 받았다. 정면에서 똑바로 해강을 응시했다. 무릎 위의 두 주먹을 움켜쥐면서 어금니를 꽉 깨물었다.

한동안 정적이 흘렀다.

해강이 먼저 눈길을 거두었다. 피식 웃으며 고개를 절레절레 흔들었다.

"이 친구 독특하네. 좋아! 담당자야 뭐… 어차피 국장과 차장이 썼으니까."

흥복이 쓴 진술서를 받아 양복 안주머니에 넣은 해강이 국장실을 나가면서 한마디 던졌다.

"조심하쇼! 사소한 일에 목숨 걸다가 다치는 수가 있어."

흥복의 마음이 무거워졌다. 다치는 수가 있다는 말이 비수처럼 가슴을 후볐다. 정말 사소한 일에 괜히 목숨 걸었나, 하는 후회도 목에 걸린 생선 가시처럼 따끔거렸다.

5시가 넘어 퇴근할 무렵이 거의 다 된 시간에 고 국장과 안 차장이 돌아왔다. 그러니까 보안사에 끌려가서 이틀 밤을 새우고 돌아온 셈이다. 신문사 앞에서 고 국장은 지프차에서 내릴 때부터 오른쪽 다리를 절뚝거렸다. 안 차장은 왼쪽 팔을 건드리기만 해도 비명을 질렀다. 심하게 골절이 된 듯했다. 두 사람은 아무 말도 하지 않았다. 전무실에 가서 간단하게 보고한 후 바로 집으로 들어갔다.

고 국장과 안 차장의 모습을 본 흥복은 가슴이 내려앉았다. 끌려가서 몽둥이찜질 당하고 조인트 까이면서 고문당하는 모습이 떠올랐다. 팔뚝에 소름이 돋았다. 두 사람이 밤에 집에서 연행되었다는 말이 생각나서 마포 자취방으로 돌아가지 않았다. 회사 근처 여인숙에서 잤다. 잠자리가 바뀌어서 그런지 밤새 잠을 설쳤다. 저벅저벅 하는 발소리에도 몇 번이나 잠을 깼다.

5

다음 날 아침 흥복이 출근했을 때 신문사 분위기가 심상치 않았다. 기자들은 보안사가 민간인인 고 국장과 안 차장을 불법 연행하고 고문까지 자행한 건 명백한 언론탄압이라며 규탄했다. 중정 직원이 안하무인으로 광고국장실에 들어앉아 광고 직원을 윽박질러 진술서를 쓰게 한 것도 문제 삼았다. 기자들은 그러지 않아도 광고 해약 사태를 언론탄압으로 규정했었다. 뜨겁게 달궈진 화로에 불법연행과 고문이 휘발유를 부은 격이다.

마침내 기자들은 농성에 돌입했다.

김 전무는 즉각 농성 해산을 명령했다. 광고 해약 사태가 장기화되자, 회사 분위기가 과열되었다면서 모든 사내 집회를 불허한다고 열흘 전에 공표했던 김 전무였다.

김 전무 명령에도 기자들은 농성을 풀지 않았다.

그동안 보안사와 중정에서 육군 중위를 색출하느라고 전국의 중위들을 이 잡듯이 뒤졌다. 찾아냈다는 소식은 들려오지 않았다. 기자들은 응원 광고를 낸 육군 중위가 일반대학의 학군사관후보생인 ROTC 출신일 것으로 짐작했다. ROTC 출신 중위는 일반대 출신이기 때문에 군인이라도 비판의식이 남아있을 것이라는 게 기자들 생각이었다.

오후에 동준에게서 전화가 왔다. 동화일보에 난 민간인 불법연행 기사를 보았다고 했다. 흥복이 중정 요원한테 조사받았다는 소식도 들은 모양이다. 별일 없었냐면서 묻는 동준이 자신을 걱정해주는 것 같아 흥복은 가슴 한편이 따뜻해졌다. 그런데 가만히 눈치를 보니까 불안해서 전화한 것 같았다. 육군 중위 광고 만들 때 자신과 상의했다고 말했는지, 그래서 혹시 자기도 조사받게 될까 봐 동준은 은근히 신경 쓰이는 모양이다. 언뜻언뜻 내뱉는 말로 봐서 생각은 꽤 비판적이고 과격한 동준이 의외로 몸은 많이 사리는 것 같았다.

육군 중위 정체에 대해서만 캐물었으니 걱정하지 말라고 동준을 안심시켰다. 동준은 특히 진술서에 관한 이야기를 듣더니 대놓고 콧바람 소리를 내며 내뱉었다. 육군 중위는 허위라고 조만간 발표 나겠군.

다음날인 2월 20일에 보안사의 조사 결과가 신문에 일제히 기사로 나왔다. 보안사에서 발표한 내용은 짤막했다.

'나흘 전 대한민국 육군 중위라는 이름으로 동화일보에 광고를 낸 의뢰인은 조사 결과 현역군인이 아닌 것으로 밝혀졌다. 동화일보 광고국 국장과 차장도 육군 중위는 현역군인이 아니라고 진술했다.'

동준의 예측 그대로인 것을 보고 흥복은 쓴웃음을 지었다. 기자들은 코웃음 쳤다. 사실을 왜곡하고 언론을 탄압한, 구태의연한 작태라고 규탄했다.

일주일 넘도록 기자들이 농성을 풀 기미를 보이지 않자, 김 전무는 강경하게 나오기 시작했다. 농성하는 기자들을 징계하겠다고 경고했고, 결국 안혁필 기자를 비롯한 지도부를 해임해 버렸다. 이에 기자들은 해임 철회를 요구했고, 송 편집국장도 후배 기자들의 해임에 항의하여 사직서를 제출했다.

3월이 되면서 농성은 동화일보에서 동화방송(DBS)까지 확산되었고 더 강경해졌다. 동화일보와 DBS의 기자와 PD, 아나운서, 엔지니어 등 150여 명의 직원들이 편집국과 방송국을 점거하며 제작 거부 투쟁에 돌입했다. 신문잡지 및 방송의 실무 제작진 중 절반이 넘는 숫자였다.

농성이 전사적으로 확산하던 3월 초, 옆자리의 광고국 막내 재섭이 농성장에 가보자고 해서 흥복도 함께 올라가 봤다. 3층 편집국 농성장에서는 기자와 PD 등 여러 직종의 사람들이 주먹을 흔들며 노래를 부르고 있었다. 안혁필 기자를 비롯해서 해임 통보를 받은 지도부가 머리에 검은 띠를 두르고 앞에서 북을 치며 선창했다.

와서 모여 함께 하나가 되자. 와서 모여 함께 하나가 되자. 물가에 심어진 나무같이 흔들리지 않게….

재섭은 농성자들 속으로 들어가서 주먹을 흔들면서 노래를 따라 불렀다. 흥복은 가사도 잘 모르는 노래여서 뒤에 뻘쭘하게 서 있었다.

안혁필 기자가 흥복에게 다가와서 반갑게 손을 내밀었다. 흥복이 쭈뼛거리며 어정쩡하게 잡았다. 안 기자가 담배나 한 대 피우자면서 흥복과 같이 편집국 밖 복도로 나갔다. 친구 동준한테 얘기 많이 들었다면서, 흥복에게 담배를 권했다. 요즘 동화의 시민 광고야말로 시민들의 목소리가 울려 퍼지는 아고라 광장이라는 말을 또 꺼내더니 안 기자가 한마디 덧붙였다.

"5년 전 분신한 전태일 열사의 모습이 요즘 자꾸 떠오릅니다. 그동안 희미해지던 그때의 충격과 다짐이 요즘 되살아나네요. 우리 박동지 역할도 기대됩니다."

안 기자가 흥복의 손을 꽉 잡고 흔들더니, 같이 들어가자고 권했다. 조금 있다가 들어가겠다고 말한 후 흥복은 안 기자를 먼저 들여보냈다. 들어가기가 망설여졌다. '박 동지'라는 말이 너무 귀에 설었다. 가사도 잘 모르는 노래를 주먹까지 흔들면서 부르기도 어색했다. 흥복은 혼자서 광고국으로 내려왔다.

그날 저녁 퇴근길에 흥복은 리어카에서 쥐포를 샀다. 진눈깨비도 오고 기분이 꿀꿀해서, 자취방에 남아있는 됫병 소주[4]를 혼자 홀짝일 때 안주로 먹으려는 심사였다. 흥복이 찻길 뒤쪽 골목길로 접어들었을 때였다. 오른쪽 앞발 발목이 잘려 나가 쩔뚝거리는 고양이가 보였다. 녀석은 영역 싸움하다 다쳤는지, 진눈깨비에 젖은 털이 드문드문 뜯겨나가 꽁지 빠진 수탉 꼴이었다.

건너편 처마 밑의 쓰레기 더미에 무언가를 노리는 듯 녀석이 쩔뚝이며 다가갔다. 거품을 물고 죽은 쥐의 사체였다. 연탄재랑 같이 쓰

4) 됫병 소주는 한 되(1.8리터) 분량의 큰 병에 담긴 소주.

레기 더미에 방치되어 있었다. '1975년 3월 10일 오후 10시, 다 같이 쥐약 놓아 남은 쥐를 때려잡자!'라는 포스터도 벽에 붙어있었다. 아무래도 쥐약 먹고 죽은 쥐를 쩔뚝이가 먹으려는 모양이었다. 쩔뚝이가 쥐약 먹은 쥐를 못 먹게, 흥복은 돌을 던져 쩔뚝이를 쫓았다.

그런데 잠시 뒤로 물러설 뿐, 흥복이 자리를 뜨면 금방 쥐를 먹을 것 기세였다. 아무래도 저놈의 고픈 배를 채워 주어야 쥐를 포기할 것 같았다. 다리를 쩔뚝이며 축축하게 젖은 몸뚱이를 이끌고, 죽은 쥐의 사체나 탐하는 절뚝이를 흥복은 물끄러미 쳐다봤다. 그 비루한 모습이 자기를 보는 것 같았다. 마음이 짠해졌다.

쩔뚝이가 죽은 쥐에게 다가갔다. 얘야! 썩은 고기를 먹지 않는 사자는 못되더라도, 쥐약 먹은 쥐를 먹을 수는 없지. 흥복은 조금 전 리어카에서 산 쥐포를 봉지에서 꺼내 쩔뚝이에게 흔들어 보였다. 쥐포를 저쪽으로 멀리 던졌다. 쩔뚝이가 쥐포 있는 쪽으로 쩔뚝거리며 달려가더니 잽싸게 물고 사라졌다.

흥복은 쓰레기 더미의 연탄재를 발로 으깼다. 고양이들이 먹지 못하도록, 흉물스러운 쥐의 사체를 젖은 연탄재로 두툼하게 덮었다. 에이, 볶아놓은 돼지 껍데기나 데워서 안주해야겠다. 봉지에 얼마 남지 않은 쥐포를 뒤적이며 흥복은 자취방으로 가는 발걸음을 재촉했다.

신문사 편집국과 방송 제작실을 점거한 농성은 일주일 넘게 지속되었다. 김 전무도 물러서지 않았다. 농성에 참여하지 않은 나이 많은 직원들을 동원했다. 다른 신문사를 떠돌며 '유랑 신문'을 제작하고 음악으로 대충 때우는 '해적 방송'을 내보냈다.

작년 12월부터 시작된 광고사태가 석 달 가까이 지속되자 싸움은 더 이상 언론사와 정부 사이의 대립이 아니었다. 언론사 내부에서 안기자로 대표되는 사원(社員)과 김 전무로 대표되는 사주(社主)가 서로 머리끄덩이를 잡고 싸우는 꼴이 됐다.

폭압적인 권력에 맞서 언론자유를 위해 서로 힘을 합쳐 싸워도 시원치 않을 판이다. 그런데 권력이 기업광고를 틀어막아 언론사 돈줄을 조이자, 결국 돈 문제 때문에 사주와 사원이 서로 싸우는 형국이 돼버린 것 같아 홍복은 안타까웠다. 권력과 언론사 간의 언론자유 문제를 언론사 내부의 사주와 사원 간 돈 문제로 변질시킨 것이야말로 권력 입장에서는 '신의 한 수'가 아닐까 싶은 생각도 들었다.

신문과 방송의 제작 거부 투쟁이 열흘 넘게 이어지자, 농성에 대한 강제진압이 임박했다는 소문이 돌았다. 김 전무가 이미 경찰 투입을 요청했고, 동화일보 보급소 소장들 통해서 신문 돌리는 배달원들과 힘 좀 쓰는 애들도 동원할 거라고 했다. 회사를 구한다는 명분이었다. 고 국장이 광고국 직원도 몇 명 차출하려 했다. 김 전무의 지시였다. 배달원만으로는 '회사를 구하는 사원들'이라는 구색을 갖추기 부족했을 터였다.

3월 중순으로 넘어갈 때쯤, 고 국장이 광고국 직원들을 불러 모은 후 새로운 사원증을 나눠주었다. 지금까지는 사원증이 초록색이었는데 갑자기 주황색으로 바꿨다. 내일부터는 이 사원증이 있어야 출근할 수 있다고 했다. 고 국장은 회사를 구하는 일에 광고국 직원도 나서라는 김 전무의 지시를 전했다.

광고국 직원들은 다들 뜨악했다. 흥복이 비록 농성장에 같이 있지는 않지만, 농성하는 동료들을 때려잡을 수는 없었다. 흥복 옆자리의 재섭이 농성에 참여한 걸 생각하면 더욱 못 할 노릇이었다. 자기도 모르게 높아진 목소리로 흥복이 고 국장에게 들이댔다.

"국장님 잊으셨어요, 지금 이 사태가 왜 일어났는지? 응원 광고 의뢰한 육군 중위 색출하겠다고 국장님과 차장님 끌고 가서 고문했고, 그걸 규탄하려고 기자들이 농성하다가 해임됐고, 해임 철회를 요구하다가 지금 제작 거부까지 하는 거잖아요? 우리 광고국이 방아쇠를 당긴 거 아닌가요? 그런데 농성하는 동료들을 우리가 때려잡는 게 말이 돼요?"

"아니 그건 나도 아는데, 전무님 등쌀에…."

고 국장이 한숨 쉬며 말끝을 흐렸다.

"우리가 들어간다고 구색이 갖춰지겠어요? 어차피 기자나 피디가 없는데."

"글쎄 나도 그럴 것 같은데, 전무님은 그래도 자꾸…."

고 국장이 여전히 우물거렸다.

고 국장이랑 같이 보안사에 끌려갔던 안 차장이 참다못해 소리를 질렀다.

"국장님은 배알도 없습니까? 우리 광고국이 봉이에요?"

찔끔하는 고 국장에게 흥복이 다시 조곤조곤하게 말했다.

"광고국 인원 빼기 어렵다고 하세요. 전무님도 아실 거 아니에요?

요즘 응원 광고 때문에 광고국 정신없는 거."

광고국 직원들을 힐끔거리며 김 국장이 5층 전무실로 올라갔다.

다행히 광고국 직원 차출은 없었다. 광고국에서 인원 빼기 어렵다고 고 국장이 나자빠진 모양이었다. 김 전무도 어쩌지는 못했다. 어차피 사복경찰까지 동원하기 때문에 인원이 부족한 것은 아닐 터. 광고국 직원들 부화뇌동하지 말라는 김 전무의 말을 전하는 것으로 일단 마무리됐다.

퇴근하면서 흥복은 새로 받은 주황색 사원증을 챙겼다. 내일부터 이 사원증을 지참하라는 건 오늘 밤 뭔가 벌어진다는 뜻인데…. 흥복은 주머니 속에 쑤셔 넣은 주황색 사원증을 만지작거렸다.

둘째 날

진아는 어젯밤 이메일과 첨부파일 내용이 머리에서 떠나지 않았다. 민호가 메타버스로 미끄러졌다는 말이 여전히 믿기지 않았다. 아무리 게임에 몰입한다고 해도 진짜 현실의 진짜 몸이 가상현실 메타버스의 아바타로 빨려 들어간다는 게 말이 되나? SF 영화나 소설에서야 그런 설정이 꽤 있지만 현실에서 그게 가능한가?

진아는 문득 민호의 SF소설이 떠올랐다. 래퍼가 되고 싶다면서 랩 가사를 쓰던 민호가 언젠가부터 SF 웹소설도 끄적거렸다. 웹소설 플랫폼 달피아에 연재했는데, 조회 수가 10회를 넘지 못해서 '자유연재'의 벽을 넘지 못하고 중단된 적이 있었다.

기본 설정은 주인공이 미래의 메타버스로 미끄러진다는 것으로, 크게 보면 타임슬립에 다중우주를 버무린 내용이었다. 이상한 나라로 굴러떨어진 엘리스야? 오즈의 마법사한테 날아간 도로시야? 이런 클리셰 범벅으로 웹소설을 쓰니 조회 수가 안 나오지. 진아는 '꿀잼'은커녕 '핵노잼'이라고 민호를 놀렸다. 설마 폭망한 자기 SF

소설을 읽게 하려는 건 아니겠지? 민호 이메일을 보면서 이런 생각이 다 들었다.

민호 말대로 첨부파일은 석사논문 쓰는 데 도움이 될 것 같기는 했다. 진아의 석사논문 주제는 동화일보 광고사태였다. 민호는 메타버스의 미디어 교육적 활용 가능성이었다. 두 사람은 이번 언론사 메타버스 프로젝트에 연구조교로 참여하면서, 그 개발사례와 데이터를 활용하려고 했었다. 민호가 진아 석사논문에 도움이 될 거라며 보내준 첨부파일 자료는 동화 광고사태를 옆에서 보고 듣지 않고서는 알 수 없는 내용이었다.

하지만 언젠가 본 자료랑 비슷한 느낌도 받았다. 김 교수가 가지고 있던 구술사 인터뷰 자료를 언뜻 본 적이 있는데 그게 떠올랐다. 하긴 주제가 같고 동일 인물과 주로 인터뷰했다면 비슷할 수밖에 없겠지. 그렇다면 민호가 정말 1970년대 메타버스에서 그 당시 인물들을 직접 만났다는 건가?

민호나 김 교수가 나타날지 모르니 큐빅 연구실을 지키라는 마 교수 지시에 따라 진아는 온종일 큐빅 연구실에서 지냈다. 석사논문 참고 자료를 훑어보았지만, 여전히 눈에 들어오지 않아서 인터넷만 들락거렸다.

점심때가 다 되도록 김 교수와 민호가 나타나지 않았다. 마 교수의 노여움에 불안감이 더께더께 엉겨 붙었다. 아무래도 민호 이메일과 첨부파일에 대해서 말해야 할 것 같아서 진아는 마 교수에게 보여줬다. 불안감을 비집고 황당함이 삐죽 솟아난 마 교수는 민호 이메일 내용을 보자마자 외쳤다.

"민호 이놈이 미친 척을 하네. 심신미약이면 벌을 덜 받을 줄 아나 보지?"

마 교수는 민호가 술에 취했거나 정신 착란 등 심신미약 상태에서 저지른 죄는 감형되는 걸 노린다고 생각했다. 민호는 그렇다 쳐도 김 교수까지 하룻밤 지나도록 나타나지 않자 마 교수는 경찰에 실종신고를 냈다. 경찰의 강명호 경장은 alsgh_alstn 이메일을 통한 IP 추적 및 위치추적과 함께 연구비 관련 은행 계좌도 추적하기로 했다. 민호의 답변을 유도하기 위해서도 진아가 다시 간단한 이메일을 보냈다.

제　　목 : Re:Re:Re: 진아에게

보낸 날짜 : 2019년 8월 18일 오후 2:10

보낸 사람 : 송진아

어떻게 된 거야? 전화기도 꺼놓고.

김 교수님도 같이 있는 거야? 연락 좀 해.

첨부파일은 도움이 될 듯.

큐빅 연구실에서 이메일 답변 오기를 기다리는데, 동화일보 추세호 기자가 방문했다. 낯익다 했더니, 인터넷 동영상에서 많이 본 얼굴이었다.

지난번 동화미디어그룹(DMG)의 김방일 고문이 검찰에 출두한 적이 있었다. 「행복한 누렁이」, 줄여서 「행누」라 부르는 박수훈 화백 그림으로 비자금을 조성했다는 의혹이 제기되었는데 그에 관한 뉴스가 여름내 지루하게 뉴스 헤드라인을 장식했었다. 그러다가 의혹의 핵심인 김 고문이 마침내 출두한 것이다. 검찰에 출두하는 김 고문 옆에 DMG의 동화일보와 동화TV 기자들 40여 명이 도열해서 '회장님 힘내세요!'를 외쳤다. 심지어 일부 기자들은 경호원처럼 굴었다. 특히 추 기자는 맨 앞에서 호위무사처럼 설치며 취재진의 접근을 막아서 유독 얼굴이 많이 알려졌다.

추 기자는 마 교수 연구실에 들렀다가, 두 사람의 실종 소식을 듣고 취재 중이었다. 진아에게 김 교수와 민호에 관해 물었다. 진아는 두 사람에 대해서 아는 게 별로 없다는 생각이 들었다. 마치 하늘에서 뚝 떨어진 사람처럼, 두 사람 다 가족은 거의 없는 것 같았다.

진아와 같이 미디어 커뮤니케이션 대학원생인 민호는 원래 학부는 컴퓨터공학과였고, 미디어 커뮤니케이션을 복수전공하면서 학보사 기자 생활도 했다. 미디어 전공이면서 학부가 컴퓨터 전공인 민호를 김 교수는 이 메타버스 개발 프로젝트의 적임자라면서 특히 아끼고 잘 챙겨줬다.

김 교수에 대해서도 진아는 간단하게 말해줬다. 원래 잡지사 기자였는데 1980년 언론 통폐합 때 잡지가 폐간되어 졸지에 일자리를 잃었고, 그 뒤 언론 민주화 운동에도 참여했다는 것. 1990년대부터는 르포 작가와 방송 작가로 일하다가 거의 쉰 살이 넘어서 대학원에 진학했고, 동화일보 광고사태에 관한 구술사 연구로 박사 학위를 받았다는 것. 그리고 지금은 강의도 하는 연구교수로 언론사 교육용 메타버스 프로젝트를 수행 중이라는 것. 진아가 아는 건 그 정도였다.

이미 아는 내용인 것처럼 메모도 하지 않고 듣던 추 기자가 수첩을 펼치며 물었다.

"이 프로젝트 처음부터 무리 아니었나요? 일흔이 다 돼 가는 분이 메타버스 개발 같은 첨단 테크놀로지 프로젝트를 수행한다는 게 말이죠."

"이게 융복합 산학협력 프로젝트거든요."

부연 설명이 필요할 것 같아서 진아는 좀 더 설명했다. 어차피 이 프로젝트에서 기술적인 부분은 IT 회사가 담당하고, 대학에서는 메타버스 기술에 어떻게 미디어 관련 콘텐츠를 접목하느냐가 관건이었다. 언론사 전공이면서 메타버스에도 해박한 지식을 가지고 있는 김 교수가 프로젝트를 실질적으로 진행한 까닭이다.

"그러니까 롤 플레잉 게임에 언론의 역사 스토리텔링을 조금 입힌 거네. 말은 거창하게 언론사 메타버스 어쩌고 했지만."

추 기자가 코웃음 쳤다.

"알피지(RPG)도 넓게 보면 메타버스의 한 범주잖아요?"

진아가 말했다.

추 기자가 수첩에 뭔가를 끄적이더니 그저께 호프집 상황으로 질문을 돌렸다.

"호프집에서 세 분이 언성을 높였다면서요? 무슨 일 있었나요?"

"민호가 한번 소리친 적은 있었어요. 교수님이 취하셔서 제 손 잠깐 잡았거든요."

건성으로 끄덕이던 추 기자가 고급 정보라도 알려주는 것처럼 목소리를 낮췄다. 경찰에서 혹시 연구비 문제가 있나 해서 계좌추적을 했다는 것이다.

"연구비 1,000만 원이 이민호 씨 통장으로 흘러 들어갔다네요. 연구비 통장을 이민호 씨가 관리하나요?"

진아는 처음엔 무슨 말인가 했다. 그러다가 일주일 전 일이 생각났다. 그때 민호가 인터뷰 녹취록 정리한 프린트물하고 USB 파일을 연구소 캐비닛에 넣어두었다고 말했다. 김 교수가 수고 많았다면서 연구비 1,000만 원을 민호 통장으로 입금했다고 했다. 민호가 이 메타버스 프로젝트하면서 김 교수의 다른 연구도 별도로 돕는 건 진아도 알고 있었다. 그래도 별도의 연구비 수당을 그렇게 많이 주는 게 진아도 사실 놀랍기는 했다.

"아니요. 그건 교수님이 직접 송금하셨다고 들었어요."

추 기자에게 대답하면서 진아는 속으로 놀랐다. 개인의 금융거래 정보가 담긴 경찰 수사내용이 기자한테 이렇게 노출돼도 되는 건가? 불쾌감이 스멀스멀 올라오기 시작했다.

추 기자가 진아 눈을 뚫어지게 쳐다봤다.

"이민호 씨가 매달 받는 조교 인건비 말고 1,000만 원이나 더 받았다? 혹시 연구비를 빼돌린 건 아닌지 경찰에서는 의심하던데…."

"조교가 교수 연구비 빼돌리는 일도 있나요? 교수가 연구조교 수당을 횡령했다는 말은 들었지만."

"실제로 있었어요. 조교가 교수 연구비를 횡령했거든요."

진아는 속에서 욱하고 치밀어 오르는 걸 참았다. 취재가 아니고 취조당하는 기분이 들었다. 진아의 표정이 뭉개지는 걸 힐끔거리더니 추 기자는 수첩을 넣으며 한마디 더 얹었다.

"개가 사람을 물면 뉴스가 안 되지만, 사람이 개를 물면 뉴스가 된다고 하잖아요."

추 기자가 돌아간 후 진아는 가슴에 큼직한 돌덩어리가 얹힌 듯했다. 이게 무슨 기삿거리나 되겠어, 싶으면서도 기사가 이상하게 나는 거 아닌지 마음이 무거웠다. 정말 민호가 연구비를 빼돌리려고 한 건가? 김 교수가 사라진 것도 그것과 관련이 있나 싶었다. 일주일 전에도 뜻밖이었던 김 교수 행동이 지금도 쉽게 이해가 되지는 않는다. 1,000만 원이나 되는 조교 인건비를 가외로 더 준다? 민호가 돈이 필요하다고 했나? 혹시 민호가 유학 가기로 마음을 굳혀서 돈이 필요해졌나? 얼마 전 민호랑 유학 관련해서 돈 이야기를 한 게 떠올라서 진아는 께름칙했다.

보름 전쯤 진아는 리서치파크 내 벤치에 앉아 민호와 이런저런 얘기를 나눈 적이 있었다. 여름 해가 아직 컨테이너 모서리에 걸려 해거름이 오기 전이었다. 이제 석사과정이 한 학기만 남았는데 졸업하면 뭘 할 건지를 주로 얘기했다. 석사 받아봐야 취직이 더 잘 되는 것도 아닌 것 같다고 심란해하던 민호가 툭 내뱉었다.

"난 이동양봉 하면서 반봉반유의 삶을 살까 싶어."

자몽주스를 한 모금 삼키며 진아가 물었다.

"이동하면서 꿀벌 기르는 이동양봉은 알겠는데, 반봉반유는 뭐야?"

"꿀벌 치며 양봉하는 삶 절반, 유튜버의 삶 절반."

듣고 보니 민호는 지난 여름방학 때 이모네를 따라다녔다. 이모네가 강원도 홍천으로 귀촌한 후 양봉을 하는데, 야생화를 따라서 전국을 떠돌며 꿀벌 치는 이동양봉도 병행했다. 트럭에 벌통을 싣고 남해안 끝에서 강원도 최북단까지 야생화를 따라 전국을 떠도는 게 민호는 너무 좋았다. 요즘 도시양봉이나 스마트양봉 등이 늘어나면서 꿀벌에 대한 유튜브 영상 조회 수가 장난이 아니라며, 유튜브에 붙었을 쏠쏠한 광고 수익을 부러워했다. 스마트양봉에 관한 내용을 랩으로 만들어서 올리면 대박 나지 않겠냐며 키득거리기도 했다.

진아는 여기서 석사 마치고 박사 과정은 미국 가서 밟고 싶었다. 대학에 자리를 잡으려면 아무래도 유학 가는 게 좋을 것 같았다. 여기 석사 인정받고 미국의 박사 과정으로 바로 들어가서 조교를 하면, 등록금 면제에 약간의 생활비도 지원받을 수 있을 것으로 기대했다. 하지만 가자마자 처음부터 조교 자리를 얻기는 어려울 거라면서 진아가 말했다.

"최소 2년 정도는 버틸 수 있는 유학자금이 필요하겠지?"

돈은 있냐는 민호의 물음에 진아는 일단 2년 정도는 집에서 대주기로 했다고 대답했다. 말없이 자몽주스를 마시던 민호가 서서히 해거름이 지기 시작하는 하늘을 바라보며 말했다.

"그러지 않아도 아는 선배가 캘리포니아에서 유학 중인데, 거기 너무 좋다고 하더라고. 그래서 나도 거기로 유학 갈까, 하는 생각도 했었어. 너랑 같이 그 대학으로 가면 참 좋을 텐데."

진아가 피식 입바람 소리를 냈다.

"아까는 전국을 떠돌면서 이동양봉에 반봉반유 하고 싶다며?"

"친구 따라 강남 갈 수도 있는 거지 뭐."

"미국이 강남이니? 유학이 무슨 애 이름이야?"

진아의 핀잔에도 민호는 유학 간 선배 얘기를 계속했다. 선배가 전해준 그곳 생활 중에 민호는 특히 샌프란시스코 근처 퍼시피카 피어 이야기를 들었다면서, 거기 진짜 한번 가보고 싶다고 했다. 선배한테 들었다는 퍼시피카 피어에 대해서 민호는 마치 가본 사람처럼 얘기했다.

퍼시피카 피어는 해변에서 바다 쪽으로 500미터 정도 뻗어나가게 구름다리처럼 설치한 구조물이라고 했다. 주로 낚시를 하거나 바닷바람 쐬러 오는 사람들로 붐빈다. 피어에서는 게의 일종인 던지니스 크랩을 많이 잡는데, 주말에는 흥겨운 장터를 방불케 한다. 안쪽으로 들어가면 주로 흑인들과 라티노 낚시꾼들이 크랩을 버터에 굽고, 캘리포니아에서는 합법인 대마초를 피우며 맥주랑 같이 마신다. 버터와 크랩의 고소한 향이 대마초 냄새와 어우러져 묘한 분위기를 연출한다는 것이다.

"바다 위에 떠 있는 거기서 태평양 너머로 지는 해를 바라보고 싶어. 지금처럼 밤과 낮이 뒤섞이는 해 질 녘에, 어디가 하늘이고 어디가 바다인지 모르게 어슴푸레해지는 그 풍경이 멋지겠지?"

민호가 휴대폰을 꺼내서 힙합을 틀었다.

"거기 안쪽에서는 힙합을 튼다고 하거든. 피어가 쿵쿵 울릴 정도로 엄청나게 크게 말이야. 진아야, 이런 거 어때? 너 같은 '바른생활 걸'이 좋아할 것 같은데."

민호가 가볍게 쥔 주먹을 진아에게 내밀었다. 진아도 잘 아는 미크 밀의 「스테이 워크(Stay Woke)」여서 민호의 주먹에 진아도 주먹을 맞대줬다. 벤치에서 일어난 민호가 영어 랩 부분에서는 어깨와 팔로 리듬만 타더니, 미구엘이 피처링한 노래 부분에서는 따라 불렀다.

> **도우 잇츠 디자인드 포 어스 투 페일. 위 스틸 프리베일 쓰루 더 헬. 캔 유 빌리브 잇. 위아 스틸 언디피티드.**(Though it's designed for us to fail. We still prevail through the hell. Can you believe it? We're still undefeated.)

우리가 결국 질 수밖에 없고 여전히 지옥을 헤매지만 우리는 아직 지지 않았다는 걸 믿을 수 있겠느냐는 가사 내용이 진아도 대충 생각났다.

그러고 보니 어느새 해가 넘어가고 땅거미가 산안개처럼 바닥부터 깔렸다. 주변이 아슴아슴해지기 시작하자, 랩의 배경음악으로 아~ 아~ 하고 깔리는 여자의 백코러스가 아련하게 울려 퍼졌다. 랩에 취한 사람처럼 민호가 몸을 흐느적거리며 리듬을 탔다.

"진아야, 너 개와 늑대의 시간 알지?"

"드라마 제목 아니야?"

"그렇기도 한데, 지금 같은 시간이야. 멀리서 다가오는 동물이 개로도 보이고 늑대로도 보여서 구분하기 어려운 시간."

리듬을 타는 민호의 모습이 저녁놀에 물들어 흐릿해지면서 실루엣처럼 너울거렸다. 진이가 말했다.

"낮이기도 하고 밤이기도 한 시간이네. 특별히 좋아하는 이유가 있어?"

"뭐 그냥, 몽환적이라고나 할까? 모든 걸 흐릿하게 만들어 푸근하게 감싸주잖아. 못생긴 내 얼굴이나 예쁜 네 얼굴이나, 하하…."

다시 벤치에 앉은 민호에게 진아가 엄지를 척 들어 보였다.

"자신에 대한 정확한 주제 파악, 여자를 보는 수준 높은 안목. 그게 네 장점이지."

"난 그런 상상을 가끔 해. 우리가 인생의 황혼이 되었을 때, 지금처럼 이렇게 석양을 같이 보는 거야. 특히 퍼시피카에서 태평양으로 지는 해를 같이 보며 랩을 들으면 근사하겠지?"

땅거미처럼 몽롱하게 깔리는 민호 목소리에 진아가 배시시 웃었다.

"너 모태 솔로지? 연애해 본 적 없지?"

"뭐래? 내 첫사랑 얘기 안 해줬던가?"

"근데 이렇게 훅 들어와? 깜빡이도 없이."

"아니…, 내 말은 그냥 뭐…." 문득 잠에서 깨어난 것처럼 민호가 말을 더듬거렸다. "꼭 부부가 아니어도…. 나이 들어서 저녁노을을 같이 볼 수 있잖아? 옛 친구나 동창으로 만나서 말이야."

휴대폰 음악을 끈 민호가 허둥거리며 큐빅 연구실 쪽으로 걸어갔다. 그런 민호의 가뭉대는 뒷모습을 보면서 진아는 웃음이 나왔던 기억이 났다.

민호한테 다시 이메일이 온 건 역시 늦은 밤이었다. 분명히 오늘 받은 메일인데 민호가 보낸 날짜는 두 달 전인 6월 중순이었다. 지난번에 이어 그 뒷이야기를 담은 두 번째 파일이 첨부되어 있었다.

제　　목 : Re:Re:Re:Re: 진아에게

보낸 날짜 : 2019년 6월 15일 오후 10:25

보낸 사람 : alsgh_alstn@qxvzmail.com

첨부파일 파일 2_기업협찬.hwp

진아야, 너한테 온 두 번째 이메일을 받고 이상한 걸 발견했어. 난 분명히 한 달 만에 이메일을 보냈는데, 네 이메일에는 하루 만에 간 걸로 표시되네. 이곳 메타버스 가상현실의 한 달이 네가 있는 진짜 현실에서는 하루인 모양이야. 하긴 우주에서 시간은 똑같이 흐르지 않으니까…. 너와 나의 시간이 같이 흐르기 시작했던 그때, 우리가 처음 만난 순간이 그리워지네.

대학 입학하고 첫 주에 꽃샘바람을 맞으며 캠퍼스로 올라갈 때였지, 아마? 산수유꽃처럼 짙은 노란색 체크무늬 치마를 입고, 오후 햇살 속을 걸어가던 네 모습이 지금도 생생해. 버스에서 내릴 때 얼핏 네 얼굴을 보았을 뿐인데, 너를 보는 순간 찌릿하게 감전된 느낌이었어. 분명 처음 보았는데 마치 그전부터 알고 있었던 느낌, 그래서 전생에서부터 우리 인연이 이어진 느낌이 들었어. 연애에 대한 갈망이 하늘을 찌르던 스무 살 대학 신입생 때여서 그랬는지도 모르지.

특별히 너를 따라가려 한 것은 아닌데 네가 계속 내 앞을 걸어가는 거야. 그러더니 내가 가려던 강의실로 네가 들어가더라고. 과가 달랐는데도 우린 교양과목인 「사랑학 개론」을 같이 수강했던 거지. 수업에서는 남녀학생 한 쌍이 팀이 되어 모의 데이트를 한 후, 리포트 제출하는 과제가 있었잖아? 모의 데이트할 때 너랑 같은 팀이 되면 참 좋겠다고 생각했었어. 그런데 교수님이 임의로 구성한 팀에서 네가 내 파트너가 되었던 거야. 난 그야말로 '너는 내 운명'이라고 확신했어.

그때부터 내 영혼은 그야말로 네게 사로잡힌 셈이지. 이미 힙합 동아리에 가입했지만 네가 학보사 기자인 걸 알고 학보사에도 들어갔고, 네 전공인 미디어 커뮤니케이션을 복수전공까지 하게 된 거야. 네가 대학원에 간다고 해서, 졸업 유예를 신청할까 고민하던 나도 대학원에 가게 됐어.

그런데 마침 메타버스 개발 프로젝트에 너랑 같이 연구조교로 참여하게 됐잖아? 오랫동안 좋아하던 너랑 프로젝트를 같이 수행하게 되었을 때 난 너무 좋아서 혼자 농구장에서 폴짝폴짝 뛰었어. 조교를 같이 하면서 네가 내 SF 소설이 '핵노잼'이고 '클리셰 범벅'이라며 흉볼 때도 나는 사실 기분이 좋았어. 달피아에서 조회 수 10회도 안 나와서 연재를 중단할 정도였는데, 어쨌든 네가 읽었다는 거잖아?

너와 함께했던 그 모든 순간이 그리울 따름이야. 어떻게 해야 우리가 다시 만날 수 있을까? 난 오직 그 생각뿐이야.

김 교수님도 사라지셨다니 뜻밖이네. 나만 여기 메타버스로 빨려 들어왔기 때문에 그분 행방은 나도 모르지. 이곳 가상현실에선 진짜 현실과 연락할 방법이 없어. 너와 주고받는 이 이메일만이 내 유일한 소통 채널이야.

지난번에 보낸 첨부파일이 도움이 될 것 같다니 다행이다. 지난 한 달 동안 정리한 두 번째 파일을 첨부했어. 이 첨부파일은 내가 나중에 진짜 현실로 돌아가도 열어볼 수 있겠지? 그런 날이 와야 할 텐데. 그 생각을 하니 갑자기 우울해지네. 오늘은 이만….

첨부파일 2_기업협찬.hwp

1

아침에 눈을 뜬 흥복에게 불안과 설렘이 동시에 밀려왔다.

불안한 건 어제 새로 받은 주황색 사원증이 심상치 않은 분위기를 예고해서다. 아무래도 어젯밤 사이에 농성을 강제 진압했을 듯싶었다. 오늘 동화에 가면 한바탕 태풍이 휩쓸고 지나간 재난 현장을 볼 것만 같았다. 하지만 설레기도 했다. 연이가 한턱낸다고 해서 명동 오비스롯지에서 동준과 같이 보기로 했기 때문이다. 그동안 흥복이 광고주나 대행사를 접대한 적은 많았다. 광고주가 흥복에게 고맙다면서 대접하겠다는 건 처음이었다.

출근 준비하던 흥복은 거울을 보았다. 펑퍼짐한 코에 커다란 귀, 그리고 둥글 넙데데한 얼굴형이다. 호랑이 앞발톱 코에 부처님 귀라며, 춘천 고향 집의 스님은 복스러운 상이라고 했다. 하지만 동준의 얼굴처럼, 요즘 선호되는 스타일은 아니다. 매부리코처럼 솟은 콧등과 움푹 들어간 눈매의 동준은 '서구적 마스크'일 뿐 아니라, 서양인 체형이어서 다리도 길었다. 명동의 맞춤 양복 장인이 최고급 신사복 원단으로 재단한 비즈니스 슈트를 입고, 기아 브리사 자가용을 손수 운전할 때면 프로페셔널 광고인의 세련됨 그 자체였다.

거울을 보던 흥복의 눈에 남성 화장품이 들어왔다. 미국 배우 찰스 브론슨이 광고한, 쥬단학의 맨담 스킨로션 병을 흔들었다. '흔들어 주세요!' 자기도 모르게 중얼거리며 싱긋 웃었다. 오늘 만남이 바로 그 말 때문에 이루어진 터였다.

한 달 반 전인 1월 하순에 흥복이 충무로의 김영한스튜디오에 들른 적이 있었다. 시민 응원 광고가 본격적으로 불붙기 시작할 때였다. 그때만 해도 직원들이 농성을 벌이기 전이라, 경영진과 기자들이 죽이 맞아서 한창 기세를 올렸다. 흥복은 그전에 찍은 광고 사진을 찾으려고 갔다. 사진은 동화일보 자체 광고를 위한 것으로, 시민들의 응원 광고를 호소하는 기자들 모습을 찍었다. 이 사진에 '민주민권수호의 마지막 보루 동화일보'라는 헤드라인을 붙여서 광고를 만들려고 했다.

사진을 찾으러 스튜디오에 들렀는데 마침 CF 촬영 중이었다. 평소 CF 촬영 현장이 궁금하기도 했던 흥복은 마침 동준과 연이도 있다고 해서 스튜디오 안을 엿보고 싶어졌다.

'카트(cut)'하는 외침과 함께 걸걸한 목소리가 안에서 들려왔다.

"넘어진 김에 쉬어 간다고, 잠시 쉬었다 갑시다!"

촬영실 스튜디오 문을 열고 사람들이 들락거리자 흥복이 살짝 스튜디오 안으로 들어갔다. 카메라에 필름을 새로 넣는 것으로 보아, 필름 갈아 끼우는 동안 잠시 쉬기로 한 듯하다. 흥복은 촬영을 방해하지 않으려고 책상이 놓여있는 뒤쪽에 조용히 서 있었다.

스튜디오 안쪽 벽은 커다란 스크린이 걸쳐 있었다. 스크린에는 그린불(Green Bull)이라는 글씨와 초록 소가 그려져 있었다. 사람들이 생각보다 많았다. 광고모델과 카메라맨, 조명과 소품 담당 직원들, 그리고 모델의 의상과 화장품을 챙기는 스태프들이 분주하게 움직였다. 신인으로 보이는 광고모델의 화장을 메이크업 담당 스태프가 고쳐주었다. 메이크업을 다듬은 모델은 표정과 톤을 이렇게 저렇게 바꾸어 가면서 멘트를 연습하고 있었다.

"자연의 맛 그대로 그린불, 초록의 맛 그대로 그린불! 마셔보면 좋아요, 정말 좋아요. 천연과즙 음료 그린불, 안심하고 즐기세요!"

흥복 앞의 책상 위에는 'Green Bull Brand Launching 기획안'이라고 쓰인 다섯 쪽 남짓한 기획서와 두 쪽짜리 스토리보드가 널려져 있었다. 무슨 내용을 찍나 싶어서 흥복이 기획서랑 스토리보드를 훑어보았다. 그린불이 천연과즙 음료라서 마시기 전에 흔들어야 한다는 제품설명이 눈에 들어왔다.

순간, 흥복의 오른쪽 뇌리가 간질간질해졌다.

CF 감독과 이야기하느라, 저쪽에 있는 연이와 동준은 흥복을 미처 보지 못했다. 보아하니 연이는 광고안이 마음에 안 들어서 촬영장까지 와서 이런저런 걸 요구하고, 그런 간섭에 윤 감독은 짜증을 내고,

동준이 둘 사이를 달래는 모양새였다.

윤 감독이 코카콜라 광고로 유명한 분인데 그것처럼 세련되고 때깔 좋은 광고 안 되냐고 연이가 말했지만, 어렵다는 설명만 동준에게 들어야 했다. 코카콜라 광고는 미국 본사에서 광고 원본이 오면, 배경과 배우만 바꿔서 그대로 찍기 때문이라는 거다. 그럼, 펩시콜라 광고처럼 임팩트 있는 효과음을 넣어보자고 하자, 윤 감독이 연이에게 대놓고 콧방귀를 꼈다.

“풍선처럼 부풀린 콘돔을 터뜨려서, 콜라병 따는 효과음 만든 거요? 그거 만들고 김벌래 씨가 펩시 본사에서 백지수표 받았잖아. 결국 평창동 이층 양옥집 한 채 값을 받았을 걸. 두성에서 그 정도 낼 수 있어요? 1초짜리 효과음에?”

코카콜라 광고처럼은 이래서 안 되고, 펩시 광고처럼은 저래서 어렵다는 말에 연이 아랫입술이 삐죽 튀어나왔다. 윤 감독은 이래서 슈팅 들어가기 전에 피피엠(PPM)[1]을 확실히 했어야 한다며 동준에게 투덜거렸다. 연이는 여전히 미련을 버리지 못한 듯, 지금 와서 다 뒤집기는 어렵더라도 멘트라도 좀 바꿀 수 없냐며 동준에게 물었다.

“죽이는 한마디 없을까요?”

“그놈의 ‘죽이는 한마디’가 사람 잡는다니까요.” 동준이 한숨 쉬었다. “이래서 카피라이터가 필요한 건데….”

“홍 차장! 이런 식으로는 나 일하기 힘들어.” 윤 감독이 동준이 아

---

1) PPM(Pre-Production Meeting)은 사전 제작 회의로, CF 촬영하기 전에 광고주와 제작사가 만나 광고의 세부 사항을 최종적으로 조율하는 회의.

니라 연이를 뚫어져라 쳐다봤다. "컨펌 다 해놓고 말이야, 지금 와서 쌈박한 효과음 없냐, 죽이는 멘트 없냐…. 아무리 광고주지만 뭘 알고 떠들어야지."

"뭐라고요?"

연이의 양쪽 눈썹이 까칠하게 치켜 올라갔다.

"에이 감독님도 참…. 광고주가 그 정도 말도 못 해요?"

동준이 윤 감독 어깨를 툭 치면서 연이 표정을 힐끔거렸다. 멀뚱하게 어색함을 달래던 동준이 흥복과 눈을 마주치자 손짓으로 아는 체를 했다. 웬일이냐며 몇 마디 인사를 나눈 후 동준이 다짜고짜 흥복에게 '죽이는 한마디' 없겠냐고 물었다. 기획서를 훑어보던 흥복에게 아까 뇌리를 찰싹 때렸던 말이 있기는 했다. 말을 할까 하다가 흥복은 괜히 오지랖 떠는 것 같아 망설였다.

"그래요, 박 대리님! 뭐 좋은 아이디어 없을까요?" 연이도 흥복에게 기대 어린 눈빛을 던졌다. "응원 광고 문안 다듬는 거 보니까 감각이 있으시더라고요."

연이의 칭찬에 흥복은 아까부터 머릿속에서 맴돌던 말을 조심스레 끄집어냈다.

"저…, 이런 건 어떠세요? '흔들어 주세요, 그린불!'"

수염이 깔끔하게 다듬어진 턱을 동준이 왼손으로 쓰다듬었다.

"글쎄, 침전물이 남는다는 단점을 괜히 드러내는 거 아닐까?"

동준의 말대로 새로 출시되는 그린불은 콜라나 사이다와 달리 천연 과즙음료였다. 사과나 복숭아를 분해하는 과정에서 생긴 미세한 알갱이들이 병 밑에 가라앉아 침전됐다. 콜라나 사이다를 마시기 전에 흔들어서 병을 따면 거품이 터져 낭패를 보지만, 그린불은 가라앉은 침전물 때문에 마시기 전에 흔들어 줘야 한다는 게 기획서의 설명이었다.

"흔들어서 마셔야 한다면서요?" 흥복이 기획서를 펼쳐 보였다. "그걸 '안심하고 드세요' 어쩌고 하면서 돌려 말할 필요 있나요? 그럴수록 구차한 느낌이 드는데…. 그냥 솔직하게 말하면 되죠."

"단점을 장점으로? 역발상이네요. 전 괜찮은 거 같아요." 연이가 손으로 병 흔드는 동작을 했다. "흔들어 주세요, 그린불! 입에도 착 붙고."

"흔들어서 마셔라? 그럼 막걸리랑 비슷해지잖아? 제품 이미지가 촌스러워질 것 같은데."

동준은 여전히 미심쩍은 표정이다.

윤 감독이 엄지와 가운뎃손가락을 부딪쳐 딱 소리를 내더니 소리쳤다.

"어떤 느낌으로 가느냐에 달렸지. 그걸 마지막 멘트로만 쳐줄 게 아니라, 처음부터 외치는 거야. 아예 광고의 전체 분위기를 바꾸는 거지." 윤 감독이 일어서더니 몸을 흔들었다. "흔들어 주세요, 하면서 젊은 애들이 나와서 막 흔들고 춤추는 거야. 천연과즙이니 어쩌니 제품을 설명할 필요 없어. 그건 신문광고에서 하면 되잖아?"

윤 감독 아이디어를 들은 동준도 그제야 고개를 앞으로 기울였다.

"광고의 전체 컨셉을 그걸로 바꾼다? 그럼 그걸 아예 그린불의 전체 브랜드 슬로건으로 끌고 가는 건 어때요? 그래야 시너지 효과가 생기고 임팩트가 있죠."

연이가 좋다고 했고, 회사 들어가서 윗분들께 보고하겠다고 했다. 브랜드 슬로건으로 끌고 가려면 광고 문안뿐 아니라 판촉물, 제품 포장, 대리점 간판까지 싹 다 바꿔야 한다. 동준이 그 내용을 마케팅 기획서로 다시 정리해서 선전실과 영업본부에 프레젠테이션하겠다고 했다. CF 내용도 제작팀이랑 다시 아이디어 회의해서 스토리보드를 짤 필요가 생겼다. 일단 오늘 촬영은 여기서 접고, 추후 다시 일정을 잡기로 했다.

"흔들어 주세요, 그린불! 오랜만에 정말, '죽이는 한마디' 건졌네. 내 장담컨대 이 슬로건 앞으로 50년은 간다." 윤 감독이 홍복을 가리키며 연이에게 말했다. "이 친구가 오늘 큰일 했네. 백지수표 한 장 써줘야 하는 거 아니요? 푸하하하…."

너털웃음을 터뜨리던 윤 감독이 동준에게도 오비스롯지에서 홍복에게 술 한 잔 사라고 권했다. 일이 잘되면 자기가 한턱내겠다며 연이가 나섰다. 좋은 카피 덕분에 좋은 결과가 나올 것 같다며 홍복에게 고마움을 표시했다.

한 달 정도 지난 후, 연이로부터 연락이 왔다. 홍복이 던진 그린불 광고 카피에 대해서 회사 반응이 아주 좋았다는 전언이었다. 그 카피를 광고뿐 아니라 전체 브랜드 슬로건으로 끌고 가기로 한 동준의 기획안이 흔쾌히 받아들여졌다. 그래서 연이가 약속대로 한턱낸다고 해서 오늘 만나기로 한 것이다.

흥복은 다시 한번 맨담 스킨로션을 흔들었다. 스킨로션을 바른 흥복은 양복 주머니 속의 주황색 사원증을 만지작거리며 자취방을 나섰다.

동화 사옥 근처는 길거리 풍경부터 평소와 달랐다.

광화문 지하도와 서린동, 무교동 일대까지 경찰이 쫙 깔렸다. 신문사와 방송국이 있는 동화 사옥 주변을 경찰이 겹겹이 둘러싸고 사람들의 출입을 통제했다.

본관으로 들어가는 정문은 철제 셔터가 내려진 채 굳게 닫혔다. 별관 쪽 후문이 반쯤 열려 있었고, 회사로 들어가려는 직원들이 줄을 서서 차례를 기다리고 있었다. 그 문으로 들어서는 직원들의 사원증을 일일이 확인했다. 평소의 회사 경비직원이 아니고 경찰들이었다. 헝클어진 머리에 눈이 붉게 충혈된 직원 몇 명이 기존의 초록색 사원증을 제시했다. 들여보내 주지 않았다. 오늘 새벽 농성장에서 강제로 쫓겨난 농성 사원의 일부였다.

들어가지 못한 직원 중 하나가 흥복이 줄 서서 기다리는 걸 보고 다가왔다. 광고국 옆자리의 재섭이었다. 안에 놓아두고 온 짐만 잠깐 가져다 달라고 부탁했다. 흥복은 어제 받은 주황색 사원증을 제시하고 사무실로 들어갔다. 재섭의 짐을 챙겨서 가지고 나온 후, 재섭에게 전해줬다.

사무실로 다시 들어온 흥복은 주변을 둘러봤다. 1층 광고국은 사무실 집기 일부가 어지럽게 널브러져 있었다. 2층으로 올라가 보았다. 2층 공무국부터 4층 방송국까지 아수라장이었다. 태풍이 휩쓸고 간 정도가 아니었다. 한바탕 전쟁이라도 치르고 난 것 같았다. 폐허의 잔해가 어젯밤의 참혹함을 고스란히 증언했다.

해머로 내리쳐서 뻥 뚫린 2층 공무국 벽. 구멍 난 벽 아래 수북하게 쌓인 먼지. 3층 편집국 출입문에 쌓아 올린 책상과 걸상. 용접기로 녹인 흔적이 남아있는 4층 방송국의 쇠사슬. 쇠 파이프로 벌려서 휘어진 철문 쇠창살. 미처 챙겨가지 않아서 나뒹구는 해머와 용접기 산소통. 부러진 각목 조각과 쇠 파이프. 야구 방망이. 뒹구는 소주병 맥주병과 사방에 흩어진 유리 조각. 여기저기 나뒹구는 운동화와 뒤축이 나간 구두. 찢어진 스카프와 와이셔츠 단추들. 한쪽 유리알에 금이 가고 테가 구겨진 안경. 먼지랑 뒤엉켜 뭉쳐진 머리카락. 그리고 걸려있던 벽에서 떨어져 유리가 깨지고 짓밟힌 '자유언론실천'이라고 쓰인 붓글씨 액자….

농성장에서 끌려 나간 직원들이 오후가 되자 재야인사들과 함께 다시 몰려왔다. 해직된 직원들은 오전에 동화 사옥 근처 신문회관 1층 로비에 모여서 동화자유언론수호투쟁위원회(동화투위)를 결성했다. 안혁필 기자가 동화투위 위원장을 맡았다. 안 기자의 선창에 맞춰, 직원들과 재야인사들이 구호를 외쳤다.

언론탄압을 중단하라! (중단하라! 중단하라! 중단하라!)

부당인사 조치를 즉각 철회하라! (철회하라! 철회하라! 철회하라!)

구호를 외친 직원들은 지나가는 사람들에게 어젯밤 강제진압의 실상을 알리는 유인물을 배포했다.

건물 바깥에 설치된 시민 광고 접수대에 앉은 흥복은 그 모습을 지켜봤다. 응원 광고를 접수하려는 시민이 많아서 바깥에까지 설치한 광고 접수대 당번이 오늘 오후는 흥복이었다. 접수대 양쪽에 70센티 정도 크기의 나무 팻말이 서 있었다. 팻말에 쓰인 '언론자유'라는 글씨가 오늘따라 낯설었다.

해직된 직원들이 나눠준 유인물을 본 사람들이 이게 사실이냐고 흥복에게 물었다. 사실대로 말하기 곤란해서 흥복은 잘 모르겠다고 얼버무렸다. 사람들이 웅성거렸고 발길을 돌리기 시작했다. 이미 접수한 사람들도 취소하겠다며 광고비 돌려 달라고 몰려들었다. 응원 광고 접수하려는 사람보다 취소하려는 사람들로 접수대가 뒤엉켰다. 접수한 응원 광고를 취소하겠다는 사람들에게 흥복은 확인 후 조치하겠다는 말만 되풀이해야 했다.

흥복은 퇴근 후 명동 오비스롯지로 갔다. 오늘 일도 있고 해서 연이와의 약속을 다음으로 미룰까도 잠깐 생각했지만 그만뒀다. 그동안 갑작스러운 광고주 호출로 동준이 약속을 몇 번 미루다가 오늘에야 만나게 된 것이라 또 미루기도 그랬다. 기분이 안 좋으니까 술 한잔하는 것도 나쁘지 않겠다는 생각도 들었다.

그동안 접대하느라 북창동이나 종로3가의 질펀한 곳은 여러 번 갔지만, 오비스롯지는 흥복도 처음이었다. 요즘 제일 잘 나가는 젊음의 인기 명소답게 그 규모가 꽤 컸다. 1층은 디제이가 음악을 틀어주는 경양식집이고, 2층 코스모스살롱은 주로 통기타 가수들이 나와 노래 부르는 맥주홀이다. 지하 코스모스룸은 그룹사운드 연주에 맞춰 춤을 출 수 있는 일종의 고고장 혹은 카바레였다.

약속 장소인 2층 코스모스살롱으로 올라간 흥복은 연이나 동준이 왔나 해서 실내를 둘러봤다. 이미 젊은이들로 꽉 들어차 빈자리가 없어 보였다. 남자고 여자고 다들 청바지를 입었고, 미니스커트를 입은 여자도 있었다. 남자들은 거의 장발이었다. 테이블마다 놓여있는 생맥주, 그리고 의자 옆에 누군가 세워 놓은 통기타도 눈에 들어왔다.

저쪽 테이블에서 동준이 맥주를 마시면서 젊은 여자와 노닥거렸다. 흥복은 동준에게 눈인사를 하고 옆 테이블에 앉아 동화일보를 뒤적였다. 밤무대 가수 같아 보이는 여자가 자리에서 일어나면서 동준에게 속삭였다. 풍전아파트 먼저 가 있어, '해피 스모커' 구해놨으니까. 자물쇠 번호 알지? 사라지는 여자의 뒷모습을 보며 동준이 시큰둥하게 중얼거렸다. 그거 나 별로던데. 음감이 더 좋아지는 것 같지도 않고….

'해피 스모커'면 대마초? '대마왕'이란 동준의 별명이 '대(大) 마왕'이란 뜻인 줄 알았더니 '대마의 왕'이란 뜻인가 싶었다. 수많은 광고상을 휩쓰는 '마이티 홍'답게 동준은 별명도 화려했다. 흥복이 아는 것만도 대마왕, 마이티 홍, 홍사노바, 밤무대의 황제, 그리고 얼마 전에 안 기자한테 들은 '미스터 일모' 등 꽤 많았다. 대충 짐작이 가는 별명도 있고 그렇지 않은 것도 있지만 동준에게 캐묻기는 뭣했다.

정면에 설치된 라이브 무대 위에서 양희은이 통기타를 치며 「작은 연못」을 불렀다.

어느 맑은 여름날 연못 속의 붕어 두 마리, 서로 싸워 한 마리는 물 위에 떠 오르고, 그놈 살이 썩어들어가 물도 따라 썩어 들어가…

"저 노래 금지곡 아니에요? 김민기가 만든 노래 무더기로 금지곡 됐던데."

동준이 있는 테이블로 옮긴 흥복이 맥주를 시키며 묻자, 동준이 오징어를 질겅질겅 씹으며 대답했다.

"방송에서는 금지곡이지만 여기서야 어쩌겠어?"

"김추자 「거짓말이야」도 금지곡 된다면서요? 춤추면서 비트는 손동작이 간첩에게 보내는 신호라고."

"하여튼 세상이 미쳐 돌아간다니까."

혀를 끌끌 차던 동준이 농성 강제진압 소식 들었다면서 친구 안혁필 기자를 걱정했다. 흥복은 지난번 안 기자가 동준을 '미스터 일모'라고 부른 게 생각났다. 그게 무슨 말인지 물었다. 내 한 가닥의 털로 천하를 구한다 해도 몸의 털 하나 뽑지 않겠다는, 일모불발(一毛不拔)에 빗대어서 동준을 '미스터 일모'라 부른다고 했다.

"내가 웬만하면 세상일에 얽히려고 하지 않거든. 나보고 '미스터 일모'라고 부르면, 난 혁필이를 '미스터 오지랖'이라고 놀려."

동준이 싱긋 웃으며 땅콩을 집어먹었다. 흥복도 새로 온 맥주로 목을 축였다.

그때 연이가 왔다. 여자들의 환호성이 터져 나왔다. 양희은이 내려가고 송창식이 라이브 무대로 올라오고 있었다. 무대 바로 앞자리에서 '여학생들의 생명적인 존재!'라는 손팻말이 흔들렸다. 송창식의 인기가 실감 났다. 송창식이 기타 치며 「새는」을 불렀다.

세 사람은 맥주를 마시며 주로 연예인 이야기로 안줏거리로 삼았다. 송창식 좀 섭외하라고 위에서 난리라면서, 그린불 시엠송(CM-song)에 송창식 어떻게 안 되겠냐고 연이가 물었다. 쉽지 않을 거라며 동준이 고개를 가로저었다.

마침 무대 뒤에서 나온 남자가 지나가다가 동준에게 아는 척했다.

"어, 동준이 형! 오늘 여기 어쩐 일이야? 코스모스룸 연주 목요일 아냐?"

무슨 말인가 싶어 동준을 바라보는 흥복과 연이의 눈길을 의식하면서, 동준이 광고주랑 술 한잔하러 왔다고 말했다. 연이를 눈짓으로 가리키며 동준이 광고주랑 있다는 티를 내자, 근석이라 불린 남자는 그냥 인사만 하고 지나갔다.

저만치 가던 근석이 갑자기 되돌아와서는 동준의 팔을 두 손으로 잡았다. 이번 주말 신촌 녹음실에서 이장희 노래 녹음해야 하는데 신시사이저 치는 세션맨이 펑크 냈다면서 동준에게 대신 좀 연주해달라고 부탁했다.

처음에 동준은 자신은 전문 세션맨도 아니고 오부리[2]나 뛰는 삼류 악사라며 손을 내저었다. 그래도 근석이 매달리자 동준은 부탁을 들어줄 테니, 자기 부탁도 하나 들어 달라고 했다.

---

2) 유흥업소에서 손님이 무대에서 노래 부르면 밴드가 악보 없이 즉석에서 반주해주는 것.

"송창식한테 시엠송 하나 의뢰할까 하거든. 네가 먼저 운 좀 떼줄래?"

송창식이 긍정적인 반응을 보이면 회사 차원에서 정식으로 요청하겠다는 말도 보탰다. 그때까지도 동준 앞으로 몸을 기울이며 매달리던 근석이 몸을 뒤로 빼면서 담배를 꼬나물었다.

"글쎄… 창식이 걔가 음악적 자존심이 쓸데없이 강하잖아. 광고 따위는 거들떠보지도 않을걸."

그래도 자기가 옆구리 찌르면 들어줄 거라며 근석이 큰소리쳤다. 내일 중으로 반주할 악보를 동준에게 보내주겠다며 자리에서 일어났다.

근석이 자리를 뜨자마자 그린불 시엠송을 송창식이 하는 거냐며 연이가 호들갑을 떨었다. 아직 모른다면서 동준은 손사래를 쳤다. 연이는 그래도 잔뜩 기대하는 눈빛을 보냈다.

"근데, 홍 차장님 여기서 연주도 하세요?"

문득 생각난 듯 연이가 묻자, 동준이 목덜미를 긁었다.

"여긴 아니고 지하에서 일주일에 한 번 정도."

"거기 코스모스룸은 아무나 못 서는 무대 아니에요?"

흥복이 물었다.

"난 그냥 취객들 노래 반주해주는 오부리 밴드야."

동준 말에 연이가 키득거리며 물었다.

"아니 번듯한 직장에 멀쩡하신 분이 오부리를 뛴다고요?"

"일주일에 한 번 외도하는 거죠. 광고주한테 하도 시달려서…."

동준이 '광고주'라는 말에 힘을 주며 연이에게 눈을 찡긋했다.

흥복은 밤무대의 황제란 동준의 별명이 생각났다. 동준이 밤무대에서 오부리 뛰는 걸 비꼬아서 붙인 별명 같았다.

호기심이 급발진한 연이가 동준이 무대에 서는 목요일에 맞춰 다시 오자고 바람 잡자, 그전부터 술 한 잔 사려고 했다는 흥복이 그때는 자기가 쏘겠다고 제안했고, 동준의 오부리 실력도 확인할 겸 노래도 부르겠다고 연이가 장난스럽게 으름장을 놓았다.

"제가 요즘 샹송에 푹 빠졌거든요. 실비 바르탕이 부른「시바의 여왕」, 요거 한번 불러보고 싶어요. 제대로 된 반주에 맞춰서요. 가능할까요?"

연이의 물음에 동준은 밴드 멤버들과 음 따서 연습해 보겠다고 말했다.

2

송창식에게 부탁한 그린불 시엠송은 거절당했다.

여차하면 올해 가수왕까지 먹을 기세인 송창식에게, 시엠송 부탁은 처음부터 무리였다. 대신에 외국곡을 번안해서 시엠송으로 쓰겠다며 동준은 흥복을 보자고 했다. 흥복이 던진 '흔들어 주세요'라는 슬로건에 맞춰서, 그린불 브랜드 론칭 캠페인을 전체적으로 다시 조정한 기획안도 설명해 주겠다는 것이다. 그걸 나한테까지 설명할 필요가 있나, 싶었지만 흥복은 동준이 있는 종통 광고기획실로 갔다.

을지로에 있는 종통 광고기획실 건물 앞에서 흥복은 눈을 들어 올려다보았다. 작년에 생긴 제일기획 및 연합광고와 함께 대행사 '트로이카 체제'를 형성한다는 종통 광고기획실이다. 동화일보 광고국에서 편집국으로 옮기는 건 어려울 것 같아서, 흥복은 광고국에서 경력 쌓은 후 이런 광고대행사로 옮길까 했었다. 그것도 쉽지 않은 걸 알고부터는 요즘 여기가 더 부러워졌다.

건물 안 현관을 지나 3층 광고본부로 올라갔다. 동준이 있는 기획부를 가기 위해 제작부를 가로질렀다. 디자이너가 피스라 부르는 스프레이 물감을 뿌리며 인쇄광고 시안을 제작하고 있었다. 자동차 도색할 때 뿌리는 스프레이 페인트 냄새가 진동했고 사무실 공기가 금방 뿌옇게 되었다.

한쪽 구석에 앉아서 『선데이 서울』의 야한 성인만화 「고인돌」을 보며 낄낄거리던 턱수염이 기침을 하기 시작했다. 디자이너한테 피스 좀 밖에 나가서 뿌리라고 지청구를 댔다. 프로페셔널한 비즈니스맨 동준이나 세련된 패션의 디자이너들과 달리, 뭔가 허름하고 허술해 보이는 게 딱 봐도 카피라이터였다. 20명은 족히 넘어 보이는 디자이너들 사이에 카피라이터는 섬처럼 두 명뿐이었다.

글 써서 밥 벌어먹는 일을 하고 싶었던 흥복은 이런 데서 삐딱하게 앉아 만화 뒤적이는 자기 모습을 떠올리며 동준이 있는 기획부로 건너갔다.

기다리고 있던 동준은 흥복과 함께 기획부 회의실로 들어갔다. 회의실 안에 세워둔 하드보드에는 그린불 로고 디자인 등이 붙어있었다. 로고 디자인은 초록 소 위로 붉은 태양이 빛나고, 소가 밟고 서 있는 풀밭에 소의 그림자까지 살짝 깔아서 입체감을 살렸다. 그 위로 '흔들어 주세요!' 문구가 삽입된 걸로 봐서, 브랜드 슬로건이 바뀌면서 디자인도 전체적으로 다시 손보는 모양이었다.

동준이 「플라스틱 예수」라는 노래 악보를 흥복에게 건넸다.

"박 대리. 여기에 가사 좀 붙여봐! 그린불 시엠송으로 쓰게."

원래는 「폭력 탈옥」이란 영화에서 주인공 폴 뉴먼이 감옥에서 불렀던 노래인데, 우리나라 교회 청년회에서 번안되어 불리는 노래라고 했다. 지난번에 흥복이 제안한 '흔들어 주세요'를 콘셉트로 시엠송 가사를 써보라는 요청이었다.

"근데 남의 노래 막 써도 되나요? 그거 뭐라고 하죠? 남의 저작물 쓰면…."

"아! 저작권 문제? 이 노래 원래 아일랜드 민요니까 걱정 없어."

시엠송 가사를 흥복에게 의뢰한 후 동준은 그린불 브랜드 캠페인 기획안에 관해 설명했다. 그러면서 시엠송 가사뿐 아니라 인쇄광고 및 CF, 그리고 이벤트 등 그린불과 관련된 카피 일체를 작성해 달라고 요청했다. 당장 급한 건은 이벤트 관련 카피였다.

지난번 두성식품 선전실에서 프레젠테이션할 때, 이번 5월 중순에 론칭할 그린불 광고캠페인은 통합적인 브랜드 캠페인으로 벌이기로 한 모양이다. 단순히 매체 광고만 할 게 아니라, '흔들어 주세요'라는 브랜드 슬로건에 맞춰서 다양한 이벤트 프로모션까지 입체적으로 펼치는 전략이었다. 그 일환으로 본격적인 론칭 캠페인을 벌이기에 앞서, 테스트 마켓을 대상으로 프리론칭(pre-launching) 이벤트를 시험 삼아 해보려는 것이다.

동준이 제안한 프리론칭 이벤트는 두 가지였다. 하나는 '흔들어 주세요!'를 주제로 고객의 사연을 엽서로 받는 이벤트이고, 또 하나는 '흔들어 주세요' 부스를 만들어 흔들기 자랑하는 거리 이벤트다. 본격적인 브랜드 론칭에 앞서 주로 젊은 층을 타깃으로 4월 중순부터 한 달 동안 프리론칭 이벤트를 벌이는 기획안이다. 프리론칭 이벤트의 효과가 확인되면 나중에 확대해서 브랜드 캠페인으로 전개할 예정이다.

이벤트 관련해서 카피라이터가 할 일이 적지 않아 보였다. 당장 이벤트 이름과 슬로건 짓는 것부터 시작해서 배너나 리플렛 같은 판촉물에 들어갈 자잘한 문구가 많다. 흥복에게 이런 이벤트 카피와 시엠송 가사, 그리고 인쇄 및 방송 광고와 판촉물 등에 들어갈 카피 일체를 맡아 달라는 부탁이었다. 일종의 그린불 캠페인의 프리랜서 카피라이터로서 역할을 맡는 셈이다.

"얼떨떨하네요. 제가 이렇게 인정받는 게." 흥복의 얼굴이 살짝 굳어졌다. "근데 제가 잘할 수 있을까요? 기업광고 한 번도 해본 적 없는데."

"'흔들어 주세요!' 슬로건을 던진 원죄가 있잖아?" 동준이 흥복의 어깨를 툭 쳤다. "그걸 캠페인 전체에 잘 녹일 수 있는 사람은 박 대리뿐이야."

"이거 광고주랑도 얘기된 건가요?"

"그럼! 박 대리 추천한 사람이 이연이 씨야. 응원 광고 문안 다듬는 솜씨를 눈여겨본 모양이야."

연이 추천이라는 말에 흥복은 기쁨이 차올랐다. 그러면서 부담스럽기도 했다. 덜컥 맡았다가 괜히 망치기라도 하면 어떡하나 망설여졌다. 그런 흥복을 동준은 여러 가지로 북돋아 줬다. 특히 이번에 흥복이 그린불 캠페인 카피라이터로 참여하면 경쟁력 있는 포트폴리오를 갖게 될 거라는 동준의 말에는 흥복도 귀가 솔깃해졌다. 그러지 않아도 요즘 시민 응원 광고도 줄어서, 여유가 없지는 않다. 부족하지만 한 번 해보겠다며 흥복은 수락했다.

"이런 이벤트를 신문이나 라디오랑 엮어서 하면 기업이 협찬금을 지불하죠?"

흥복은 그린불 이벤트에 관여하게 된 김에 동준의 설명을 들으면서 몽글몽글 떠오르던 질문을 던졌다.

"물론이지. 신문잡지 지면이나 방송 시간을 할애해 준 거잖아?"

"그럼 이 이벤트를 동화의 신문잡지나 라디오랑 연계할 수 있겠네요?"

"가능하지. 근데, 왜?"

"이벤트를 동화랑 엮을 수 없을까요? 기업광고 못하는데, 이젠 응원 광고까지 별로 없거든요. 요즘 동화 분위기 살벌해요."

흥복의 제안에 동준이 움푹 들어간 눈매로 지긋이 흥복을 응시했다. 내 얼굴에 뭐가 묻었나? 흥복이 자기 얼굴을 손으로 쓰다듬었다. '그러고 보면 박 대리도 참 열심이야.' 동준이 반 입속말로 중얼거렸다. 매부리코처럼 튀어나온 콧등을 만지작거리던 동준이 무릎을 쳤다.

"이렇게 하면 되겠네. 두성의 그린불 이벤트를 동화랑 함께하는 기업협찬으로 엮는 거야. 두성의 협찬금이 동화로 가겠지. 박 대리도 카피라이터로 공식적으로 관여하라고. 물론 카피료는 박 대리에게 별도로 지급하는 조건으로."

동준은 흥복한테 고 국장에게 보고하라고 한 후 자신도 두성과 동화의 기업협찬을 정식으로 제안하겠다고 말했다. 동화의 매체와 엮는 구체적인 기업협찬 방법은 더 고민해 보자는 말도 덧붙였다.

두성의 이벤트를 동화와 엮어서 진행하자는 자신의 제안이 막상 받아들여지자 흥복은 부담감이 더 커졌다. 괜한 일 벌이는 게 아닌가 싶었다. 기대감도 높아졌다. 응원 광고가 썰물처럼 빠져나가 재정압박을 받는 동화에 도움이 될 수 있을까 해서였다. 지난번 농성하는 직원들을 강제로 끌어내고 대량 해직시킨 후, 동화가 배신했다고 생각하는 시민들이 늘어났다. 돈줄이 말랐다면서 김 전무는 말끝마다 긴축 재정을 강조했다.

그동안 응원 광고가 쇄도해서 광고국 직원들은 해고의 칼날을 용케 피했지만, 인원 감축의 칼바람은 이제 광고국까지 덮치기 시작했다. 농성장을 드나들던 광고국 직원 재섭은 경비 절감이란 명목으로 결국 해고됐다. 다음 차례가 누가 될지 다들 전전긍긍하고 있다.

이번 기업협찬으로 해고의 칼바람이 비켜 가기를 기대하면서, 흥복은 일단 시엠송 가사와 이벤트 카피부터 준비하기로 했다.

3

봄의 공지천은 꽃가람이다.

비둘기호 열차를 타고 춘천역에 도착한 흥복은 감천사 가는 버스를 타고 차창 밖을 바라봤다. 공지천 물길 따라 개나리 진달래가 제법 만발했다. 우시장 앞에서 내려 감천사가 있는 안마산 쪽으로 걸어갔다. 3월 하순이라 언 땅이 제법 녹아 질퍽거리는 밭을 지나자, 안마산 기슭에 韓國佛敎 太古宗 甘泉寺(한국불교 태고종 감천사)라고 쓰인 안내판이 보였다. 오래돼서 나무가 다 삭은 상태였다. 4월 초파일을 한 달 정도 앞두고 스님이 연등을 달다가 나무에서 떨어지셨다는 소식을 흥복은 들었다. 지난 설 때도 못 찾아봬서 겸사겸사 감천사로 향했다.

산모롱이를 돌자 염소 울음소리가 들렸다. 산 중턱에 비스듬하게 기울어진 자드락에 염소 한 마리가 아까시나무에 묶여서 풀을 뜯고 있었다. 절에서 허드렛일하며 불목하니로 지내던 어린 시절, 흥복은 염소 울음소리가 참 싫었다. 염소가 울면 풀밭으로 데리고 나가야 했기 때문이다.

그렇게 듣기 싫었던 염소 소리가 오늘은 정겹게 들렸다. 흥복이 눈에도 익은 늙은 염소의 등을 쓰다듬었다. 감천사에 지금은 늙은 염소 한 마리밖에 없지만 그전에는 예닐곱 마리씩 키웠다. 산비탈을 오르내리며 그 많은 염소를 위해 꼴 베는 게 어린 흥복의 일이었다.

더 중요한 일은 염소젖으로 '코카콜라 산양유'를 만드는 것이었다.

불공드리러 온 신도들이 요사채에서 스님과 환담할 때 코카콜라 산양유를 대접하기 위해서였다. 산양과 염소는 다르지만, 염소젖을 그때는 산양유라 불렀다.

보살님이 손으로 짠 염소젖을 흥복이 뉴슈가를 넣고 끓였다. 그렇게 끓인 염소젖을 미군 부대에서 흘러나온 코카콜라 병에 담았다. 그러면 초록색 세로줄이 연하게 배어 나오는 투명한 코카콜라 병에 하얀 염소젖이 선명하게 대비되었다. 코카콜라 병은 어두운 곳에서 만져도 금방 알 수 있을 정도로 그 호리호리한 감촉이 남달랐다. 코카콜라 산양유는 거기에 염소젖의 비릿한 달달함과 따뜻함까지 더해지는 맛이었다.

전쟁이 끝나던 해에 엄마 손에 이끌려 감천사에 맡겨졌을 때, 여덟 살 흥복은 산양유를 처음 맛봤다. 처음 보는 코카콜라 병 염소젖을 홀짝홀짝 마셨다. 그 따뜻한 감촉과 함께 비릿하고 달보드레한 맛에 취해서였다. 흥복에게 코카콜라 산양유는 엄마의 마지막 모습을 떠올리게 한다. 그날 엄마가 떠나고 난 밤에 흥복이는 설사를 했다. 그 뒤로도 산양유를 몇 번 먹어보았다. 그때마다 설사를 했다. 우유를 분해시킬 효소가 자신에게 없다는 걸 나중에야 알았다.

산비탈을 한참 올라가서 감천사 경내로 들어서자 스님과 보살님이 텃밭을 고르고 있었다. 나무에서 떨어져 허리를 다치기는 했지만, 스님은 많이 좋아졌다. 대처승인 스님과 부인인 보살님은 불목하니인 흥복을 스님 호적에 올려 국민학교도 보내주신 분들이다. 흥복은 두 분을 아버지 어머니라 부르지 않았다. 다른 신도들처럼 스님과 보살님으로 부르기를 두 분이 원해서였다.

보살님은 흥복을 살갑게 대한 적이 별로 없었다. 크지도 않은 절이라 불목하니가 필요한 것도 아니었다. 자식을 맡겼으면서 어떻게 한 번을 와보지 않느냐며, 보살님은 흥복 친엄마를 독한 사람이라고 흉보기도 했다. 전쟁 직후라서 친딸을 중학교 공부도 못 시키고 서울로 식모살이 보낸 절집 살림살이였다.

그나마 누가 입던 헌 교복이지만, 한 학기라도 중학교 교복 입어 본 걸로 흥복은 족했다. 춘천의 명문인 춘천중학교에 붙었기 때문에 가능했던 호사였다. 어차피 중학교 간 아이들이 절반도 되지 않던 시절이었다. 흥복도 국민학교 마치고 춘천 양키시장에서 일하면서 저녁에 고등공민학교를 다녔지만, 자신이 특히 불우하다고 느끼지는 않았다.

해가 금방 넘어가는 산사여서 저녁을 일찍 먹었다. 오랜만에 흥복이 왔다고 보살님이 돼지 뒷고기를 볶아오자 막걸리 한 대접을 반주로 홀짝이던 스님이 말했다.

“온 김에 박 화백 조카 보고 갈래? 내일 모친 모시고 불공드리러 온다고 했거든.”

박수훈 화백이라면 흥복도 익히 아는 분이다. 원래 양구 출신인 박 화백은 양구 보통학교만 나와서 춘천과 서울의 미군 부대 근처에서 초상화를 그리며 살았다. 춘천에 사는 친척도 꽤 있는데 조카도 그 중 하나였다.

“그러죠, 뭐. 근데 특별히 제가 만날 일이 있나요?”

"민통선에 묻혀있는 박 화백 그림을 찾으려는데, 그 후원자를 물색 중인 모양이더라."

박 화백 그림이 민통선에 묻혀있다는 말이 무슨 말인가 싶어서 흥복은 스님을 쳐다봤다. 스님은 자세한 이야기는 내일 만나서 들어보라고만 했다.

흥복이 알기로, 박 화백 그림은 화강암을 연상시키는 독특한 질감으로 유명하다. 특히 누런 토종견인 누렁이 그림 연작은 미군 부인을 통해 외국에 먼저 소개되면서 한국에서도 이름을 날리기 시작했다. 10년 전인 1965년 작고했지만 그를 모델로 한 장편소설이 화제가 되면서 사후에 더 유명해졌다. 지금은 이중섭 화백과 앞서거니 뒤서거니 하면서 최고의 그림값을 갱신하는 걸로 알려졌다.

저녁을 일찍 먹은 흥복은 살림집 작은 방에 누웠다. 산사는 해가 지면 일찍 잠에 빠진다. 서울에서 늦게 자던 버릇이 있는 흥복은 잠이 오지 않았다. 라디오도 없고 할 게 없었다. 앉은뱅이책상 위의 책꽂이에서 표지가 다 뜯긴 낡은 책을 하나 꺼냈다. 일본 스님이 해설한 『임제록(臨濟錄)』을 우리말로 번역한 책이다. 어릴 때는 주변에 책이 별로 없어서, 이 책을 읽고 또 읽은 기억이 났다. 아무 데나 펼쳤다. 수처작주 입처개진(隨處作主 立處皆眞). 어디에 있든지 그곳에서 주인이 되면 서 있는 그곳이 진리가 되리라. 어릴 때 무슨 말인지는 정확히 몰랐지만, 그 말이 참 좋았다.

흥복을 뒤늦게 책의 세계로 이끈 건 학원출판사에서 나온 「세계 명작전집」과 「세계 위인전집」이었다. 양키시장 헌책방 아저씨가 공짜로 빌려줘서 책 읽는 재미에 푹 빠졌었다.

『학원』 잡지에도 투고한 적이 있었다. 당시 글 좀 쓴다는 전국의 문학소년 문학소녀들은 『학원』에 글 실리는 게 큰 자랑이란 걸 알고 나서였다. 고등공민학교 시절에 흥복은 혹시 투고한 자신의 글이 실렸나 확인하려고 서점에 들렀다. 마침 참고서를 사러 온 국민학교 동창 영호 녀석을 만나서, 투고한 이야기를 했다. 영호가 흥복에게 둘째손가락을 좌우로 흔들면서 '네 글이 학원에 실리면 내 손에 장을 지진다'며 까불었다. 별것도 아닌데 가슴이 콩닥거리는 걸 억누르며 흥복은 새로 나온 『학원』 잡지를 펼쳤다.

흥복의 글이 떡! 하니 실려 있었다. 처음으로 활자화된 자신의 글이 자기 글 같지 않고 신기했다. 대단하다느니, 놀랍다느니 하면서 옆에서 설레발을 치던 영호 녀석은 슬그머니 서점을 빠져나갔다.

『임제록』을 뒤적이다가 흥복은 밖으로 나왔다. 서울 같으면 아직 초저녁일 텐데 불빛 하나 없는 산사는 벌써 밤이 깊었다. 그래도 보름달이 환해서 주변은 알아볼 만했다. 법당에 피워놓은 향불 냄새가 꽃샘바람에 실려, 소쩍새 우는 소리와 함께 풍겼다. 향불 냄새가 묻어나는 소쩍새 울음소리에 이런저런 생각들이 모락거렸다. 일종의 프리랜서 카피라이터 일을 잘 할 수 있을지, 당장 그린불 시엠송 가사랑 이벤트 슬로건 등을 어떻게 써야 할지, 그린불 이벤트에 괜히 동화를 엮자고 해서 쓸데없는 일 벌이는 건 아닌지….

"흥복이 아직 안 자니?"

잠 못 이루고 마당을 서성이는 흥복에게 변소에 가던 스님이 물었다. 흥복이 잠이 안 와서 잠시 바람 좀 쐬러 나왔다고 대답했다. 스님도 잠이 깼는지 실내에서 키우던 작은 화분을 들어 보였다.

"흥복아, 이것 좀 봐라. 이게 참, 허허허…."

스님이 작은 화분 속에 심어진 무엇인가를 꺼냈다. 밤이지만 보름달이 환해서 비교적 뚜렷하게 형체를 알 수 있었다. 감자에 꽂힌 장미 가지였다. 장미 가지는 윗부분이 까맣게 썩었다. 감자는 아랫부분에 잔뿌리가 많이 났고 감자 윗부분에는 싹도 제법 올라왔다. 고라니가 자꾸 절 밑 텃밭을 침범해서 밭 주변에 장미를 키우려고 장미 꺾꽂이를 시도한 것이라고 했다. 장미를 감자에 꽂아서 화분에 심으면, 장미가 감자를 거름 삼아서 뿌리를 잘 내리고 꺾꽂이가 잘 된다고 누가 알려줬다. 그런데 장미는 오히려 썩어가고 감자에서 뿌리가 나고 싹이 돋았다.

"'감자의 반란'인 셈이지. 세상에 누가 누구를 짓밟고 그걸 거름 삼아 살 수는 없는 모양이다." 스님이 썩어가는 장미 가지를 감자에서 뽑아서 바닥에 버렸다. "차라리 감자를 밭에 심어야겠어, 장미를 되치기 한, 성깔 있는 감자니까."

허리를 손으로 짚으며 스님이 방으로 들어갔다. 흥복은 감자를 달빛에 비춰보았다. 감자 아래 잔뜩 뻗은 잔뿌리와 위로 싱싱하게 돋아난 초록 싹이 선명했다. 초록 싹에 붙은 어린잎이 꽃바람에 산들거렸다. 밤하늘의 별들을 따서 그 위에 뿌려놓은 듯 보였다. 별을 따다, 흔들리다… 이런 말들이 깃털처럼 흩날리면서 흥복의 오른쪽 뇌리가 간질거렸다.

다음날 박 화백 조카 내외가 어머니를 모시고 감천사에 불공드리러 왔다. 박 화백 조카는 박 화백 손위 누이의 아들이니, 조카 내외한테 박 화백는 고모부인 셈이다. 박 화백 조카 일행과 요사채에서 차담을 나누던 스님이 흥복을 불렀다. 흥복이 요사채 문을 열고 들어서자 다들 커피를 마시고 있었다. 이젠 코카콜라 산양유로 대접하지 않고, 미군 부대에서 흘러나온 커피를 대접했다.

흥복도 얼굴이 익어 인사를 하자 조카가 아는 척을 했다.

"서울서 동화일보 기자 한다면서? 잘됐네! 어릴 때 얘기책을 너무 좋아한다면서 스님이 걱정하시더니."

취재 기자는 아니고 광고 기자라는 말을 하려다가 흥복은 참았다. 스님의 자랑거리를 꺾고 싶지 않았다.

조카 내외는 30대 중반이었고, 일흔이 다 되어가는 노모는 정정해 보였지만 정신이 그렇게 맑아 보이지는 않았다. 박 화백 조카 내외의 이야기를 통해 흥복은 민통선에 묻혀있다는 박 화백 그림에 대해 알게 되었다.

양구에서 태어난 박 화백은 금강산 근처에서 광산업을 하던 아버지를 따라 금성에 갔다가 거기 동네 처녀와 결혼하고 눌러앉았다. 군청 서기로 일하면서 그림을 그렸고, 이미 해방 전에는 조선미술대전인 선전(鮮展)에 입선한 적도 있었다. 해방 전 군청 서기 한 게 문제가 될까 봐 박 화백만 6.25 전쟁이 터지기 직전에 먼저 월남했다.

부인은 같은 동네 살던 친정 오빠네 식구랑 같이 1·4 후퇴 때 피란길에 올랐다. 피란길에 나서면서 집에 있던 박 화백 그림들을 네

모난 나무 화구통에 담았다. 원래 물감이나 붓 등의 화구를 담아놓는 화구통은 가로 세로가 각각 1미터 남짓하고 폭이 50센티 정도 크기였다. 쉽게 썩지 않고 물이 들어가지 않도록 페인트가 칠해져 있기도 해서, 나무 화구통에 박 화백의 그림들을 차곡차곡 개켜서 넣었다.

어린애들을 둘러업고 피란 내려오다가, 박 화백 부인은 두타연 계곡 입구에 화구통을 묻었다. 친정 오빠와 같이 구덩이를 파고 묻은 후 돌로 덮어두었다. 화구통이 제법 커서 들고 다니기도 힘들거니와, 괜히 피란길에 잘못돼서 파손되거나 잃어버릴 수 있다고 걱정했을 거다. 일단 안전한 곳에 묻은 후 나중에 찾으러 오는 게 낫다고 생각했다. 그런데 그곳이 비무장지대 바로 아래 민통선 내 지역이 되어서, 민간인이 함부로 출입하기 어려운 지역이 되어 버렸다.

"박 화백 사모님은 이미 돌아가신 거죠?"

흥복이 조카에게 물었다.

"그럼. 우리 아버님도 이미 돌아가셨어. 그때 거기 있었던 분 중에는 어머니만 살아계신 셈이지."

"어머니께서 그림을 직접 묻으신 건가요?"

흥복이 조카의 어머니에게 물었지만, 귀가 잘 안 들리는지 멍한 표정만 지었다. 조카가 얼른 대꾸했다.

"아버님과 고모가 묻고 오셨고, 어머니는 그 위치를 들으신 거지. 그래서 이번에 지도도 한 장 그려드렸어."

"누구한테요?"

"탁 소장님."

조카가 지갑에서 명함을 꺼내 흥복에게 보여줬다. '우리문화재연구소 소장 탁명석'이라고 쓰여 있었다. 명함을 다시 받아 넣으면서 조카가 마저 이야기했다.

민통선에 묻혀있는 그림 이야기는 박 화백 사후에 전설처럼 화랑가에 떠돌았다. 작은 그림부터 큰 것까지 대략 30~40점 정도인데, 박 화백 초기 작품인 그 그림이 발굴되면 부르는 게 값이 될 것이라고들 했다. 소문은 무성했지만, 접근이 제한된 민통선 내에 있어서 다들 쉽게 나서지를 못했다. 1년 전쯤에 탁 소장이 박 화백 그림을 발굴하겠다고 나서며 조카 내외를 접촉했다.

그런데 박 화백 아들도 있을 텐데 탁 소장이 왜 조카랑 접촉했는지 흥복이 궁금해하자, 조카가 말했다.

"그림 묻은 곳을 아는 분은 우리 어머님뿐이잖아? 그리고 그 형님은 이미 신용을 잃었어."

박 화백 아들도 화가인데 지금은 미술계에서 거의 매장되었다고 했다. 아들은 5년 전쯤에 박 화백 유작이라며 수십 점의 그림을 공개했었다. 그런데 그게 모두 자신이 그린 가짜였다. 어려서부터 부친이 그림 그리는 것을 옆에서 지켜보았기 때문에 박 화백 그림은 누구보다 자신이 잘 안다고 착각한 것이다. 박 화백 그림 위작 판매로 아들은 사기죄로 구속까지 당했다. 나중에 민통선에서 그림이 발굴되면 박 화백 아들한테는 성의 표시만 하면 된다고 했다.

민통선에 출입하려면 군부대 협조도 얻어야 하고 발굴과정에 적지 않은 비용도 들고 해서, 탁 소장이 후원자를 물색 중이라고 했다. 그제야 흥복은 스님이 왜 자기를 박 화백 조카한테 소개했는지 짐작이 갔다. 흥복이 다니는 동화일보에서 혹시 후원할 수 있는지, 아니면 다른 후원자를 연결해 줄 수 있는지 기대하는 눈치였다.

흥복은 알아보겠다고 말했다.

오후 늦게 서울로 올라오는 기차 안에서 박 화백 그림에 관한 생각이 흥복의 머리를 떠나지 않았다. 기업광고 못 해서 재정압박에 시달리는 동화일보를 위해서 박 화백 그림발굴을 엮는 방법이 없을까? 궁리궁리했지만 당장 뾰족한 방안은 떠오르지 않았다.

4

하늘에서 별을 따다 하늘에서 달을 따다

내 마음 흔들어 주세요.

아름다운 별들이여 사랑스러운 눈동자여

오 흔들리는 내 마음. 그린불!

동준이 카세트테이프에 녹음해온 그린불 시엠송을 최 실장이 세 번 반복해서 들었다. 아일랜드 민요에 흥복이 가사를 붙인 곡으로, 동준이 통기타 치면서 부른 노래다.

"가사도 좋고 멜로디랑도 잘 맞기는 한데…."

최 실장을 힐끔거리면서 연이가 말끝을 흐렸다. 흥복과 동준도 마른침을 삼키며 최 실장 입만 쳐다보았다. 최 실장이 은테안경을 만지작거리더니 입을 열었다.

"제품설명이나 상표명이 너무 없는 거 아닌가?"

"제품설명은 인쇄광고로 커버할 수 있지 않나요?"

흥복이 대답했다.

두성과의 협찬 건을 동화의 고 국장도 좋다고 해서, 흥복이 동화 측 협찬담당자이면서 프리랜서 카피라이터 자격으로 오늘 회의에 참석한 터였다.

"맞습니다! 제품설명 많은 시엠송은 금방 싫증 나요. 이런 게 사람들한테 많이 불리죠."

동준이 바로 거들었다.

최 실장이 시엠송을 두 번 더 들어봤다. "오케이!"라고 짧게 말했다. 굳어 있던 흥복의 얼굴 근육이 그제야 풀렸다. 동준이 책상 밑 흥복의 손을 꽉 잡았다. 시엠송은 다음 주에 정식으로 녹음한 후 바로 CF 찍고, 그 사이에 신문광고 제작에 들어가기로 일정을 잡았다.

시엠송 컨펌을 받은 동준이 기획서 4부를 꺼내서 회의 참석자들에게 돌렸다. 동준이 기획서를 한 장씩 넘기며 설명했다.

"이벤트 슬로건 및 이름은 '흔들어 주세요, 가만히 있지 말고! 셰이킷(shake it) 이벤트'로 하겠습니다. 이건 박 대리가 제안한 겁니다. 동화의 신문잡지는 물론 동화방송과 엮어서 할 예정입니다. 5월 중순 본격적인 브랜드 론칭에 앞서, 4월 10일부터 5월 10일까지 한 달 정도 진행하는 프리론칭 이벤트입니다."

첫 번째 그린불 셰이킷 엽서 이벤트는 '내 삶을 흔들었던 순간'을 주제로 엽서 사연을 받아, 라디오 음악방송에서 사연을 소개하고 동화의 잡지를 통해서 지상 전시회도 여는 행사다. 두 번째 셰이킷 길거리 이벤트는 신호등 건널목에 설치된 이동식 셰이킷 부스에서 행인들이 그린불 시제품을 받고 흔드는 행사로, 동화방송을 통해 이벤트 장소를 미리 공지한다.

이벤트 기획안의 설명을 듣더니 최 실장의 한쪽 입꼬리가 처졌다. '흔들어 주세요, 가만히 있지 말고! 셰이킷'이라는 이벤트 슬로건이 불온해 보일 수 있다며 마뜩잖아했다.

5천만 원이나 되는 이벤트 협찬금도 꼬투리를 잡았다. 금액도 금액이지만 두성에서 동화에 협찬금 주면, '윗분들' 심기 불편하지 않겠냐고 물었다.

"이건 기업광고가 아니잖아요?"

동준이 반문했다.

"그래도 괜찮을지 모르겠네. 지난번에 동화에는 광고하지 않겠다고 각서까지 썼거든. 미스 리랑 같이 끌려가서."

최 실장은 불쑥 뱉은 자기 말에 아차 싶은 표정을 지었다. 흥복과 동준은 눈을 동그랗게 뜨고 연이와 최 실장을 번갈아 쳐다봤다.

"그때 각서는…." 미간을 찌푸린 연이의 콧등에 세로 주름이 생겼다. "동화에 광고 내지 않겠다는 거였죠. 기업협찬까지 안 하겠다고 한 건 아니잖아요?"

기업협찬은 신문 기사나 방송 프로그램 속에 녹아들 뿐 아니라 회계상으로도 광고비와 다르게 처리되기 때문에 잘 드러나지 않을 거라고 동준이 설명했다. 동화와 두성이 같은 식구인데 기업협찬을 동화 빼고 다른 매체랑 할 수는 없지 않느냐며 연이도 거들었다.

"좋아. 일단 해보자고. 한 달만 하는 프리론칭 이벤트니까…."

최 실장이 이벤트 기획서를 돌돌 말아 쥐고 회의실을 나갔다.

작년 12월 초 연이에게 광고 동판 돌려줄 때 일이 떠올라서 흥복은 연이에게 물었다.

"근데 최 실장님이랑 끌려가서 각서를 썼다는 건 뭐예요?"

연이가 선뜻 이야기하지 못하고 머뭇거리다가 입을 열었다.

"그때 발설하지 않겠다고 각서까지 썼거든요. 실장님이 먼저 말을 꺼냈으니까, 이젠 뭐…."

연이가 그 일을 당한 건 지금으로부터 넉 달 전인 작년 11월 하순이었다. 최 실장이랑 남산 세종호텔 커피숍에 갔을 때였다. 20분 넘게 기다리자, 눈매가 날카로워 보이는 젊은 남자 한 명이 다가왔다. 젊은 남자는 김해강이라고만 자기를 소개하고는 다짜고짜 같이 좀 가자고 했다. 두 사람은 해강과 같이 커피숍을 나와서 지프차에 올라탔다.

잠시 후 도착한 건물 벽면에 양지무역이라고 쓰인 간판이 보였다. 입구는 육중한 철문이 닫혀있었다. 건물 안 이층에 회의실이라 쓰인 방으로 들어갔다. 가운데 제법 큰 탁자에 사람들이 여럿 앉아 있었다. 최 실장이 눈빛으로 몇 사람과 서로 아는 척을 했다. 연이도 얼굴이 익은 사람이 조금 있었다. 각 회사의 광고 담당자와 간부들인 것 같았다.

조금 있다가 책임자로 보이는 사람이 들어왔다. 두 종류의 서약서를 자필로 쓰라고 했다. 하나는 앞으로 동화일보와 동화방송에 광고를 내지 않겠다는 각서, 또 하나는 여기에서 일은 일절 발설하지 않겠다는 각서. 불러 줄 테니까 직접 본인 글씨로 받아 적으라고 했다. 다 쓰면 본인 이름 쓰고 지장 찍으라면서, 받아쓰기 쉽게 또박또박 부르기 시작했다.

"자, 받아 적으세요. 서약서. 우리 회사는… 앞으로… 동화일보에 광고를…."

받아쓰기하듯 각서를 받아 적으려니 연이는 황당했다. 맞은편의 젊은 광고 담당자도 어이가 없다는 표정이다. 받아 적다 말고 그가 손들고 말했다.

"광고를 안 하면 됐지, 이런 각서까지 쓸 필요가 있나요? 더구나 광고는 사적인 기업 활동 아닌가요?" 눈매가 부리부리한 게 학생 때 데모 좀 했을 인상으로 말을 이어갔다. "이렇게 기업 활동을 방해해도 됩니까? 시장과 기업을 중시하는 자본주의 사회에서."

눈치를 보던 연이도 이때다 싶어서 거들었다.

"맞아요. 동화일보에서 대포 광고를 내보낼 수도 있잖아요?" 다른 사람도 호응할 줄 알고 연이는 목소리를 높였다. "이런 각서 쓰면, 그런 것도 우리 책임이라는 거잖아요. 너무 심한 거 아니에요?"

연이 말이 끝나고 적막이 흘렀다.

동조하는 사람이 아무도 없었다.

"오호 못 쓰시겠다?" 책임자가 한쪽 입을 씰룩거리며 두 사람을 쳐다보았다. "거기 두 회사는 남으세요. 다 쓰신 분들은 지장 찍고 나가시고."

다들 각서를 쓰고는 지장을 찍었다. 그리고 엉거주춤 일어나서 방을 나갔다. 먼저 반발했던 다른 회사 광고부 직원은 따로 옆방으로 불려 갔다. 책임자랑 다들 나가고 최 실장과 연이 두 사람만 남았다. 최 실장이 은테안경을 벗고 눈을 부라렸다.

"이봐, 미스 리. 아직 세상 무서운 줄 몰라서 그러는 모양인데…." 최 실장의 목소리가 낮아졌다. "사실 그전에도 이런 각서 쓴 적이 있어. 그때도 일절 발설하지 않겠다고 해서 말을 안 한 것뿐이야."

"네? 언제요? 왜요? 누가요?"

연이가 연달아 물었다.

"작년 3월쯤이야. 광고 조정에 대한 협조공문을 받은 적 있거든. 조선일보에 광고 내지 말라는 거야. 그때도 각서까지 썼고, 한동안 조선일보에 광고 안 냈잖아."

"정말요? 이게 처음이 아니란 거네요?"

"그렇다니까! 동화가 죽을 맛이지, 우리야 뭔 상관이야. 동화에 못 내게 하면 중앙이나 한국에 내면 돼지." 최 실장의 목소리에 짜증이 잔뜩 묻어났다. "왜 그렇게 눈치가 없어? 그러니 자꾸 물 먹는 거야."

여기서 진급 누락된 얘기가 왜 나오지? 연이 아랫입술이 앞으로 삐져나왔다.

최 실장에게 한 소리 들은 연이는 벽에 뚫린 구멍처럼 작게 난 창을 쳐다봤다. 그나마도 창문이 닫혀있어서 답답했다. 한쪽에는 박 대통령의 사진이 내려다보고 있었다. 한참 지났는데도 아무도 들어오지 않았다. 그게 더 마음을 무겁게 짓눌렀다. 한참 동안 긴장해서 그런지 졸음이 몰려왔다. 어제도 촬영 때문에 밤늦게까지 일하느라 더 피곤한 것 같다. 최 실장도 눈을 껌뻑이며 졸음을 참는 것 같았다. 그렇게 비몽사몽으로 앉아 있는데, 문이 벌컥 열렸다.

"어쭈, 졸아?"

아까 여기 데려다준 해강이 연이 앞에서 책상을 꽝 치더니, 졸고 있던 최 실장의 정강이를 군홧발로 깠다. 조인트를 까인 최 실장이 '어이쿠!' 소리를 지르며 정강이를 감싸 쥐었다. 그런데 최 실장의 비명을 압도하고도 남을 울부짖음이 옆방에서 터져 나왔다.

"으악! 뭐요 이게? 백주대낮에 이래도 되는 거요?"

"이 새끼가, 아직도 입이 살아있네?"

무엇인가 커다란 물체가 벽에 부딪히는 둔탁한 소리가 들려왔다. 이어서 여러 가지 뒤엉킨 소리가 연이의 귓바퀴를 후려쳤다. 바닥에 패대기치는 소리. 질질 끌리는 소리. 딱딱한 몽둥이로 가마니를 패는 것처럼 퍽! 퍽! 하는 소리. 사람 살리라는 비명 소리. 쇠막대기 같은 것을 바닥에 끄는 금속성 소리. 살려달라는 신음 소리. 그리고 쇠막대기에 뭔가가 부서지는 소리를 끝으로 더 이상 아무 소리도 들리지 않았다.

너무나 끔찍한 소리에 연이는 한겨울에 차가운 물로 머리 감은 것처럼 소름이 돋았다. 해강을 쳐다보았다. 해강은 두 손을 허리에 대고 서서 두 사람을 내려다보았다. 밀가루를 뒤집어쓴 것처럼 무표정한 얼굴이 섬뜩했다. 최 실장의 입술이 파랗게 질렸다. 연이의 눈썹도 파르르 떨렸다. 이게 말로만 듣던 그 무서운 남산인가? 오한이 들린 사람처럼 이빨이 딱딱 부딪히면서 온몸이 떨렸다.

옆방에서 음산한 목소리가 새어 나왔다.

"그렇지. 이제야 말을 듣는군. 그러게, 말로 할 때 쓰지 그랬어? 그러면 이런 꼴 안 당했잖아."

옆방이 조용해지자 해강이 종이 두 장씩을 두 사람한테 내밀었다. 서약서의 내용이 타이핑된 각서였다. 직접 손으로 적을 필요 없이 마지막에 서명하고 지장만 찍으면 된다고 했다. 최 실장이 이름을 쓰고 엄지손가락에 인주를 묻혀 지장을 찍었다. 손이 부들부들 떨렸다. 연이도 바르르 떨리는 손으로 이름 쓰고 지장을 찍었다. 서약서에 붉게 찍힌 지장과 갈겨 쓴 자신의 이름이 치욕스러울 정도로 낯설었다. 연이는 절뚝이는 최 실장을 부축하면서 나왔다. 최 실장한테 미안하기도 했지만 분하기도 했다.

해강이 두 사람을 지프차에 태워 세종호텔 앞에서 내려주고 떠나갔다. 11월의 칼바람에 목덜미를 도려내듯 베였다. 택시를 타고 회사에 돌아올 때까지 최 실장은 은테안경만 만지작거릴 뿐 아무 말도 하지 않았다. 부축하려는 연이 손을 뿌리치고 혼자서 쩔뚝이며 회사로 들어가던 최 실장의 그 모습이 아직도 눈에 선하다고 말했다.

"그땐 정말 놀랐겠어요?"

동준이 연이에게 말했다.

흥복은 작년 12월 초 연이의 행동이 이제야 이해가 되기도 했다. 흥복이 두성식품 광고 동판 반납하러 갔다가 연이에게 왜 갑자기 광고를 철회하는지 물었을 때, 연이가 그렇게 힘들어하면서 자세한 건 묻지 말라고 한 이유를.

“처음에는 그 일만 떠올려도 몸이 떨렸는데 지금은 괜찮아요.” 연이가 말했다. “진짜 고문당한 분들은 어떨까 싶기도 했어요. 고문당하는 소리를 옆에서 듣기만 한 내가 이 정도니까 말이에요. 분하기도 하고 오기도 생기더라고요. 혼자 담벼락에라도 외치려고 응원 광고도 낸 거예요.”

흥복은 지난번에 연이가 의뢰했던 응원 광고가 생각났다. ‘그냥 있을 수 없어서. - 소심한 여자 Y.’ 생각해 보면 이번 그린불 기업협찬도 흥복 입장에서는 그냥 있을 수 없어서 발버둥 치는 거였다.

“이연이 씨는 그 일 겪고 더 단단해진 것 같네요.”

흥복이 연이 눈을 보며 말했다. 형광등 불빛에 연이 눈망울이 유리알처럼 반짝였다. 흥복은 뜨거운 열을 가할수록 더 단단해지는 유리구슬이 떠올랐다.

5

빨강 신호등은 여전히 바뀌지 않았다. 건널 때는 파랑 신호등이 짧은데, 건널목에서 기다릴 때는 빨강 신호등이 너무 길게 느껴졌다.

오늘 그린불 시엠송 녹음한다고 해서, 흥복은 녹음실 가는 길에 신호등이 있는 신촌 로터리 건널목에서 기다리는 중이었다. 사실 시엠송 녹음에 흥복이 굳이 참여할 필요는 없었다. 하지만 요즘 응원 광고 일이 별로 없고, 동화와 협찬하기로 한 두성 광고이기도 해서 가보고 싶었다.

빨강 신호등을 무료하게 바라보던 흥복이 건널목 근처를 둘러봤다. '그린불 셰이킷 부스'라고 쓰인 배너 옆으로 '흔들어 주세요! 가만히 있지 말고 셰이킷'이라고 쓴 깃발이 흔들렸다. 그러고 보니 어제 오후 동화방송(DBS)의 음악 프로그램 「오후의 다이얼」에서 길거리 이벤트를 예고한 게 생각났다. 오늘 신촌 로터리에 셰이킷 부스가 뜰 거니까, 길거리 이벤트에서 그린불 한 병씩 받고 신나게 흔들어 보라고 알려줬다.

"자~ 흔들어 주세요. 가만히 있지 말고 셰이킷, 셰이킷!"

경쾌한 외침 소리가 흥복의 귓바퀴를 흔들었다. 사람들이 모여 있는 부스 앞에서 젊은 여자 둘이 빠른 음악에 맞춰서 외치는 소리였다. 흥복은 셰이킷 부스 쪽으로 발걸음을 옮겼다.

부스 뒤의 가설 공간에 사람들이 모여 있었다. 시제품으로 나온 그린불 한 병씩 들고 신호등이 빨간불일 때 빠른 음악에 맞춰 흔들었다. 여고생 셋이 몰려와서 '흔들기만 하면 이거 한 병씩 주는 거 맞냐'고 묻더니, 그린불 한 병씩 받고는 엉덩이만 슬쩍슬쩍 흔들며 골반 춤을 추었다. 남자 중학생 한 녀석은 그린불 한 병 들고 불량스럽게 짝다리를 짚고 한쪽 다리만 흔들었다. 장발족 청년 둘은 마주 보고 낄낄거리면서 헤드뱅잉 하듯 긴 머리카락을 흔들었다.

신호등이 빨간불일 때 가만히 서 있지 않고, 뭔가 갈증이 나는 듯 그린불을 마시며 흔들어 재끼는 사람들을 보면서, 흥복은 최 실장 말이 떠올랐다. 정말 묘하게 불온해 보였다.

흥복도 같이 한번 흔들어 볼까 망설이는 사이에 신호등이 파란불로 바뀌었다. 부스에서 신나게 흔들던 사람들이 우르르 빠져나가 건널목으로 뛰어가기 시작했다. 흥복도 그 틈에 섞여 길 건너 녹음실로 달려갔다.

녹음실에는 연이와 동준이 먼저 와있었다. 근석이 시엠송 녹음 디렉팅하는 걸 지켜봤다. 근석이네 '동방의 별' 세션팀이 반주한 걸 녹음해왔고, 신인 여배우인 광고모델이 뮤지컬 가수이기도 해서 반주에 맞춰 노래했다. 근석은 시엠송은 가사 전달이 중요하다며 가사 씹히지 않게 주의하라면서 몇 번을 반복시켰다.

특별히 할 일이 없는 세 사람은 녹음실 부스 밖에서 그 모습을 지켜보았다. 연이가 가방에서 『주간 동화』와 『동화 레이디』를 꺼냈다. 세 사람은 잡지를 들춰 보았다. 기업광고는 보이지 않았다. 셰이킷 엽서 이벤트가 실린 페이지를 펼쳤다. '흔들어 주세요 그린불 협찬, 예쁜 엽서 지상 전시회'라는 제목으로, 디자인이 예쁜 엽서들이 4페이지에 걸쳐 소개됐다. '나를 흔들었던, 내가 흔들었던 순간들'을 주제로 사연을 보낸 엽서들이었다. 얼마 전 DBS 음악 프로그램 「한밤의 다이얼」에 소개됐던 엽서들이기도 했다. 라디오에서는 셰이킷 사연을 소개한 후 '흔들어 주세요. 천연과즙 음료 그린불' 협찬이라는 걸 고지하고 두성식품의 푸짐한 선물 세트도 줬다. 기업광고가 붙지 않은 프로그램 중간에 셰이킷 엽서 사연을 신청곡과 함께 소개해주니까 주목도는 꽤 높았다.

잡지를 뒤적이면서 세 사람은 이벤트에 대한 주변 반응을 서로 나눴다. 프리론칭 이벤트에 대한 소비자의 열띤 반응에 다들 고무된 분위기인 듯했다. 처음에 마뜩잖아했던 두성의 최 실장도 자기 아이디어인 것처럼 어깨를 으쓱거렸다. 광고국과 직접 관련된 기업광고가 아니어서 주저하던 동화의 고 국장은 기업협찬에 발 벗고 나서기 시작했다. 기업광고를 못 해서 돈줄이 마른 동화에게 기업협찬이 새로운 돌파구가 될 수 있음을 실감한 듯했다.

기업협찬이 기업광고의 우회전략이 될 수 있음은 흥복도 피부로 느꼈다. 내친김에 흥복은 얼마 전부터 생각했던 박 화백 그림발굴 프로젝트를 연이와 동준에게 제안했다. 무슨 말인가 어리둥절해하는 두 사람에게 흥복은 지난번 춘천에서 들었던 박 화백 그림 이야기와 그에 대한 자신의 구상을 이야기했다.

민통선에 박 화백 초기작품이 묻혀있다, 그걸 발굴하려고 탁 소장이라는 사람이 발굴 비용과 군부대 협조를 얻을 수 있는 후원자를 물색 중이다, 동화에서는 군부대 협조 얻는 걸 맡고 두성에서 발굴 비용을 지원하면 좋겠다, 두성은 나중에 유족으로부터 그림을 구매할 수 있고 동화는 전시회 개최나 화집 발간를 통해 기업협찬을 벌일 수 있다, 대략 이런 내용이었다.

흥복의 제안에 연이도 얼마 전 읽은 신문 기사를 들먹였다. 요즘 인사동에 미술 시장이 서서히 형성되기 시작했고, 기업에서도 재테크 수단의 일환으로 미술품을 수집하기 시작한다는 기사였다. 연이 말에 힘을 얻은 흥복은 설득을 이어 나갔다. 새로 발굴될 박 화백의 그림을 두성에서 지금 사두면 향후 절대로 손해 보지는 않을 것이고, 재정압박을 겪는 동화에게도 적지 않은 도움이 될 것이라고 강조했다.

"좋은 일이긴 한데…." 연이가 흥복에게 물었다. "그런 일이 선전실에서 할 광고 홍보 업무가 맞나요?"

"광고 홍보 업무 중 하나이긴 하죠." 동준이 말했다. "기업이 다양한 문화 체육 활동을 후원하는 스폰서십은 홍보의 한 영역이고요, 특히 이렇게 예술을 후원하는 사업을 '메세나'라고 하거든요. 선진국에서는 이미 기업 메세나도 광고 홍보의 중요한 영역이에요."

동준은 기업 이미지를 향상시키기 위해서 두성도 이제 기업 메세나 활동을 시도해볼 필요가 있다며, 미국 카네기홀이나 록펠러 재단 등 몇 가지 사례도 들어줬다. '기업 메세나, 메세나…'를 되뇌이면서, 연이는 동준의 해박함에 감탄하는 눈치였다.

"그 프로젝트는 동화와 두성 양쪽이 움직여야 하는 거잖아요?"

연이가 흥복에게 물었다.

"그러게! 양쪽 손바닥이 마주쳐야 박수가 되는 건데, 당장 설득하기 쉽지 않을 것 같네."

동준도 연이 말에 맞장구쳤다.

"그래요, 박 대리님. 우선은 여기 집중하죠." 연이가 흥복의 손등을 가볍게 두드렸다. "당장 그린불 론칭이 코앞이잖아요. 이건 제 대리 승진이 걸린 문제거든요."

흥복도 더 이상 고집하지는 않았다. 일단 그린불 론칭에 치중하면서, 흥복이 동화 쪽에 먼저 가능성을 타진해 보기로 했다.

녹음이 끝나자 근석이 시엠송 테이프를 동준에게 건넸다. 녹음실을 나서면서 흥복이 입을 열었다.

"아 참! 그리고… 모레 오비스룻지에서 보기로 한 거 잊지 않으셨죠? 이번엔 제가 쏠게요."

연이가 중간에 고기가 섞인 큼직한 빵조각을 손에 들고 크게 한 입 베어 먹었다. 요즘 대학생들 사이에서 인기라는 코스모스 햄버거였다. 흥복은 돈가스, 동준은 함박스테이크를 시켜서 먹었다. 흥복이 오비스룻지에서 저녁 한번 사기로 한, 지난 3월의 약속을 두 달이나 지나서 지킨 셈이다.

스테이크를 썰던 동준이 한쪽에 놓여있는 신문을 왼손에 쥔 포크로 가리켰다.

"동화는 괜찮아? 발칵 뒤집혔을 것 같은데, 어제 발표 때문에."

"왜 아니겠어요? 동화일보 전직 기자가 간첩이라는데."

돈가스를 미리 다 썰어놓은 흥복이 포크를 내려놓고 신문을 뒤적였다.

'북한 간첩단 녹우회 일망타진 - 군인과 언론인 가담에 충격'이라는 헤드라인이 5월 2일 자 오늘 신문의 1면 톱을 장식했다. 동화일보의 전직 기자 안혁필과 육군사관학교 교수가 포함된 녹우회가 '적화통일을 획책하는 남한 내 북한 괴뢰 간첩 조직'이라면서, 이들이 '지식층 학생 청년들을 꾀어 체제 전복과 민중봉기를 도모'했다는 내용이었다. '동화투위(동화일보 자유언론수호 투쟁위원회)의 이른바 언론수호 투쟁을 배후에서 조종하면서 녹우회가 유신체제 전복을 획책'했다는 걸 강조했다.

"홍 차장님은 별일 없었어요?"

한 입 베어먹은 햄버거를 손에 들고 연이가 동준에게 물었다.

흥복도 안 기자가 동준 친구인 게 생각났다. 동준은 괜찮다고 하면서도 참고인 조사를 받기는 했다고 말했다. 안 기자가 대학 동창이어서 그러지 않아도 친목 모임 녹우회를 같이 하자는 권유를 작년에 받았던 터였다. 대학 때 같은 연극반이었던 친구들의 친목 모임이었다. 직장 생활에 바쁘지만 책은 읽자고 해서, 한 달에 한 번 만나 책 읽고 토론하는 정도였다. 동준은 첫 모임 때만 나갔을 뿐 녹우회에 참여하지는 않았다.

동준은 보안사 요원이 다방으로 불러서 몇 가지 물어본 게 전부라고 했다. 하지만 동화투위 사람들에게는 달랐다. 녹우회와 관련도 없는 동화투위의 해직 기자들은 보안사로 끌려가 취조당했다. 동화투위 활동을 위축시킬 속셈인 게 빤히 보였다.

"괜히 여기까지 불똥 튀는 건 아니겠죠?"

불안감이 묻어나는 동준의 물음에 연이가 대답했다.

"에이 우리한테 불똥 튈 게 뭐 있겠어요? 그냥 광고일 뿐인데."

식사를 마치고 후식으로 나온 커피를 마시면서 동준이 일 얘기를 잠깐 했다. 그동안의 진행 사항과 향후 일정에 대해 다시 한번 정리해줬다. 한 달간의 프리론칭 이벤트가 다음 주에 마무리되면, 다다음 주인 5월 15일부터 본격적인 브랜드 론칭 캠페인이 시작된다. 프리론칭 이벤트의 효과가 확인된 만큼, 본격적으로 전개될 론칭 캠페인 때도 동화 매체와 이벤트 벌이는 기업협찬이 진행될 거라고 동준이 설명했다.

업무 얘기가 얼추 끝내자 연이가 지하 코스모스룸에 가보자고 재촉했다. 지난번에 얘기한 것처럼 동준의 오부리 반주에 연이가 샹송을 노래하고 싶다고 해서다. 오부리 반주 솜씨 한번 보겠다면서 연이가 동준에게 눈을 찡긋한 후 일어섰다.

지하의 코스모스룸은 그룹사운드가 공연하고 춤도 출 수 있는, 일종의 고고장 혹은 캬바레였다. 동준은 출연자 대기실로 들어가고 흥복과 연이는 손님들로 붐비는 홀로 들어갔다. 드럼과 전기 기타의 요란한 굉음과 함께 울긋불긋한 조명이 현란하게 번쩍였다. 사이키델릭한 조명 아래서 「미인」을 부르는 신중현이 각설이처럼 긴 머리를 휘날리며, 가야금 뜯는 것처럼 기타를 연주했다.

신중현의 연주와 노래가 끝나자, 오부리 밴드의 다른 악사들과 같이 동준이 무대에 올라와 키보드를 잡았다. 동준의 오부리 밴드가 연주를 시작하자, 사람들이 신청곡 적은 메모지를 무대 앞 접시에 놓았다. 연이도 메모지에 '실비 바르탕 : 「시바의 여왕」'이라고 신청곡을 적어 접시에 놓았다. 연이 신청곡 전에 꽤 여러 사람이 노래했다.

밴드에서 키보드를 연주하는 동준을 보면서 흥복과 연이는 맥주를 마셨다. 여기서 보니까 동준이 딴 사람 같아 보인다고 연이가 말했다. 그러고 보니 오늘 단단히 벼르고 나왔는지 연이는 미니스커트에 하이힐 차림이었다. 단속에 걸리는 무릎 위 17센티보다는 약간 길어 보였지만, 주황색 미니스커트가 허벅지 바로 아래에서 찰랑거렸다. 왜 자기 차례가 안 오는지 모르겠다면서 연이는 샹송 가사가 적힌 수첩을 뒤적거렸고, 무릎 위로 말려 올라가는 미니스커트를 연신 끌어 내렸다.

반주보다 한 박자 늦게 노래를 부르던 취객이 내려가자 오부리 밴드의 기타리스트가 메모지를 들고 호명했다. 시바의 여왕 신청하신 분!

연이가 무대 앞 바구니에 돈을 넣은 후 무대로 올라가 노래하기 시작했다. 처음에는 긴장해서 목소리가 약간 떨렸지만 금방 안정을 되찾았다. 앞부분이 끝나자 고음의 후렴구를 치고 나갔다.

> **비양 르프랑드르 똥 후아욤, 뚜아 라 헨 드 사바**(Viens reprendre ton royaume. Toi, la reine de Saba)

점점 자신감이 붙으면서 연이가 무대 위에서 조금씩 움직이기 시작했다. 스스로의 무대에 도취되어 마치 실비 바르탕이 된 것처럼, 동준에게 다가가 손을 내미는 제스처를 취하며 노래했다. 하지만 동준은 연이 쪽으로 얼굴을 돌리지 않고 키보드를 내려다보거나 객석

쪽을 바라보며 무표정하게 연주할 뿐이었다.

잠시 노래가 쉬는 간주 부분으로 접어들었다. 무대 중앙으로 걸어 나오던 연이가 삐끗했다. 아까부터 미끄러운 무대에서 하이힐이 불안해 보이기는 했다. 연이가 하이힐을 벗었다. 살색 스타킹만 신은 맨발이 드러났다. 기타리스트와 베이시스트도 무대 중앙으로 나와, 연이 양옆에서 연주했다.

드러머와 키보드 치는 동준을 배경 삼으면서 양옆에 기타리스트와 베이시스트를 끼고, 간주가 끝나자마자 연이가 맨발로 노래하기 시작했다. 살랑살랑 몸을 흔들며 맨발로 무대를 거닐 때마다, 주황색 미니스커트가 무릎과 허벅지 사이에서 찰랑거렸다. 남자들이 휘파람 불며 환호했다. '맨발의 이사도라'[3]가 따로 없네! 여자들의 탄성도 여기저기서 터져 나왔다.

연이에게 저런 끼와 흥이 숨어있었나 싶어 흥복도 놀랐다. 세션맨에 둘러싸여, 핀 조명을 받으며 노래 부르는 연이의 모습은 눈이 부실 정도였다. 흥복은 불현듯 연이가 시바의 여왕처럼 느껴졌다. 천하의 솔로몬 왕도 그 매력에 흠뻑 취해, 정사를 돌보지 않고 사랑에 빠지게 만드는 시바의 여왕. 대충은 알고 있는 샹송 가사 내용이 제멋대로 떠올랐다. '그대 시바의 여왕이여 내게로 와서 그대의 왕국을 되찾으시오. 내 속에 있는 그대의 왕국에 머물러 주오.'

---

3) 이사도라 던컨(1878~1927)은 '자유무용'을 제창하면서 무대에서 토슈즈를 벗어 던지고 맨발로 춤을 춘 현대 무용가. 그녀에 관한 영화 「맨발의 이사도라」(1968)와 주제곡이 한국에서도 큰 인기를 끌었음.

어릴 적 안마산을 거닐 때, 주황색 곤줄박이 한 마리가 얼떨결에 흥복의 품 안으로 날아 들어온 적이 있었다. 포롱 포롱 포롱… 곤줄박이 한 마리가 그날 흥복의 가슴속으로 날아 들어왔다.

6

그린불 CF는 5월 초순 김영한스튜디오에서 촬영하기로 했다. 오후 2시 촬영을 앞두고, 오전 11시에 스튜디오에서 사전모임을 가졌다. 동준과 연이, 그리고 윤 감독이 참여하는 모임에 흥복도 함께했다. 지난번처럼 지나가는 구경꾼이 아니라 카피라이터로서, 그리고 매체사 협찬담당자로서 당당하게 참여했다.

사전모임 회의를 시작하기 전에 윤 감독이 흥복을 칭찬했다. 녹음해온 시엠송 들어봤는데, 가사가 아주 좋다고 했다.

“시엠송은 이렇게 적당히 유치하면서 달달해야 해. 이거 박 카피 작품이라면서?”

흥복은 말없이 미소지었다. 두어 달 전 전 안혁필 기자의 ‘박 동지’라는 호칭만큼이나 ‘박 카피’라는 말이 귀에 설었다. ‘박 동지’는 부담스러웠는데, ‘박 카피’는 듣기 좋았다. 카피라이터로 인정받은 것 같아서, 흥복은 입기에 번지는 미소를 감추기 힘들었다.

사전모임 회의를 막 시작하려는데 최 실장이 헐레벌떡 도착했다. 회의실 의자에 앉자마자, 마른하늘에 날벼락을 때렸다.

“그린불 론칭 당장 중단해!”

사람들 눈길이 일제히 최 실장한테 쏠렸다.

"아닌 밤중에 홍두깨도 아니고 그게 무슨…."

연이의 말끝을 최 실장이 잘랐다.

"방금 임원회의에서 결정한 사항이야."

"왜요?"

"임원회의에서 우려하고 있어. 요즘 시장에서 떠도는 소문 때문에."

연이도 들은 바 있는지, 낯빛이 어두워지면서 반입속말을 우물거렸다.

"소문이요? 설마… 녹우회가 그린불과 관련 있다는 그 루머?"

지난주 발표된 간첩 사건에서, 간첩 조직 이름이 하필 녹우인 게 호사가의 입방아에 올랐다. 녹우(綠牛)가 우리말로 초록 소이고 영어로 번역하면 그린(green) 불(bull)이기 때문이었다. 그런 점에서 브랜드 슬로건과 시엠송 가사는 문제의 소지가 크다고 수근거렸다. '흔들어 주세요'라는 슬로건이 남한 사회를 흔들어 버리라는 북한의 지령이고, '흔들리는 내 마음'이라는 시엠송 가사는 북한의 수령한테 흔들리는 우리 마음을 나타낸 것이라고 해석된 까닭이다.

한번 꼬투리 잡히기 시작하니까 모든 게 문제였다. 로고와 병의 디자인도 문제가 되었다. 그린불 병에 붙은 라벨과 로고에는 천연과즙을 강조하려고, 풀밭 위에 초록 소와 붉은 태양을 그려 넣었다. 초록 소 위로 붉은 태양이 빛나고, 소가 밟고 서 있는 풀밭에는 입체감을 주려고 소의 그림자를 바닥에 그려 넣었다.

그런데 그림자 모양이 한반도 지도와 비슷했다. 민족의 태양을 자처하는 북한 김일성이 들소처럼 남한을 짓밟고 내려오는 형상을 상징하는 것으로 해석됐다.

"아니 그게 무슨 개 풀 뜯어먹는 소리야?" 윤 감독이 버럭거리며 책상을 내리쳤다. "그렇게 갖다 붙이면 세상에 안 걸리는 게 어디 있어?"

"사실이냐 아니냐가 중요한 게 아니야. 시장에 그런 루머가 도는 순간 제품은 한 방에 훅 가는 거야." 최 실장의 은테안경이 윤 감독을 째려봤다. "재작년에 벌어진 뽀빠이 간첩 사건 기억 안 나?"

최 실장이 라면 과자 뽀빠이의 간첩 사건을 들먹이자 다들 아연한 표정을 지었다. 너무나 기억이 생생했기 때문이다.

라면을 만들던 삼양식품에서 몇 년 전 뽀빠이라는 라면 과자를 출시한 적이 있다. 국민학생들 사이에서 선풍적인 인기를 끌어서, '뽀빠이를 알고부터 뽀빠이를 알고부터 라면땅을 알았습니다'라는 노래가 유행할 정도였다.

갑자기 뽀빠이 라면 과자 봉지가 간첩들의 접선 신호이고 암호라는 소문이 돌았다. 만화영화에서 뽀빠이는 원래 해군 병사이기 때문에 팔뚝에 마도로스 문신을 새겼다. 그런데 라면 과자 봉지에 그려진 뽀빠이 팔뚝의 문신이 소련의 국기라는 오해를 샀다. 또 뽀빠이가 손에 망치 든 모습이 적화통일을 상징하는 모습이라고 했다.

그런 어처구니없는 소문이 퍼지자 뽀빠이 사 먹으면 간첩이라는 소문이 국민학생들 사이에서 돌았다. 그 소문으로 뽀빠이 라면 과자는 한순간에 망했다.

"그린불이 뽀빠이 꼴이 날 거란 말인가요?"

연이가 한숨을 쉬었다.

"지난달에 월남이 망했잖아?" 최 실장이 말했다 "요즘 빨갱이 때려잡자는 궐기대회가 여기저기 열리는 거 알지? 괜한 시비에 휘말릴 필요가 없다는 게 임원들 생각이야."

그거 최 실장 생각 아니냐며 동준이 삐딱한 눈빛을 드러냈다.

'흔들어 주세요! 가만히 있지 말고, 셰이킷! 이벤트'를 은근히 탐탁지 않게 여겼던 최 실장이었다. 최 실장이 말로는 안타깝다고 했지만, 울고 싶었는데 누가 뺨 때려준 것처럼 개운해 보였다. 동준의 물음에는 대꾸하지 않고 최 실장이 옆에 앉은 연이의 손등을 다독였다.

"생산라인까지 없애는 건 아니야. 천연과즙 음료의 제품 컨셉은 살아있거든. 브랜드 네임만 바꿔서 다시 시작하는 거야. 지금까지 고생한 건 아는데, 그린불은 여기서 접자고."

"브랜드 네임만 바꾸자고요?" 연이 목소리가 갈라졌다. "그거 고치면 다 갈아엎어야 하는 거 몰라서 그러세요? 브랜드 슬로건, 로고, 용기하고 포장 디자인, 대리점 간판, 광고 포스터에 CM송, 판촉물, 하다못해 점원들 유니폼까지…."

울컥해서 말을 잇지 못하는 연이에게 최 실장이 버럭댔다.

"그걸 누가 모르나. 그러니까 다시 시작하자는 거지. 하기 싫으면 관둬!"

당장 스태프들한테 연락해서 오늘 촬영 빨리 취소시키라면서 최 실장은 회의실 문을 쾅 닫고 나가버렸다. 어처구니가 없다면서 식식거리던 윤 감독도 광고 모델에게 연락하러 회의실을 떠났다.

남은 세 사람은 한동안 우두망찰 앉아 있었다. 귀가 어떻게 된 게 아닌가 싶은 정도로 적막이 흘렀다. 나란히 두 개 달린 형광등에서 서늘한 불빛이 배어 나왔다. 형광등 두 개 중 하나가 아까부터 껌뻑거렸다.

동준이 담배를 꺼내 물었다. 동준은 그린불에 대한 괴담은 아무래도 경쟁사에서 흘린 것 같다고 의심했다. 경쟁사에서도 천연과즙 음료를 준비 중이었다. 그린불이 먼저 치고 나가면서 프리론칭 이벤트로 기세를 올리니까, 이상한 꼬투리를 잡아서 괴담을 유포한 것으로 짐작했다.

연이는 입술을 씹어먹을 것처럼 잘근잘근 깨물었다. 껌뻑거리는 형광등을 멀거니 쳐다보던 연이가 일어섰다. 책상에 흩어진 자료들을 추스르며 흥복에게 물었다.

"지난번 말씀하신 거 있잖아요? 민통선 안 박 화백 그림 찾기, 그거 동화에서 하겠대요?"

셋째 날

진아는 큐빅 연구실로 가는 지하철 안에서 어제의 민호 이메일을 휴대폰으로 다시 열어봤다. 이걸 사이버 수사대의 강 경장에게 제출해야 하나? 공개하기에는 너무 사적인 내용 같아서 망설여졌다. 민호가 진아와 가까운 '남사친'이기는 했지만 민호의 감정이 그 이상이란 걸 진아도 모르지는 않았다. 진아를 좋아하는 민호의 마음은 재채기처럼 드러나기 마련이어서, 김 교수도 다 눈치챘었다. 오죽하면 김 교수가 민호보고 '너, 진아 때문에 전과하고 대학원 따라온 거지?'라고 놀릴 정도였다.

민호 말대로 메타버스로 굴러떨어져서 이제라도 자기 마음을 드러낸 건지는 모르겠지만, 이런 상황에서 민호의 이메일 고백은 생뚱맞게 느껴졌다. 그래도 어차피 거의 다들 아는 내용이어서 공유해도 큰 상관은 없을 것 같았다. 너무 사적인 중간 부분은 삭제하고 민호 이메일을 제출하기로 마음먹었다.

그린불의 슬로건과 시엠송에 대해서도 휴대폰으로 검색해 보았다.

'하늘에서…'는 오란씨 시엠송이고 '흔들어 주세요'는 써니텐 슬로건으로 알고 있는 까닭이었다. 둘 다 1977년에야 나왔다. 오란씨 시엠송의 뿌리가 아일랜드 민요인 것도 사실이었다.

원래 1975년에 박흥복 선생이 그린불 슬로건과 시엠송으로 만든 건데, 나중에 다른 브랜드에 쓰였나? 생각해 보니, 민호 첨부파일 내용은 현실 세계가 아니고 메타버스 속 이야기라고 했지? 그런 걸 따지는 게 의미 없어 보였다. 그 뜻은 민호 말을 믿는다는 건데…. 민호 이야기를 어디까지 믿어야 하나? 진아는 자기가 점점 민호 이야기에 빠져들어 가는 걸 느꼈다.

무엇보다 민호가 보낸 이메일 날짜가 이곳과 다르다는 게 신기했다. 민호가 있는 메타버스의 한 달이 여기서는 정말 하루에 해당할까? 이곳의 시간과 민호의 시간은 다르게 흘러가고 있다는 말이 사실일까? 평소에도 엉뚱했던 민호를 어디까지 믿어야 하나?

돌이켜 보면 민호는 그전부터 엉뚱한 구석이 많았다. 늑대와 개가 뒤섞인 늑대개 같았다. 미디어 커뮤니케이션을 복수 전공하는 컴퓨터 전공자답게 프로그래밍이나 코딩을 잘하면서도 힙합을 즐겼다. 진아와 같이 학보사 기자 할 때 편집장은 민호가 공대생이어서 IT 분야 기사 쓰기를 원했지만, 민호는 랩이나 웹툰 같은 대중문화 기사 쓰는 걸 더 좋아했다.

학보사뿐 아니라 힙합 동아리에도 가입해서 정기 공연할 때는 직접 쓴 랩을 선보이기도 했다. 랩을 하면서 비엘엠(BLM, Black Lives Matter) 같은 미국의 흑인 인권 문제나 빙하가 녹아 살 곳이 줄어든 북

극곰은 걱정하면서도, 주변의 사회정치적 문제에 대해서는 의외로 무관심했다.

한번 몰두하면 디테일에 강하면서도 평소에는 덤벙거려서, 손이 많이 가는 친구였다.

그런 민호를 지도교수인 마 교수는 천방지축이라면서, '야무지고 똘망똘망한 진아 반만 닮아라'라고 지청구해서 진아가 민망해한 적도 있었다. 마 교수보다 나이 많은 김 교수가 그나마 민호를 귀여워했다. 민호도 김 교수를 많이 따랐다. 일흔이 다 되어가는 비전임 연구교수인 김 교수가 언론사 세미나 수업하는 걸 다른 대학원생들은 마뜩잖게 여겼지만, 민호는 연륜이 묻어난다면서 오히려 좋아했다.

진아한테 민호 이메일을 전달받은 강 경장은 민호 이메일 주소의 qxvzmail.com 서버가 국내에 없고, 흔히 쓰지 않는 이메일 서비스라서 IP 추적이나 위치추적이 쉽지 않다고 했다. 민호가 카페나 피시방 등을 전전하며 이메일을 보내는지, IP주소가 계속 바뀌어서 위치를 특정하기 어렵다는 것이다.

강 경장은 민호가 김 교수 연구비를 횡령하고 김 교수까지 해코지한 후 잠적한 게 아닌가 의심했다. 민호 이메일에 사적인 내용도 있는 것으로 보아서, 누군가 민호 이메일을 해킹해서 민호를 사칭할 가능성은 희박한 걸로 봤다. 점심때쯤 민호에게 간단한 답변을 보냈다. 혹시 또 너무 사적인 이야기를 쓸지 몰라서 경찰과도 이메일을 공유한다는 걸 암시했다.

제　　목 : Re:Re:Re:Re:Re: 진아에게

보낸 날짜 : 2019년 8월 19일 오후 01:05

보낸 사람 : 송진아

도대체 어디 있는 거야?

경찰에 너랑 김 교수님 실종 신고 냈어. 네 이메일도 제출했고.

제발 전화 좀 해. 휴대폰 끄지 말고.

이메일을 보낸 진아는 인터넷 뉴스포털을 열어보았다가 자기 눈을 의심했다. 두 사람의 실종을 다룬 기사가 일제히 인터넷을 장식했다. [단독] 혹은 [속보]라는 말머리를 달고 추 기자가 비슷비슷한 내용의 기사를 열 개 가까이 내보냈다.

처음에는 '충격! H대 수억 원대 연구개발 프로젝트의 총체적 부실'이라는 헤드라인을 달고 기사가 올라왔다. 기사 시작 부분에는 '연구교수와 조교의 이상한 잠적. 70살 가까운 연구교수에게 첨단기술 개발 프로젝트 맡겨. 포장만 그럴듯한 국책 프로젝트 도대체 언제까지? 교수는 여 조교 성희롱, 남 조교는 교수 연구비 횡령' 등의 요약문이 붙었다.

추 기자가 자신의 처음 기사에 헤드라인만 약간 바꾼 후 열 개 정도 기사를 더 올렸고, 그걸 받은 다른 기자들의 기사가 인터넷을 덮어버렸다. 일부 내용만 제목에 강조하면서, 기사 내용을 쪼개어 올리는 기사들은 크게 두 방향으로 사건을 틀 지었다.

한 부류는 '조교의 반란, 교수 연구비 횡령 가능성' 등으로 조교 횡

령을 강조하며 틀 지은 기사였다. 또 한 부류는 '대학원생 여 조교 늙은 교수한테 지속적으로 능욕 당해'와 같은 제목으로 희생을 부각하는 기사였다. 진아는 특히 '능욕'이란 단어에 자신이 능욕당한 기분이 들었다.

거의 복제하는 수준으로 수십 개 기사가 내걸리자, 그에 따라 수백 수천 개의 댓글이 달렸다. #조교_연구비_횡령 #교수_조교_성희롱 #프로젝트_부실_연구_부정 #국고_낭비 같은 해시태그가 댓글에 붙었다. '김O수 교수한테 성희롱당한 미모의 여 조교 송○아, 도대체 몸매가 어떻기에?' '헐! 난 놈일세. ㅋㅋㅋ 멋지다! 민호야' 하는 댓글이 달리면서 순식간에 신상정보가 털렸다. 젊은 여자의 사진이 엉뚱하게 H대 여 조교 사진이라면서 인터넷에 올라왔다가 금방 삭제됐지만 이미 광범위하게 유포된 후였다.

하늘을 새까맣게 뒤덮은 메뚜기 떼처럼 인터넷을 새까맣게 도배한 기사와 댓글에 진아는 숨이 턱 막혔다. '이런 쓰레기들….' 기사와 댓글을 클릭할 때마다 마우스 위의 둘째손가락이 바르르 떨렸다.

김 교수 실종 기사는 인터넷에서 금방 실종되었다. 한 위조 화가의 인터뷰 기사라는, 또 다른 메뚜기 떼가 오후가 되자 인터넷을 뒤덮었다.

무애라는 법명의 전직 승려 출신 위조 화가가 박 화백의 「행복한 누렁이」는 자기가 그린 위작이라고 주장했다. 역시 [단독]과 [속보]라는 말머리를 단 기사들이 동화일보의 경쟁지에 연달아 실린 이후,

비슷한 내용에 제목만 바꾼 기사들이 다시 앞 기사를 밀어내고 인터넷 뉴스 포탈을 점령했다. 다른 기자의 인터뷰 기사를 받아 쓴 것이면서, 마치 자신들이 인터뷰한 것처럼 무애라는 위조 화가의 말을 인용했다. 무애라는 인물은 지금 언론에서 떠들고 있는 「행누」 그림을 보고 깜짝 놀랐다고 했다. 원작을 보고 5년 전에 자기가 그린 그림이 틀림없다고 주장했다. 자신의 그림이라는 증거가 있느냐는 질문에 구체적인 물증을 제시하지는 못했다. 자기가 낳은 자식을 자기가 몰라보는 부모도 있냐고 항변할 따름이었다.

누리꾼들은 김 교수 실종 기사에서 위조 화가 인터뷰 기사로 개떼처럼 몰려가, 씹고 뜯고 맛보고 즐겼다. 그림이 위작이었다는 것을 과연 동화나 두성에서 사전에 인지했는지 여부로 누리꾼 의견이 분분했다. 사전에 알았으면 '사기꾼'이고, 몰랐다면 '등신'이라고들 조롱했다.

진아는 첨부파일에 나오는 민통선 안의 박 화백 그림 중 하나가 「행누」인가 궁금해졌다. 그동안 여름 내내 뉴스 헤드라인을 달구었지만 관심이 없어서 정확히 몰랐던, 박 화백 그림 비자금 의혹에 대해서 찾아보았다. 「행누」를 둘러싼 비자금 의혹은 개연성이 충분해 보였다.

박 화백 초기의 누렁이 연작 중 하나인 「행누」는 시골에서 흔히 보던, 이른바 '똥개'를 그린 그림이다. 시골집 툇마루에 배를 드러내놓고 누워있는 꼬마를 배경으로, 그 밑 섬돌에 낮잠을 자는 누런 '똥개'가 그림의 주인공이다. '늘어진 개 팔자'라는 속담처럼, 세상에서 제일 행복해 보이는 누렁이다.

「행누」가 한국 미술품 경매시장에 나타난 것은 2014년이었다. 한 재일교포 사업가의 소장품을 두성그룹의 두성 미술관에서 50억 원에 낙찰받았다.

그런데 올 초인 2019년 봄에 보수 여당의 정책연구소인 선사연(선진사회연구원)에서 그 그림을 60억 원에 매입했다. 선사연이 그 그림을 담보로 시중은행에서 50억 원을 대출받아 그림값으로 지불하고, 나머지 10억 원은 향후 10년간 분납하는 조건이었다.

아무리 대출받아 샀다고는 하지만 정책연구소에서 고가의 그림을 구매한 것에 다들 고개를 갸웃했다. 더구나 그림에 대한 은행 담보대출 비율이 예외적으로 높은 것에는 고개를 절레절레 흔들었다.

결국 「행누」를 매개로 비자금을 조성했다는 의혹들이 스멀스멀 기어 나왔다. 두성 미술관에서 그림값으로 받은 대출금 50억 원을 선사연 양철성 원장에게 은밀하게 돌려주었다는 소문이 돌았다. 흔적을 남기지 않게 하려고 대출금 50억 원은 양도성 예금증서(CD)로 바꾸어서 양 원장에게 전달됐을 것으로들 보았다.

그 과정에서 거간꾼으로 떠오른 인물이 동화문화재단의 김방일 고문이었다. 두성 미술관의 50억 CD가 김 고문을 한 번 거친 후 양 원장에게 전달됐을 것으로 의심했다. 내년 대선의 킹메이커를 자임하는 김 고문과 양 원장이 50억 원을 비자금으로 은닉했다고 의심했다.

밤늦은 시각에 민호한테 네 번째 이메일이 왔다. 보낸 날짜는 지난번 보낸 날짜에서 한 달 지난 2019년 7월이고, 세 번째 첨부파일이 있었다.

제　　목 : Re:Re:Re:Re:Re:Re: 진아에게

보낸 날짜 : 2019년 7월 16일 오후 11:14

보낸 사람 : alsgh_alstn@qxvzmail.com

첨부파일 : 파일 3_메세나.hwp

내가 어디에 있냐고? 지금 메타버스 가상현실 속에 있다니까…. 그리고 이렇게 연락하고 있잖아? 네가 있는 진짜 현실로 연락하는 채널이 이것밖에 없어. 안타깝지만 두 분 교수님한테는 이메일이 가지 않더라고.

오늘은 여기서 내가 만났던 사람들에 대해 이야기해 볼게.

그동안 나는 이곳을 빠져나가려고 엄청나게 발버둥 쳤어. 메타버스를 탈출하기 위해서 도대체 그 작동원리가 무엇인지 알고 싶었지. 내 연배 사람들과는 다르게, 2000년대 초반부터 내가 시뮬레이션 게임을 즐겨한 이유야. 평소 뉴미디어에도 관심을 기울여서 몇 년 전부터는 가상현실이나 메타버스 등에 대해 틈틈이 공부도 했고.

메타버스를 공부하다가 IT 스타트업 개발팀의 유 팀장이라는 젊은 친구를 얼마 전에 알게 되었어. 평소에 메타버스에 관해서 물어보면서 이런저런 이야기를 나누다 보니 꽤 친하게 된 거야. 그날도 메타버스에 대해 궁금한 게 있어서 물어보느라, 저녁을 같이 먹고 술도 한잔하게 됐어. IT 전공도 아니면서 왜 그렇게 메타버스에 관심이 많냐고 유 팀장이 내게 묻더라고.

술이 어느 정도 들어가서 그랬는지 나도 모르게 내 비밀을 슬쩍 털어놓게 되었어. 사실 나는 이곳이 메타버스인 걸 알고 있고, 게임을 하다가 진짜 내 몸이 이곳으로 굴러떨어져서 빠져나가지 못하고 있다고….

그러자 자기도 마찬가지라는 거야. 그런데 진짜 자기 몸이 굴러떨어졌던 메타버스는 여기가 아니고 다른 곳이었는데 이 메타버스로 건너오게 됐다는 거야. 메타버스 자체를 벗어나 진짜 현실로 가지 못하고, 가상현실 속 또 다른 메타버스로 미끄러졌다는 거지.

유 팀장이 있었던 메타버스에 대해서 난 호기심이 발동했어. 잡지사 기자 출신답게, 유 팀장을 취재하듯 꼬치꼬치 캐물었지. 유 팀장 말을 들어보니 그가 원래 있었던 메타버스는 이곳과 너무나 달랐던, '참혹한 메타버스'였던 것 같아. 그곳에서는 특히 언론이 역사의 고비마다 제 역할을 못 한 모양이야.

결정적인 역사의 분기점은 동화 광고사태였어. 유 팀장 말에 따르면, 그곳에서는 1974~75년 동화일보 언론투쟁이 싹도 피워보지 못하고 처참하게 짓밟힌 것 같아. 동화 기자들이 자유언론 선언을 하자마자 경영진은 기자들을 전원 해직시켜 버렸어. 한 시민이 후원금을 내고 응원 광고를 내자 중앙정보부는 그를 간첩으로 조작해서 바로 사형시켜 버렸다는 거야. 그리고 긴급조치를 발동시켜 시민 응원 광고를 아예 법으로 금지했어.

그 후의 역사는 암흑의 시대가 되었다고 해. 긴급조치를 18번이나 발령했고, 박정희는 종신 대통령으로 아흔 살에 죽을 때까지 집권했고, 그 뒤에도 박정희의 양아들을 자처하던 정치군인들이 권력을 차지해 군부독재가 60년 넘게 지속되었어. 남북 갈등을 조장하는 언론 보도로 휴전선에서는 국지적인 충돌이 끊이지 않고, 개발독재 모델은 한계에 다다라서 경제는 곤두박질쳤지. 전체주의적 분위기가 사회 전반을 짓누르면서, 한국을 뜻하는 접두어 K는 촌스러움의 상징이 되었고.

동화의 경영진은 1974~75년 언론투쟁의 싹을 짓밟고, 그나마 상식을 가진 기자들을 전부 쫓아냈어. 동화는 그 뒤 철저히 정권에 굴종하는 자세를 취했어. 그 대가로 동화월드센터(DWC)로 덩치를 키우면서, 신문사와 방송사는 물론 영화사 연예기획사에 인터넷 포털까지 장악하면서 사람들의 눈과 귀와 입을 자처했어.

재벌 회장을 비판하는 척하면서 은근히 미화하는 영화와 드라마, 이른바 셀렙들의 자극적인 불륜담으로 도배된 예능프로그램, 조금이라도 입바른 소리 하는 사람은 '정의충'이라며 디스하고 조롱하는 랩, 그리고 독재자의 휴가 일정까지 시간 단위로 보도하는 뉴스 등…. DWC가 제공하는 미디어 콘텐츠에 사람들은 24시간 노출되고 360도로 포위되어 뇌가 없는 인간처럼 되었어.

DWC가 표방하는 철학은 '대안적 진실'의 추구야. 그것을 위해 반쯤의 사실에 반쯤의 허구를 섞거나, 불편한 부분은 생략하면서 관련도 없는 내용을 과장하거나, 맥락을 일부러 바꾸는 수법 등을 사용하지.

여기까지가 유 팀장이 있던 세계의 이야기야. 동화 언론투쟁이 완전히 실패한 후, 대안적 진실이란 이름으로 미디어가 현실을 조작하는 '참혹한 메타버스'였지.

그런 메타버스를 탈출하려고 유 팀장은 일찍부터 IT 스타트업을 만들어 메타버스를 개발했어. 유 팀장이랑 내가 있는 세계가 메타버스니까, 엄밀하게 말하면 더블-메타버스인 셈이지. 유 팀장은 더블-메타버스에 일단 들어가서 진짜 현실로 가려고 했지만 실패해서 그냥 다른 메타버스인 이곳으로 미끄러졌다는 거야.

유 팀장은 그 뒤 여러 시행착오 끝에 더블-메타버스에서 다른 메타버스로 옮겨지는 게 아니라, 더블-메타버스에서 아예 메타버스 자체를 벗어나 진짜 현실로 가는 방법을 알아냈다고 하더라고. 그건 메타버스 어딘가에 숨겨져 있는 이스터 에그를 찾는 거였어. 시계를 보면서 바삐 달려가는 짝귀 토끼를 따라가면 이스터 에그를 찾을 수 있고, 그러면 진짜 현실로 돌아갈 수 있다는 거지.

얼마 후 IT스타트업이 망하면서 유 팀장이 보이지 않았어. 난 그가 이곳을 탈출한 걸로 짐작했어. 그가 갈구했던 것처럼 이 메타버스를 벗어나 진짜 현실 세계로 돌아갔는지, 아니면 또 다른 메타버스로 건너갔는지는 알 수 없지만.

유 팀장과의 대화 이후 나도 이 메타버스를 벗어나야겠다고 결심했어. 그래서 2010년대 중반부터 언론사 RPG 개발에 착수했어. 진짜 현실에서 그전에 김 교수님이 개발했던 것과 동일하게 언론사 RPG의 메타버스(정확하게는 더블-메타버스)를 구축하려는 거야. 언론사 메타버스로 들어가서 짝귀 토끼를 따라가면 이스터 에그를 찾을 수 있겠지.

다음 달이면 이 메타버스 개발이 마무리될 것 같아. 리허설하다가 사고를 당해 이곳으로 미끄러진 바로 그 2019년 8월이야. 만약 성공한다면 네가 있는 진짜 현실에서 너를 다시 만날 수 있겠지?

이제 너에게 갈 날도 멀지 않아서, 내 원고의 마지막 부분을 부랴부랴 마무리했어. 지난 한 달간 정리한, 내 원고의 마지막 부분을 일단 첨부파일로 보내게. 조만간 이 파일을 나도 진짜 현실에서 열어볼 수 있기를 고대하며 오늘은 이만….

첨부파일 3_메세나.hwp

1

여대 앞은 정문으로 통하는 다리부터 사람들로 붐볐다. 정문 앞 다리에서 연이가 흥복과 동준을 향해 손을 흔들었다. 후배들의 '동화 돕기 바자회'에 초대한 연이를 따라서 흥복은 동준과 함께 캠퍼스 안으로 들어갔다. 5월 축제라 그런지 여대 캠퍼스인데도 남학생들이 더 많았다.

캠퍼스 안에서는 말도 많은 메이퀸 선발대회가 열렸다. 다른 쪽에서는 '성 상품화하는 메이퀸 대회 반대!'라는 현수막을 펼치며 반대 서명을 받고 있었다. 그 건너편에 '동화일보 해직 기자 후원바자회' 배너와 판매대가 보였다. 세 사람은 그쪽으로 걸어갔다.

대학생들이 판매대 위에 손수건을 펼쳐놓고 외치는 소리가 들렸다.

"길거리에 내쫓긴 동화일보 기자들을 도웁시다! 커피 한잔씩들 하세요."

손수건 판매대 옆으로 모금함이 보였다. '동화커피'라고 쓰인 팻말도 보였다. 금액은 따로 적혀 있지 않아서 각자 알아서 성의껏 내라는 뜻 같았다. 녹우회 간첩 사건을 터뜨려 안 기자를 비롯해 동화투위 기자들을 구속했지만, 동화투위에 대한 시민들의 신뢰와 지지가 여전함을 알 수 있었다.

세 사람은 손수건을 뒤적였다. 손수건 디자인은 네 종류였다. 학생들이 무리 지어 뛰어노는 모습, 직선과 곡선 등 여러 도형을 뒤섞은 추상화, '하늘을 우러러 한 점 부끄럼 없기를'이라는 윤동주의 서시, 그리고 '昌言正論(창언정론) : 사리에 맞고 공명정대한 언론'이라고 쓰인 디자인이었다. 학생들이 손수건을 권했다.

"한 장에 300원이고요, 4종류 한 세트에 1,000원입니다."

"저희가 직접 디자인하고 프린트한 거예요. 동대문 시장에서 원단 끊어서요."

그중 한 명이 연이에게 다가와 아는 척했다.

"선배님 지난번에 고마웠어요. 디자인도 봐주시고, 인쇄업체도 소개해주시고."

연이가 대답도 하기 전에 동준이 손수건을 펼쳐 들고 말했다.

"어쩐지 디자인이 세련되었다고 했어요. 전문가의 손길이 배어 있었군요."

"아니에요. 후배들이 다 한 거예요. 전 색감만 조금 손봐줬어요." 연이가 손사래를 치다가 학생들에게 물었다. "경애가 안 보이네. 제일 열심인 것 같더니. 어디 갔나 보지?"

학생들은 대답하지 않고 서로 눈치를 보았다.

"경애 언니 지금 서대문경찰서에서 조사받고 있어요. 벌써 며칠 됐어요."

그동안 바자회로 모은 돈을 동화투위에 전달하러 가다가 형사한테 압수당했다고 했다. 족히 300만 원은 넘을 텐데 너무 아까운 돈이었다. 긴급조치 위반이라며 학생들 돈까지 빼앗아 갔다는 소리에 흥복과 동준은 연이와 함께 고개를 절레절레했다.

세 사람은 각자 1,000원에 손수건 한 세트씩 샀다. 연이가 모금함에 1,000원을 내고 동화커피를 샀다. 대학생들과 잠시 차담을 나누면서, 흥복이 동화일보 직원이라고 연이가 소개했다. 곧바로 대학생들의 성토가 이어졌다.

"동화일보 점점 맛이 가는 것 같아요. 이게 요렇게 작게 처리될 기사예요?"

판매대 한쪽에 구겨져 있던 동화일보를 청바지 입은 학생이 펼쳐 보였다. 교내에서 시위를 벌이던 서울대생 김상진이 칼로 자기 배를 가르고 사망했다는 단신 기사였다.

"그러게. 이걸로는 도대체 왜 할복했는지를 알 수 없잖아?"

반소매 티를 입은 학생이 청바지 학생에게 물었다.

"'대통령께 드리는 공개장'하고 '양심선언'도 남겼다면서요?" 뿔테안경을 쓴 학생이 기사를 손으로 가리켰다. "그 내용이 뭔지 보도해야 하는 거 아니에요?"

멋쩍은 표정으로 무안해하는 흥복을 연이가 곁눈질했다. 흥복은 편집국이 아니라 광고국에 계신 분이라면서 연이가 변명했다. 이번에는 반소매 티가 광고면을 흥복에게 들이댔다.

"응원 광고는 또 어떻고요? 지난번에는 여자 아나운서 그림을 실으면서, '모든 분과 밤을 함께하는 여자' 어쩌고 하지 않나… 하여튼 야비해."

지난번에 한창 기자들과 방송국 직원들이 농성할 때 나온 응원 광고를 말하는 거였다. 그때까지만 해도 시민들 응원 광고가 쇄도할 때였는데, '동화를 걱정하는 사우 K' 이름으로 큼지막한 응원 광고가 실린 적이 있었다. '모든 분과 밤을 함께한다는 여자들은 누구인가'라는 글과 함께, 젊은 여자들의 캐리커처가 그려진 광고였다. 캐리커처는 동화방송 여자 아나운서들을 그린 것이었다. 단식 농성하는 기자들을 격려하기 위해 꽃다발과 함께 보냈었다. 어디에서 찾았는지 거기에 묘한 문구를 붙여서 악의적으로 왜곡했다는 걸 누가 봐도 알 수 있는 광고였다.

다른 학생들을 보면서 청바지가 말했다.

"요즘 동화에 응원 광고 내면 이상하게 문구가 바뀐다잖아."

그건 요즘 흥복도 경험하는 일이다. 응원 광고를 접수한 흥복이 시민의 뜻을 정리해서 보내면 막판에 이상하게 문구가 바뀌어서 실렸다. 마지막 교정 교열 보는 과정에서 고쳐지는 듯싶다. 광고를 의뢰한 시민은 자기 뜻이 왜곡되었다면서, 다시는 동화에 광고 내지 않겠다고 노발대발했다. 이런 일이 심심찮게 일어나면서 가물에 콩 나듯 들어오던 응원 광고는 이제 거의 끊기다시피 했다.

"그래서 이젠 동화에 광고들 안 내잖아요. 그 돈으로 해직 기자들 후원한다니까요."

뿔테안경이 '동화일보 해직 기자 후원바자회' 배너를 손으로 가리켰다.

얼굴이 벌게진 흥복이 아무 말 못 하고 듣고만 있자 연이는 서둘러서 자리에서 일어났다. 미안해하는 표정이 역력했다. 그래도 축제 기간에 이런 행사를 벌이는 학생들이 기특하다고 흥복이 말했다. 말은 그렇게 했지만, 흥복은 마음이 무거웠다. 이제 시민들은 동화일보를 배신자로 여기는 것 같았다. 응원 광고까지 변질했다고 보았다. 한때는 '억눌린 시민의 목소리가 울려 퍼지는 아고라 광장'이라고 불리던 것이었다. 동화에 보내는 시민들의 응원과 성금이 그 물줄기를 응원 광고에서 동화투위로 튼 걸 확연히 느낄 수 있었다.

기업광고는 못 싣고, 시민 광고는 들어오는 게 없고…. 요즘 광고국에 가봐야 흥복은 할 일이 없었다. 그나마 지난 두 달 동안은 두 성과의 기업협찬 건으로 일하는 티가 났었다. 이제 뭘 하나? 특단의 조치가 필요해, 특단의 조치가…. 착잡한 마음에 흥복은 땅만 쳐다봤다.

바자회 장소를 떠난 흥복과 동준은 연이와 함께 캠퍼스를 거닐었다. 캠퍼스의 하얀 배꽃은 이미 지고, 빨갛고 노란 장미꽃이 화사했다. 남녀 대학생들이 삼삼오오 둘러앉은 잔디밭 위로 5월의 햇살이 꽃가루처럼 뿌려졌다. 이벤트 부스에서는 물풍선 터뜨리기를 하거나, 빠른 음악에 맞춰 대학생들이 신나게 춤을 추었다. 그 모습을 보던 연이가 바닥에 떨어진 장미를 발로 툭 차며 말했다.

"아쉽네요. 여기서 셰이킷 이벤트를 벌였어야 했는데."

흥복도 고개를 주억거렸다. 그린불 론칭 캠페인이 좌초되지만 않았어도, 지금쯤 대학 축제마다 셰이킷 길거리 이벤트가 벌어졌을 텐데.

흥복은 그린불이 막판에 엎어진 게 자기 때문인 것 같아 미안했다. '흔들어 주세요, 가만히 있지 말고 셰이킷' 어쩌고 하는 게 불온해 보일 수 있다며, 최 실장이 동화에 협찬금 주는 걸 떨떠름하게 여겼던 게 생각나서다.

"그나저나 그림 발굴에 대해선 여전히 시큰둥한가요?"

흥복이 연이에게 물었다. 연이가 최 실장에게 민통선 안의 박 화백 그림 발굴 프로젝트를 제안했지만 이렇다 할 반응이 없다고 했었다.

"그러게요. 메세나 활동이 광고 홍보 업무라고 설명해도 먹혀들지 않네요."

흥복도 두성과 연계한 그림발굴 프로젝트를 고 국장에게 건의했지만, 묵살당한 건 마찬가지였다. 김 전무에게 보고도 안 된 것 같았다. 양쪽 모두 중간에서 뭉개고 있어서 꽉 막힌 병목꼴꼭지가 생긴 듯했다. 동준이 평소 김 전무와 사석에서는 호형호제할 정도로 친분이 있는 게 생각나서 흥복이 말했다.

"홍 차장님이 김 전무님한테 직접 말씀드려 보는 건 어때요?"

동준은 '내가 왜?' 하는 예의 그 표정으로 흥복을 쳐다봤다. 그러면서도 흥복의 말을 그냥 흘려버리지는 않았다.

"어려울 건 없지." 동준이 흘러내리는 장발을 쓸어 올리며 중얼거렸다. “그 집 둘째 누님이 미대 출신이라서 입질을 할 것 같기는 한데….”

동준이 말한 둘째 누님은 동화 김 전무랑 사장의 여동생으로, 두성식품 사장님의 부인인 김방숙 여사를 말하는 거였다. 동준의 조부가 사학재단의 이사장이니까 집안끼리 서로 잘 알 것 같기도 했다.

“홍 차장님! 이럴 때 힘 한 번 써주시죠. 꽉 막힌 병목 시원하게 뚫릴 수 있게.”

연이까지 나서서 부탁하자 동준은 다음 주에 김 전무를 만나보겠다고 했다.

2

흥복은 전무실 앞에서 심호흡한 후 노크했다. 문을 열고 전무실로 들어서자 홍차 냄새가 먼저 코를 반겼다. 미군 부대에서 흘러나온 마들렌 과자에 곁들여 김 전무가 오후 3시면 립튼 홍차를 마신다는 말이 떠올랐다. 전무실에는 김 전무와 동준 말고 고 국장도 이미 와 있었다. 흥복이 소파에 앉자 비서가 홍차와 마들렌 과자를 내왔다.

김 전무가 흥복에게 힐끗 한번 눈길을 준 후, 동준을 보며 이야기를 마저 이어갔다.

“… 그건 언론사에서 원래부터 벌여온 일이거든. 근데 이제 기업에서도 문화예술 후원 활동을 한다 이거지? 기업 이미지 제고를 위해서 말이야. 그런 메세나 활동이 선진국의 추세겠지. 기업과 언론이 하나가 돼서 문화예술을 후원한다는 건 좋은 일이니까."

잠시 말을 멈춘 김 전무가 파이프 담뱃잎을 탬퍼로 눌러 다진 후 지포 라이터를 꺼냈다. 고 국장이 재떨이를 가져다가 김 전무 앞에 놓았다.

"언론은 기업과 협력해야 한다는 게 내 평소 지론이야." 김 전무의 말이 계속됐다. "흔히 언론은 감시견이 되어 사납게 짖어야 한다고 하지만, 기업에는 그러면 안 돼. 언론은 기업과 동행하는 보호견이 돼야 해. 기업과 언론이 서로 협력하는 이런 기업협찬이야말로 일석삼조 아니야?"

동의를 구하는 김 전무의 눈빛에 동준이 미소로 화답했다.

"그럼요. 언론이 설마 기업에 꼬리 흔드는 애완견이야 되겠어요?"

기업협찬의 하나로 벌이는 메세나 활동이 재정압박에 시달리는 동화의 숨통을 틔울 수 있다는 동준의 주장에 김 전무가 설득된 눈치였다. 특히 기업과 손잡고 문화예술을 후원한다는 명분이 있어서, 다른 기업협찬과 달리 메세나 활동은 정부에서도 시비 걸지 못할 거라는 말에 귀가 솔깃했다. 언론사 사주인 김 전무가 무엇에 반응할지를 동준이 꿰뚫어 본 것이다.

동화일보와 동화방송의 회장인 고령의 사촌 형이 내년 하반기쯤 그만두면 지금 사장인 큰 형이 회장으로 올라갈 것이다. 그럼 김 전무가 사장 자리를 맡을지가 초미의 관심사였다. 광고 해약 사태의 장기화로 재정난에 시달리는 동화의 위기를 어떻게 관리하느냐에 따라서 운명이 달라질 김 전무였다.

김 전무 입버릇처럼 말하는, '언론은 비즈니스'라는 일장 연설이 또 이어졌다.

"내가 늘 강조하지만 언론도 변해야 해. 시장의 흐름에 맞춰서 소비자 입맛에 맞는 뉴스를 제공하는 서비스 산업이라고. 그런 마켓 저널리즘이 선진국 추세거든. 기자들도 엘리트 의식을 버려야 해. 지들이 무슨 우국지사나 되는 것처럼 권력에 맞서면 비즈니스가 되겠어? 선진국 추세도 모르고 천둥벌거숭이처럼 날뛰고들 있으니, 쯧쯧…."

혀를 차던 김 전무가 라이터의 뚜껑을 신경질적으로 열었다 닫았다 반복했다. 동화투위의 해직 기자들을 '몇몇 불평분자', '일부 초과격파', '홍위병', '민족의 적'이라며 맹렬히 비난했다. 언론자유라는 미명으로 폭주하는 몇몇 기자들 때문에 언론사 문을 닫을 수는 없지 않냐며 식식거렸다.

돌이켜보면, 언론자유 선언 이후 김 전무의 태도는 시계추처럼 왔다 갔다 하는 것처럼 보였다. 작년 10월 하순, 자유언론 선언을 하자 김 전무는 바짝 긴장했다. 자유언론 선언으로 정부에 더 밉보이지 않을까 우려해서였다. 10년 전 동화일보와 동화방송이 TV 방송 허가를 받지 못하고 중앙일보에 동양방송(TBC)을 뺏긴 이유가 자본금 부족도 있지만 정부에 비판적인 논조 때문이었다는 게 김 전무의 평소 생각이었다. 그런데 자유언론 선언으로 신문 판매 부수와 정기 구독자가 늘 정도로 시민들이 동화에 호응하자, 김 전무는 잠깐이지만 언론자유의 후원자처럼 처신했다.

12월에 기업광고 해약 사태가 터지자 김 전무의 눈초리는 불안해졌다. 광고 직원을 등에 업고 광고 해약 사태의 조속한 해결을 정부에 읍소하려다가, 회의 결과가 기대와 다르게 나오면서 떨떠름한 태도로 시민들에게 응원 광고를 호소했다. 올 1월부터 시민들의 응원 광고가 밀물처럼 밀려 들어오자, 자신이 제안한 '신의 한 수'가 통한 것처럼 생색을 냈다.

3월에 육군 중위 응원 광고를 계기로 기자들이 농성에 돌입하자 김 전무는 다시 돌아섰다. 농성하는 직원들을 무자비하게 진압하고 대거 해직시켜 버렸으며, 복직 요구를 철저히 무시해 왔다.

그리고 요즘은 중앙정보부와 접촉하려 한다는 소문이 파다했다. 기업광고는 물론 시민 응원 광고까지 씨가 말라 재정압박이 심해지자 정부에 무릎 꿇겠다는 신호였다. 하지만 중정 부장이 만나주지 않는 모양이었다. 광고 해약 사태는 기업과 언론사 사이의 문제라는 게 그 핑계였다.

흥복이 생각해 보니 김 전무의 태도는 오락가락한 게 아니라 일관되었다. 철저하게 언론을 비즈니스 관점에서 보고 시장의 논리를 충실하게 따르는, 그야말로 마켓 저널리즘의 신봉자였다. 미국에서 학부는 저널리즘 전공하고 대학원에서 MBA 딴 걸 내세우는 김 전무다운 태도였다.

그런 김 전무에겐 언론이 추구하는 표현의 자유도 언론사 이윤이 보장될 때만 의미가 있을 것 같다. 권력과 언론의 싸움에서 언론사 사주와 사원의 싸움으로 동화 언론 사태가 변질된 걸 생각하면, 동화의 재정 손실을 벌충해 주어야만 언론자유를 위해 권력에 맞서는 기자들 편에 설 것으로 보였다.

박 화백 그림 발굴 프로젝트로 동화의 재정적자를 벌충한다면 동화 언론 사태를 다시 권력과 언론의 싸움으로 되돌릴 수 있으리라는 생각이 새삼 들었다.

잠자코 홍차만 들이키던 동준이 김 전무에게 미소를 던져 브레이크를 걸었다.

"형님, 박 화백 프로젝트에 대해서 마저 얘기하시죠."

김 전무가 말을 끊고 파이프 담배 연기를 길게 내뱉었다. 식은 홍차 냄새와 담배 냄새가 뒤엉키면서 묘하게 역한 느낌을 자아냈다.

"아 참, 그래! 두성에서 적극 후원한다고 하니까, 메세나 활동을 같이 벌여보자고."

동준이 김 전무 앞으로 몸을 기울이면서 말했다.

"이번 건은 스토리가 참 좋거든요. 민통선 지뢰밭을 헤치고 박 화백 그림을 발굴했다! 기업과 언론이 손잡고 그 어려운 일을 해냈다! 두성도 기업 이미지가 좋아지면서 홍보 효과가 클 겁니다."

물론 기업협찬 끼고 박 화백 전시회 개최와 화집을 발간하면, 동화가 최소 1억 원 이상 벌 수 있다는 점도 강조했다. 기업협찬 경험이 많은 종통 광고기획실이 전시회나 화집 발간 등을 맡아서 진행하면 문제없다는 말도 빼놓지 않았다.

"스토리를 잘 엮으려면 기사도 따라줘야 하지 않을까?"

고 국장이 동준에게 물었다.

동준도 끄덕였다. 메세나는 언론홍보가 따라줘야 효과가 크니까 그림 발굴 과정을 기사로 내보내는 게 좋을 듯했다. 하지만 기자를 딸려 보내는 건 편집국장 소관이어서 좀 번거로울 수 있었다. 고 국장이 흥복에게 써보라고 권했다. 기명 기사까지는 그렇고, '특별취재반' 이름으로 기획 기사를 내는 건 가능하리라 보았다. 그림만 발굴되면 특종감이니까 편집국장도 오케이 할 것 같았다.

"박 대리 글발이야 제가 보장하죠. 어차피 민통선에 박 대리가 가니까 적임자네요."

동준도 흥복을 추켜세웠다.

관자놀이를 둘째손가락으로 툭툭 치던 김 전무가 어디론가 전화했다. 통화하는 걸로 봐서 김 전무의 여동생, 그러니까 두성식품 사모님 김방숙 여사 같았다. 결국 다음 주에 관계자 합동 회의를 두성 사장네 집에서 갖기로 했다. 동화에서 고 국장과 흥복, 두성에서 연이와 최 실장, 그리고 종통 광고기획실의 동준이 참석하기로 했다. 우리문화재연구소 탁 소장도 같이 보면 좋다고 해서 흥복이 연락하기로 했다.

흥복이 먼저 전무실을 나왔다. 광고국으로 내려가면서 흥복은 지난번에 자신이 다듬어줬던 응원 광고 문구가 다시 떠올랐다. '동화, 너마저 무릎 꿇으면 이민 갈 거야!' 하지만 언론을 철저하게 비즈니스 관점에서 보는 김 전무에게 시민의 그런 절규는 아무런 자극이 되지 못할 것 같았다. 권력 앞에 자꾸 꺾어지려는 김 전무의 무릎을 펴게 하려면, 그의 손에 돈을 쥐여주는 방법밖에 없다고 생각했다. 점점 꺾어지는 김 전무의 무릎을 그림발굴 프로젝트가 부여잡고 펴게

할 수 있을까? 속으로 중얼거리면서 흥복은 지난번에 적어둔 탁 소장 연락처를 찾았다.

그림 발굴 프로젝트 관계자 회의는 6월 초순 두성식품 사장네 집에서 열렸다. 12시에 오찬이 있다고 해서, 흥복과 고 국장은 10분 전쯤 성북동에 있는 두성식품 사장네 집에 도착했다.

사람들은 이미 다 와있었다. 다른 사람들은 서로 구면이었고 두 사람만 처음 보는 얼굴이었다. 40대 초반의 여자가 이 집의 안주인 김방숙 여사인 건 금방 알 수 있었다. 흥복이 '부잣집 마나님'으로 연상했던 복스럽게 통통한 모습이 아니고, 호리호리한 자태였다.

40대 중반으로 보이는 남자는 사람들에게 인사를 하며 부지런히 명함을 돌렸다. 우리문화재연구소 탁명석 소장이었다. 문화계 인사답지 않게 눈이 부리부리하고 어깨가 다부진 게 군인처럼 보였고, 거무튀튀한 얼굴은 살짝 얽어서 피부가 귤껍질같이 거칠었다.

점심을 먹고 집 안을 둘러보았다. 거실 한쪽의 동양화 병풍 앞에는 미닫이문이 달린 금성 자바라 텔레비전[1)]이 놓여있었다. 벽면의 마호가니 책장에는 먼지가 뽀얗게 앉은 『Encyclopædia Britannica(브리태니커 대백과사전)』가 시선을 압도했다.

가장 눈에 띄는 건 미술품이었다. 김 여사가 미대 출신이라고 하더니, 동양화와 서화(書畫) 및 도자기 같은 골동품이 집안 곳곳을 장식

1) 자바라 텔레비전은 장식장 안에 브라운관 등 TV 본체가 들어있는 대형 텔레비전으로, 장식장에는 다리가 달렸고 자물쇠와 미닫이 자바라(주름이 잡혀서 접히는) 문이 있음.

했다. 원래 부잣집에는 이 정도 미술품이 장식되어 있는가 싶었다. 조만간 미술관 하나 차릴 거라는 소문이 맞을 성싶다.

집 안의 미술품들을 둘러본 후 김 여사 주재로 회의가 시작되었다. 회의 주 내용은 기관별로 역할을 확실하게 정하는 거였다. 기관별 역할은 처음에 홍복이 구상했던 구도와 크게 다르지 않았다. 회의 결과는 마지막에 최 실장이 정리했다.

"우선, 그림 발굴 프로젝트의 비용 일체는 두성에서 지원합니다. 동화에서는 민통선 출입을 위한 군부대 협조 및 차량 등을 지원하고요. 그림이 발굴되면 10주기 기념 전시회를 대규모로 열고 화집도 발간합니다. 미발표 유작, 그리고 기존 그림들과 함께 엮어서요. 전시회 주최는 동화에서 하고, 실질적인 행사 주관은 종통 광고기획실의 전시 프로모션팀에서 진행합니다."

동준은 전시회 공식 후원사는 두성이지만 다른 기업들도 협찬할 것이라고 덧붙였다. 박 화백 전시회 입장료나 화집 발간의 판매수익 등을 고려하면, 지난 몇 달 동안 적자난 광고비를 어느 정도는 벌충할 것으로 자신했다.

전시회 이후 그림 판매에 관한 결정 사항도 최 실장이 정리했다.

"전시회 끝나면 발굴 작품의 판매 대행은 우리문화재연구소의 탁 소장님이 진행합니다. 물론 수수료를 받고요. 발굴된 그림의 소유권은 박 화백 유족에게 있으니까, 유족에게 그림값을 지불하고 구매해야 하겠죠? 그림에 대한 구매 우선권은 두성에게 있습니다. 발굴에 실질적으로 기여하는 건 우리 두성니까요."

이번에는 탁 소장이 말을 얹었다. 전시회 후에 발굴된 그림이 어떤 가격으로 낙찰되든 그보다 최소 2배 이상은 오를 것으로 장담했다. 얼마 전 인사동 전시회 끝나고 특정인이 전시 작품 전부를 구매한 사례가 있어서, 두성이 독점적으로 구매해도 큰 무리는 없을 것으로 보았다.

그림 발굴을 위해서 이번 달 중순 탁 소장이 민통선에 들어갈 때 흥복과 연이가 두성과 동화의 실무자로 참여하기로 했다.

최 실장은 이번 그림 발굴 프로젝트가 사장 부인까지 관심을 기울이는 이른바 '싸모님 비즈니스'라고 했다. 성공만 하면 대리 진급은 떼어 놓은 당상인 것처럼 연이에게 암시했다. 연이도 프로젝트에 대해서 열정의 불꽃을 점화하고 투지를 불태웠다. 디자인 전공자로서 미술과 관련된 일이고, 가시적 성과를 단기간에 보여줄 절호의 기회라 여겼다.

3

춘천 가는 도로는 평일이라 한산했다. 장마전선이 북상 중인 6월 하순이어서 조만간 장마가 시작될 거라고 예보했지만, 오늘은 하늘이 쾌청했다. 신진자동차 코로나에 연이를 태우고 달리던 흥복은 액셀을 밟아 속도를 냈다. '동화일보 취재차량'이라고 쓰인 조그만 깃발이 오른쪽 앞쪽 범퍼에 꽂혀 바람에 펄럭였다. 신문사에서 지원받은 차였다. 민통선의 자연과 문화를 취재한다는 명목으로 양구군청과 군부대의 출입 허가도 받았다. 춘천역 앞에서 탁 소장을 만나면 같이 점심 먹은 후 양구로 가기로 했다. 오늘은 양구여관에 짐을 푼 다음, 내일부터 본격적으로 두타연계곡을 뒤지기로 했다.

흥복은 운전병 출신이어서 운전에 자신 있었다. 연이 때문에 긴장해서 그런지 서울을 빠져나올 때까지는 조금 헤맸다. 복잡한 서울을 벗어나서 경춘가도로 들어서니 여유가 생겼다. 북한강 물줄기가 비로소 눈에 들어왔다. 말없이 가기가 어색했는데, 다행히 차 안에 카세트테이프가 하나 굴러다녔다. 귀에 익은 팝송들을 녹음해서 길거리 리어카에서 파는, 이른바 '길보드 차트' 테이프였다. 플레이시켰더니 존 덴버의 「선샤인」이 흘러나왔다. 자동차에서 나오는 소음을 음악이 부드럽게 감쌌다.

운전하느라 전방을 주시하면서 흥복은 곁눈질로 연이를 보았다. 연이의 어깨와 하얀 볼에 햇살이 바스러지면서 두 뺨 위에서 머리카락이 살랑댔다. 연이의 머릿결에서 풍겨오는 아카시아 샴푸 향도 코를 간지럽혔다. 머리카락이 너무 흩날리지 않을 정도로 연이가 차창을 조금 열었다. 장마 직전이라 후덥지근했지만, 살갗을 스치는 바람은 상쾌했다. 햇살과 바람과 팝송과 샴푸 향이 어우러지는 명랑한 시간 속에서 차는 도로 지면에 밀착한 것처럼 부드럽게 미끄러져 나갔다.

흘러나오는 리듬에 맞춰 손가락을 까닥거리던 연이가 흥복을 돌아봤다.

"박 대리님 정말 애 많이 쓰시는 것 같아요. 광고사태 어떻게든 풀어보려고.”

“제 밥줄이 걸린 문제라서 그냥 발버둥 치는 거예요.”

흥복은 앞만 보면서 말했다.

“거기 잘려도 다른 데 갈 수 있잖아요? 광고국 다른 분들은 쥐 죽은 듯 있던데.”

“그렇긴 한데, 글쎄 뭐…” 흥복이 연이 쪽으로 잠깐 얼굴을 돌렸다. “제가 다듬었던 응원 광고 문구가 요즘 자꾸 떠오르더라고요. 동화마저 무릎 꿇으면 이민 가겠다는 말. 그 심정이 조금씩 이해가 되기도 하고요.”

연이야말로 왜 그렇게 열심이냐고 흥복이 되묻자 연이가 대답했다.

“그러고 보면 저도 제 응원 광고 그대로네요. ‘그냥 있을 수 없어서! 소심한 여자 Y.’” 연이가 키득거리다가 차창 밖으로 눈길을 돌렸다. “저야말로 책상 치울까 봐 그러는 거예요. 이번에도 대리 못 달면 노처녀 시집이나 가라고 할걸요.”

“에이 노처녀는 무슨!”

흥복이 고개를 세차게 흔들었다.

“전 꼭 대리 달고 싶어요. 결혼해서 그만두기 전에요.” 연이가 말했다. “우리 부서에서 아직 대리 단 여직원이 없거든요. 결혼하면 바로 퇴사였어요. 유리 천장이 아주 낮은 셈이죠.”

흥복은 윤슬이 반짝이는 강물을 바라봤다. 연이가 반짝이는 유리구슬처럼 느껴졌다. 유리구슬이 총알처럼 날아가서 유리 천장에 실금을 내는 모습도 떠올랐다.

"대리 진급할 거예요, 이번 프로젝트 꼭 성공할 거니까."

농담처럼 흥복이 덕담을 건네자 연이도 화답했다.

"광고 건도 다 해결될 거예요. 박 대리님도 글 쓰는 일을 하실 거고요."

글 써서 먹고사는 일을 하고 싶다는 흥복의 평소 바람을 연이가 알고 있는 게 뜻밖이었다. 덕담이라도 흥복의 속마음을 헤아려주는 연이의 속 깊은 정이 느껴졌다. 마음의 화선지에 정겨움이 번지면서 설렘도 배어 나왔다.

흥복의 시선이 멀리 보이는 청평댐을 끌어당겼다. 댐 밑으로 흐르는 강물 위에서 견지낚시 하는 배들이 살가워 보였다. 낚싯배를 뒤에 남기면서 강줄기가 흥복의 차를 따라 달렸다. 깊을수록 마르지 않고 멀리 흐르는 강물처럼, 연이와 속 깊은 정을 오래도록 나누면 좋겠다는 생각이 들었다.

경춘가도와 함께 달리던 강줄기가 멀어지면서 춘천이 가까워지기 시작했다. '환영합니다. 춘천시'라고 쓴 표지판이 멀리 보였다. 평소 시외버스 타고 올 때는 지겹던 길이 오늘은 짧게 느껴졌다. 흥복은 아카시아 샴푸 향을 깊게 들이마셨다.

춘천역 옆 도로변에 주차한 흥복은 역전 광장을 둘러보았다. 춘천역사 바로 앞에서 탁 소장이 흥복을 향해 손을 흔들었다. 스무 살 남짓으로 보이는 청년과 함께 흥복의 차로 다가왔다. 차에서 내린 흥복과 연이가 탁 소장과 인사할 겨를도 없이 청년은 다짜고짜 명함을 건넸다. '우리문화재연구소 연구원 황춘식'이라고 적혀 있었다.

여기서 점심을 먹은 후 양구 읍내로 가기로 해서, 춘천역 옆 골목 안쪽의 닭갈빗집으로 갔다. 기름을 두른 철판 위에 채소와 닭고기를 뒤섞은 닭갈비 냄새로 절어있었다. 입구의 연탄불 난로 위 들통에서 김이 모락거렸다. 닭갈비를 시키고 기다리는 동안 들통을 쳐다보던 춘식이 주인 할머니를 불렀다.

"곤계란 주세요. 기다리는 동안 까먹게…."

주인 할머니가 물었다.

"생긴 거? 안 생긴 거?"

"대충 섞어서 주세요."

곤계란이 뭐냐는 표정으로 연이가 흥복을 쳐다보았다. 양계장이나 부화장에서는 막판에 부화하지 못한 부화중지란이 생기는데, 그걸 삶아서 파는 게 곤계란이라면서 춘식이 떠벌렸다. 흥복은 곱지 않은 시선으로 춘식을 쳐다보았다. 연이가 보면 기겁할 텐데 그런 걸 꼭 지금 시켜 먹어야 하나, 싶었다. 지금 보니까 심하게 튀어나온 뻐드렁니가 새삼 보기 흉했다.

들통에서 금방 꺼내 아직 따뜻한 곤계란 네 알이 밥사발에 담겨 나왔다. 색이 약간 진한 두 알이 '생긴 거'이고 나머지 두 알은 '안 생긴 거'라고 알려줬다. 춘식이 '생긴 거'를 한 알 집어서 껍데기를 까기 시작했다. 흥복은 살짝 긴장됐다. '생긴 거'는 거의 부화 직전까지 갔다가 중단된 곤계란이다. 아니나 다를까, 반쯤 껍질을 벗겨낸 곤계란은 희미하게 병아리 형태를 띠었다. 이미 까슬까슬한 깃털까지 보였다.

"아싸, 오늘 수지맞았네!"

껍질을 까던 춘식이 복권이라도 당첨된 것처럼 좋아했다. 제대로 걸리면 계란 한 알 값으로 병아리 한 마리를 삶아 먹는 거나 마찬가지라고 보았다. 춘식이 계란 속의 국물을 후루룩 마시더니 양념 소금에 곤계란을 찍어서 입에 넣었다. 오도독오도독 뼈까지 씹히는지 오물거리며 씹다가 작은 뼈를 입에서 발라냈다.

그 모습을 본 연이가 콧등에 주름을 잔뜩 세웠다. 색이 연한 곤계란을 춘식이 한 알 집더니 연이에게 먹어보라며 쑥 내밀었다. 연이가 진저리를 치며 두 손을 내저었다. 달걀로 범벅이 된 뻐드렁니를 드러내며 춘식이 히죽 웃었다. 어릴 때는 개구리알도 건져 먹었는데 이 정도야, 하면서 어깨를 으쓱거렸다. 연이가 흥복 쪽으로 얼굴을 돌려 피~ 하고 입바람 소리를 냈다.

흥복이 연이 대신에 곤계란을 받았다. 달걀 껍데기를 벗기자 노른자와 흰자가 섞여서 옅은 회색의 삶은 달걀이 드러났다. 일찌감치 부화에 실패해서, 노른자위가 터져 흰자위와 섞인 곤계란, '안 생긴 거'였다. 노른자와 흰자가 제대로 안 섞였는지 노른자위가 부분적으로 뭉쳐 있었다. 삶을 때 제대로 안 흔든 모양이네, 생각하며 흥복은 껍질 벗긴 곤계란을 양념 소금에 찍어 먹었다.

연이가 곤계란에 시선을 떨어뜨리며 중얼거렸다.

"이게 꼭 우리 그린불 같네요. 막판에 알을 깨고 나오지 못한 거니까."

곤계란을 우물거리며 흥복은 연이 말을 곱씹었다. 거의 부화할 뻔하다 마지막에 부화하지 못한 부화중지란 곤계란. 그리고 시장에 론칭되기 직전에 엎어진 브랜드 그린불. 생각해 보니 둘은 닮았다. 동화일보의 언론투쟁도 떠올랐다. 시민들의 열렬한 응원을 받아서 언론탄압을 깨부술 것처럼 기세등등하던 동화가 막판에 무릎을 꿇고 말 것인지. 또 다른 곤계란이 되지 말아야 할 텐데. 그래도 누군가에게는 곤계란이 수지맞는 걸 수 있단 생각도 들었다.

닭갈비가 다 익을 무렵 탁 소장이 막걸리를 시켰다. '소양강 도가'라고 쓰인 커다란 말통에서 주인 할머니가 막걸리를 따르더니 찌그러진 양은 주전자에 담아왔다. 탁 소장은 주전자를 흔들어 침전물을 섞은 후 양은 대접에 따라 마셨다.

다른 사람들이 점심으로 닭갈비를 먹는 동안, 탁 소장은 낮술 안주로 닭갈비를 먹는 둥 마는 둥 하며 거의 혼자 떠들다시피 했다. 월남 참전용사 출신으로 베트콩 때려잡은 이야기를 떠벌리다가, 박 화백을 안주로 구라를 풀기 시작했다. 전쟁 때 박 화백 부인이 피란 내려오면서, 그림이 든 화구통을 두타연계곡의 폐쇄된 가마터에 묻었다는 이야기도 했다.

폐쇄된 가마터는 처음 듣는 얘기여서 흥복이 물었다.

"폐가마터요? 양구에 가마터가 있어요?"

"그럼! 양구 백자가 얼마나 유명했는데…." 양은 대접 막걸릿잔을 흔들던 탁 소장이 춘식을 바라봤다. "특히 두타연계곡이 있는 방산면 백토가 유명했거든. 어이, 양구 촌놈! 안 그래?"

"맞아요. 저 어릴 때만 해도 도자기 굽던 가마가 꽤 있었어요."

춘식이 맞장구쳤다.

"전 두타연계곡 입구라고만 조카분한테 들어서요."

가마터 얘기는 금시초문이어서 흥복이 말했다.

막걸리를 들이켠 탁 소장이 양은 대접을 탁 소리 나게 내려놓았다.

"그 조카가 잘 몰라서 그래. 내가 그 양반 모친한테 직접 들었거든. 그림 묻을 때 그 현장에 있던 유일한 분이시잖아. 그래서 위치를 표시한 지도도 내가 받았고."

엄밀하게 말하면 현장에 있던 분은 아닌데, 하는 말을 흥복은 속으로 삼켰다. 박 화백 부인과 그 오빠, 그러니까 박 화백 조카의 고모와 아버지가 그림을 묻었고 조카의 어머니는 나중에 그 위치를 들은 것뿐이라고 알고있기 때문이었다. 탁 소장은 그 어머니한테 직접 이야기 들었다니까, 말꼬리 잡고 늘어지는 것 같아서 흥복은 더 캐묻지는 않았다.

점심을 먹은 네 사람은 차를 타고 양구로 향했다. 2시간 남짓 가는 동안 탁 소장은 요란하게 코를 골았다. 내릴 때쯤에는 언제 술 먹었냐는 듯 말짱했다. 양구여관에 짐을 풀고, 사전답사 겸해서 일단 민통선에 가보기로 했다.

양구읍에서 1시간 정도 차를 타고 가자 민통선 출입관리소에 도착했다. 흥복이 사전에 양구군청을 통해 군부대로부터 민통선 출입 허가를 받은 인원은 4명이었다. 막상 와보니 실질적으로는 민간인 3명까지만 출입이 가능했다. 관리소에서 고방산 초소까지는 흥복의 차로 가니까 4명이 가능하지만, 초소에서부터는 군인이 운전하는 지프차를 타야 해서 민간인은 3명까지만 탈 수 있었다. 일단 네 사람은 흥복의 차로 고방산 초소까지 가기로 했다.

출입관리소에서 신분증을 제시하고 서약서를 쓴 후, 출입증을 받아 목에 걸었다. 민통선 안에서는 절대 차에서 내려 아무 길이나 걸으면 안 되고 철조망이 쳐진 지정된 길로만 가라는 주의를 받았다. 흥복이 모는 차를 타고 네 사람은 민통선 안으로 들어갔다.

잔뜩 긴장하고 민통선 안으로 차를 몰고 들어갔는데 뜻밖에 논밭이 펼쳐졌다. 논은 이미 모내기를 마쳤고, 밭에는 미나리 쑥갓 아욱 등의 푸성귀가 푸르렀다. 민통선 밖의 주민들이 군부대 출입증을 받고 들어와서, 이른바 '출입 영농'을 한다는 걸 나중에 알았다.

30분 정도 달리자 고방산 초소에 도착했다. 초소에서부터는 군인이 운전하는 지프차를 타야 해서 연이가 초소에서 기다리기로 했다. 탁 소장이랑 춘식과 함께 흥복이 지프차를 타고, 오늘은 두타연계곡을 둘러보기만 하고 오기로 했다.

초소를 나서자 두타연계곡으로 올라가는 자갈길이 나타났다. 덜컹거리는 자갈길 양쪽으로 철조망이 보였다. 개망초가 흐드러지게 피어있는 녹슨 철조망에는 군데군데 '지뢰' 표지가 걸려있었다. 지프차를 몰던 운전병이 지뢰 표지를 가리키며 설명했다.

"사각형 표지는 지뢰가 확실한 곳, 삼각형 표지는 지뢰 유무가 확인되지 않았다는 뜻입니다. 이곳은 전쟁 때 매설된 지뢰가 아직도 많습니다. 특히 두타연계곡의 물줄기가 둘로 갈라지는 저쪽은 지뢰밭이라고 보면 됩니다. 비가 오면 지금도 북쪽에서 목함지뢰가 떠내려오기도 합니다. 그 계곡 옆에 철조망이 있지만 하도 녹슬어서 끊어진 곳도 많습니다. 사각형 지뢰 표지가 있는 계곡은 절대 들어가면 안 됩니다."

"당연하죠!" 탁 소장이 고개를 끄덕였다. "근데 여기서 많이들 죽나요?"

"물론입니다. 여기서는 꽝! 하고 폭발음이 나면 그저 '한 명 또 죽거나 병신 됐나 보다' 할 정도입니다. 여기 드나들며 농사짓던 영감님이 작년 장마철에도 그 자리에서 즉사했습니다. 떠내려온 목함지뢰를 밟았지 말입니다. 특히 사각형 지뢰 표지가 있는 근처는 얼씬도 하지 마시기 바랍니다."

논밭을 지날 때만 해도 여유 부리던 춘식은 겁먹은 얼굴로 이리저리 눈알을 굴렸다. 전방에서 군 생활을 했던 흥복도 심장이 쪼득해진 느낌이 들었다.

철조망 쳐진 길을 10분쯤 달린 지프차가 허름한 나무다리 앞에서 멈췄다. 배나무다리라고 적힌 다리는 너무 좁고 낡아서 지프차로 건너기는 무리였다. 일행은 지프차에서 내렸다. 배나무다리가 있는 개울 옆에 커다란 아까시나무가 있었고, 그 나무 그늘에 놓인 평상이 보였다. 채 지지 않은 아카시아꽃이 드문드문 남아서 향기가 아직 느껴졌다. 서울은 아카시아꽃이 벌써 졌지만 여기는 더 북쪽의 계곡이어서 늦게 지는 듯했다.

운전병이 평상에 앉아서 기다릴 테니 두타연계곡을 둘러보고 오라고 했다. 워키토키라는 민간용 무전기도 하나 주었다. 신문사에서 취재 나왔다고 해서 특별히 지원하는 거라며 생색냈다. 통화 가능 거리가 그렇게 길지는 않지만, 그래도 혹시 무슨 일이 있으면 연락하라는 말도 잊지 않았다.

워키토키를 받은 흥복이 탁 소장이랑 춘식과 함께 두타연계곡 쪽으로 걸어갔다. 30분 정도 걸어서 두타연계곡으로 들어섰다. 계곡 안쪽으로 두타폭포가 보였다. 두타폭포를 보더니 탁 소장이 지도를 펼치고 저기 어디쯤 같다며 손으로 가리켰다. 보물지도라도 되는 것처럼 떠벌렸지만 지도는 별것 없었다. 그냥 양구군 방산면 지도에서 두타연계곡 입구를 동그라미로 표시하고 삐뚤빼뚤한 글씨로 '그림'이라고 쓴 게 다였다.

10미터 정도 높이의 절벽에서 두타폭포가 호기롭게 물줄기를 뿜고 있었다. 비가 많이 온 여름이어서 바위 사이로 쏟아붓는 폭포수가 제법 장쾌했고 물보라가 하얗게 일었다. 두타폭포 바로 밑의 드렛소는 꽤 넓고 깊었다. 거기서 흘러나오는 계곡물은 유리알처럼 맑고 투명했다. 열목어와 산메기 꺽지 등 계류어들이 유유히 헤엄치는 드렛소는 흔히 말하는 '물 반, 고기 반'이었다.

폭포에서 5미터 정도 옆 암벽에 동굴이 뚫린 게 보였다. 동굴 입구의 지름이 성인 두 사람 크기였고 안쪽은 잘 보이지 않아 깊이를 짐작하기 어려웠다. 두타연계곡에 대해 미리 공부하고 온 흥복은 그곳이 보덕굴인 걸로 짐작했다.

동굴을 가리키며 흥복이 물었다.

"박 화백 그림, 혹시 저 동굴에 숨기지 않았을까요?"

탁 소장이 대놓고 콧바람 소리를 냈다.

"에이 저런 데 숨겨놨겠어? 가다가 발이라도 헛디디면 그림이 다 젖을 텐데."

동굴 바로 앞 드렛소는 언뜻 봐도 상당히 깊어 보였다. 동굴 양옆은 절벽이어서 걸어서 동굴까지 접근하기는 힘들어 보였다. 동굴에서 눈길을 거두려다가, 흥복은 그때가 1·4 후퇴였다는 게 불현듯 생각났다.

"피란길에 여기를 지났을 때는 겨울 아니에요?"

"아하! 그러네. 그럼 그때는 저 앞의 물도 적고 얼었을까?"

"그렇죠. 저 동굴 앞까지 걸어갈 수 있었겠죠."

그래도 저기는 아닐 것 같다면서 탁 소장은 손을 내저었다. 두타연계곡 들머리 폐가마터에 묻었다는 말을 자기가 분명히 들었다는 말도 덧붙였다.

동굴로 들어가려면 위에서부터 밧줄 타고 내려오는 수밖에 없는 듯했다. 하지만 동굴 바로 위 계곡의 소나무에서부터 동굴 입구까지 족히 5미터는 넘어 보이는 직벽이어서 동굴로 진입하기가 쉽지 않아 보였다. 얼마나 깊이 들어가는지는 모르지만, 동굴 안도 어두울 것 같았다. 동굴을 뒤지려면 밧줄과 손전등이 필요해 보였다. 내일 장비 챙길 때 같이 가져오기로 하고 오늘은 일단 돌아가기로 했다.

지프차가 있는 배나무다리 옆 평상까지 터덜터덜 걸어가면서 세 사람은 이런저런 이야기를 나눴다. 흥복도 춘천 출신이라는 걸 안 춘식은 같은 '강원도 감자바위'라며 흥복에게 친근감을 표시했고 자기 이야기도 스스럼없이 들려줬다.

춘식은 양구 중에서도, 박 화백과 같은 방산면 출신이었다. 바로 옆 동네 국민학교 졸업생인 박 화백이 서울에서 유명한 화가라는 걸 2학년 담임 선생님한테 들었다. 어릴 적부터 이미 박 화백은 춘식의 우상이었고, 동네 아이들의 영웅이었다. 춘식도 박 화백처럼 화가가 되고 싶었다. 하지만 얼마 전까지 춘천 육림극장에서 영화 간판을 그렸을 뿐이다. 그전부터 알고 지내던 탁 소장이 이번에 박 화백 그림을 발굴하면서, 양구 출신인 춘식이 극장 간판장이 그만두고 따라나선 것이라고 했다.

고방산 초소에서 연이를 만나 양구여관으로 돌아갔다. 저녁은 춘식이 소개해준 양구 읍내 시래기 식당에서 먹었다. 저녁을 먹으며 연이가 자기도 여기 온 김에 두타연계곡에 가고 싶다고 졸랐다. 언제 거길 들어가 보냐면서, 지프차에 끼워 타면 운전병 포함해서 다섯 명까지는 탈 수 있지 않겠냐는 것이다.

"차가 문제가 아니에요. 온종일 산 타면서 계곡을 뒤져야 하거든요."

흥복이 연이에게 말했다.

"저 산 잘 타요. 별명이 '도봉산 다람쥐'인 거 모르셨죠?"

연이가 말했다.

“그보다 지뢰가 많아서 위험해요. 잘못 건드리면 터져. 내가 원래 폭파병 출신이라 잘 알거든.” 귤껍질처럼 살짝 얽은 얼굴을 문지르더니 탁 소장이 또 구라를 풀기 시작했다. “월남에서 베트콩 놈들 때려잡을 때 지뢰나 부비트랩은 내가 다 설치했는데….”

탁 소장이 또 월남전 무용담을 털어놓을 기세여서 흥복이 잘랐다.

“근데 문화재는 또 언제부터 발굴하신 거예요?”

“내가 폭파병 출신이라고 했잖아. 문화재 발굴의 반은 폭파야. 요즘은 옛날처럼 맨손으로 삽질 안 해. 이번 건은 화구통이어서 그냥 삽으로 파면 되지만…. 규모가 큰 발굴은 폭약이 필요하거든. 언제 그걸 삽으로 파겠어? 폭약으로 정교하게 구멍을 뚫고 굴을 만들어서 파고들어 가는 거라고.”

시래기 비빔밥을 다 비운 흥복이 후식으로 나온 눌은밥을 후루룩 들이켰다.

“월남 참전용사에, 문화재 발굴에…. 소장님이 애국자시네요.”

“그렇지! 폭파 기술로 월남에선 베트콩 때려잡았지, 귀국해서는 우리 문화재 발굴하고 있지, 나야말로 무공훈장 받아야 하는 거 아냐?”

탁 소장이 또 베트콩 때려잡은 이야기를 늘어놓았다. 하도 들어서 지겹다는 건지 춘식은 시큰둥한 표정으로 듣는 둥 마는 둥 했다. 하품을 참지 못하는 연이를 보고 흥복이 일찍 들어가서 쉬자며 자리에서 일어났다.

4

둘째 날 아침 일찍부터 흥복은 탁 소장 일행과 민통선으로 갔다. 내일까지만 민통선 출입 허가를 받아서 웬만하면 오늘까지 그림발굴을 끝내야 했다. 연이는 양구 읍내에 남기로 했다. 민통선 출입관리소에서 하루 종일 있을 수는 없을뿐더러 오후에 동준이 응원하러 온다고 해서였다.

그림 담긴 화구를 파내는데 필요한 삽이랑 큰 호미, 그리고 동굴 탐사 때 필요할 수 있는 손전등과 밧줄을 차에 실었다. 초소에서 배나무다리 옆 평상까지 지프차로 데려다준 군인은 초소로 돌아갔다. 5시에 평상에서 다시 만나기로 했다. 지프차에서 내린 세 사람은 장비를 들고 두타연계곡으로 향했다. 밧줄을 어깨에 건 흥복이 호미를 들고 앞장서고, 삽을 어깨에 멘 춘식이 손전등을 들고 뒤를 따랐다. 맨 뒤의 탁 소장은 김밥과 순대와 양구 옥수수 막걸리 한 병까지 꾸러미에 담아 흔들면서, 소풍 가는 국민학생처럼 콧노래를 불렀다. 조만간 장마가 온다더니 하늘은 잔뜩 흐렸고 끈적거렸다.

처음에 세 사람은 같이 다니면서 두타연계곡 들머리를 집중적으로 뒤지기 시작했다. 계곡 들머리 쪽에서 폐쇄된 가마터만 찾으면 되니까 그리 어렵지 않을 것 같았다. 지뢰 때문에 함부로 산을 헤집고 들어갈 수는 없어서, 지정된 산길과 계곡을 중심으로 훑었다. 입구부터 뒤지면서 점점 계곡 위쪽으로 들어갔다. 계곡 위쪽으로 올라가면서 흥복은 구석구석을 누볐다. 호미로 땅을 파헤치며 가마터 흔적을 찾았다. 성격 느긋한 충청도 사람답게 탁 소장은 발로 땅바닥을 툭툭 치며 걸었다. 춘식은 아무 생각 없이 삽을 메고 탁 소장 뒤만 따라다녔다.

계곡을 뒤지며 올라오던 세 사람은 금강산 가는 길목인 하야삼거리까지 다다랐다. 가마터는 보이지 않았다. 아무리 깊게 들어와도 여기까지 들어와서 화구통을 묻었을 것 같지는 않았다. 근처 너럭바위에서 점심을 먹고 여기서부터 되돌아가면서 다시 뒤져보기로 했다.

너럭바위에서 세 사람은 가져온 김밥을 까먹었다. 탁 소장은 '경치 쥑이네!'를 연신 외치면서 순대를 안주 삼아 양구 막걸리 한 병을 다 비웠다. 나무 그늘 밑 바위에 누운 탁 소장은 코를 골았다. 쉬는 동안 춘식은 흥복에게 이것저것 물었다. 춘천 출신인 흥복에게 친근감 어린 호기심이 생긴 모양이었다. 감천사 불목하니였던 흥복이 양키시장에서 일한 얘기를 대충 들려주자, 춘식은 묻지도 않았는데 자기 얘기를 풀어놓았다.

"이래 봬도 제 그림이 사생대회에서 상 탄 적도 있어요. 제가 탄 건 아니지만."

뻐드렁니를 쑥 내민 춘식이 어깨를 으쓱거렸다.

"뭔 소리예요? 자기 그림이 상을 받았는데 본인은 상을 못 탔다는 게?"

"제 그림으로 다른 사람이 상 탔거든요."

춘식이 국민학교 3학년 때 10원을 내야 도장 찍힌 도화지를 받아서 정식으로 참가할 수 있는 사생대회 얘기였다. 춘식이 그려준 그림으로 동네 이장집 아들이 최우수상을 받았고, 부상으로 받은 36색 크레파스와 스케치북은 춘식이 차지가 되었다. 부상으로 받은 크레파스와 스케치북에 그림을 열심히 그리면서 춘식은 박 화백처럼 유명한 화가 되고 싶었다. 하지만 영화 간판장이가 되면서 꿈을 접어야 했다.

"난 그때부터 남의 그림이나 그릴 팔자였나 봐요."

희죽 웃는 춘식을 보며 흥복은 춘식이 영화 간판을 그리면서도 '남의 그림'이 아니라 '자기 그림'을 그리고 싶어 했구나, 생각했다.

낮잠에서 깬 탁 소장은 술 먹은 티 하나 없이 또 말짱해졌다. 흥복은 탁 소장에게 참 부럽다고 말했다. 오후에는 각자 흩어져서 계곡을 내려가면서 찾기로 했다. 이번에는 계곡 양쪽의 산길을 뒤져보기로 했다. 지뢰 조심하자는 말을 서로 잊지 않았다. 그림 화구통을 먼저 발견하면, 심마니들이 산삼을 발견했을 때처럼 '심봤다!'라고 소리치기로 했다. 영화에서나 산삼 발견하면 '심봤다'를 외치지 진짜 심마니는 외치지 않는다면서 춘식이 피식거렸다. 아무튼 '심봤다!' 한 번 외쳐보자고 했다.

탁 소장과 춘식이 계곡의 북사면 산길을 뒤지고, 흥복이 반대쪽 산길을 뒤지며 내려갔다. 계곡과 산길을 뒤지며 내려왔지만, 다시 계곡 입구의 두타폭포까지 내려올 동안 폐 가마터는 찾을 수 없었다.

계곡 입구의 두타폭포에서 세 사람은 다시 만났다. 흥복은 마음이 슬슬 급해지기 시작했다. 민통선 출입 허가는 내일 오전까지인데, 더구나 내일은 장마가 시작된다는 예보도 있는데…. 시간이 별로 없는데도 탁 소장은 여전히 태평하게 경치 타령을 했다. 흥복은 탁 소장의 느긋함이 마뜩잖았지만 부럽기도 했다. 자기가 너무 애면글면하나 싶기도 했다.

두타폭포 옆의 보덕굴을 흥복이 뚫어버릴 듯 쳐다봤다. 계곡을 뒤졌는데도 없다면 화구통은 어디에 있다는 건가? 폐 가마터에 묻었다는 게 사실인가? 남은 곳은 저기밖에 없는데, 혹시 저 동굴에 묻은 건 아닐까? 흥복이 보덕굴을 가리키며 저기 혹시 없겠느냐면서 탁 소장에게 물었다.

"저기가 혹시 옛날엔 가마터 아니었을까요?"

"동굴에서 도자기를 어떻게 구워? 습해서 도자기 보관도 어려울 텐데."

탁 소장 말에도 흥복은 미련을 떨쳐버리지 못했다.

"저 굴을 가마터라고 기억할 수도 있잖아요?"

"화구랑 그림도 썩기 쉬울 텐데 저기 뒀겠어?" 탁 소장이 실실 웃으면서 손전등이랑 밧줄을 흥복에게 건넸다. "똥인지 된장인지 찍어 봐야 직성이 풀린다면, 한번 들어가 보던가."

흥복은 지푸라기라도 잡는 심정으로 동굴 속을 들어가 보기로 했다. 밧줄로 온몸을 감고 손전등과 호미를 허리에 맸다. 동굴 위의 소나무에 밧줄을 단단하게 묶고, 춘식과 탁 소장이 그 밧줄을 천천히 내려주기로 했다.

흥복은 밧줄을 잡고 직각 절벽을 따라 천천히 동굴로 내려갔다. 소나무에서부터 동굴 입구까지의 절벽 길이가 꽤 돼서 밧줄을 타고 한참을 조심조심 내려갔다. 동굴 입구에 다다르자 중간에 발 디딜 곳이 없어졌다. 잠시 공중에 대롱대롱 매달려야 했다. 절벽 위에서 춘식이 밧줄을 서서히 풀어줬다. 흥복은 동굴 바닥까지 닿을 수 있었다. 몸을 묶었던 밧줄을 풀었다. 왼손에 손전등, 오른손에 호미는 들고 동굴 안으로 걸어 들어갔다.

밖에서 보던 것과 달리 동굴은 안쪽으로 그렇게 깊지는 않았다. 흥복은 발로 동굴 바닥을 툭툭 치면서 안쪽으로 들어갔다. 그림 화구통이 있을 만한 곳은 쭈그려 앉아서 호미로 파보기도 했다. 갑자기 저쪽에서 무슨 소리가 났다. 뭔가 움직이는 게 보였다. 손전등을 비췄다. 족제비처럼 생긴 짐승이 휙 뛰쳐나왔다. 뒤로 물러서던 흥복은 엉덩방아를 찧었다. 동굴 밖으로 나가 물속으로 자맥질하는 걸로 보아서 수달인 게 분명했다. 수달이 먹고 남은 물고기의 가시가 보였다. 배설물도 여기저기 흩어져서 지저분했다. 냄새도 고약했다. 여기저기 손전등을 비추며 동굴 안을 샅샅이 뒤졌다. 화구통으로 보이는 건 없었다.

어느 정도 들어가서 거의 동굴 끝에 다다랐을 때였다. 동굴 벽면의 틈새에 끼어 있는 뭔가가 손전등 불빛을 반사했다. 제법 큰 틈새 안쪽에 뭔가 들어있는 것처럼 보였다. 끝이 뾰족한 게 사각 나무통 모서리처럼 보였다. 흥복은 손전등으로 비추면서 틈새 속으로 호미를 집어넣었다. 뭔가가 호미 끝에 툭 하고 걸렸다.

흥복의 가슴도 툭! 내려앉았다. 설마…, 천 년 전 근처 두타사 스님이 관음보살을 친견(親見)했다고 하지 않았나? 마침내 이 보덕굴에서 박 화백의 숨겨진 그림을 친견하는 건가? 흥복은 동굴 벽면의 틈새를 호미로 파헤쳤다. 심장이 사정없이 쿵쾅거렸다. 이러다 심장마비 오는 거 아니야, 하는 생각이 들 정도였다. 정신없이 틈새를 파헤친 후 손을 집어넣었다. 안에 뭔가가 잡혔다. 생각보다 차가웠다. 손으로 더듬어보았다.

그냥 화강암이었다.

벽면 틈새 안에 박힌 네모난 화강암이 마치 화구통처럼 보였을 뿐이다. 온몸의 힘이 쫙 빠졌다. 흥복은 쓰게 웃었다.

동굴 입구로 돌아온 흥복은 밧줄로 다시 온몸을 묶었다. 밧줄을 타고 다시 동굴 위로 올라왔다. 다 올라와서 바위에 착지하는 순간 발을 헛디뎌 넘어졌다. 허탈해서 그런지, 다 올라왔다고 방심해서 그런지, 발에 힘이 빠진 모양이었다. 발목이 접질리면서 걷기가 힘들 지경이었다. 배나무다리 옆 평상까지 30분 넘게 걸어 내려오는 동안 흥복은 심하게 절뚝거렸다. 어느새 발목이 퍼렇게 부어올랐다. 이 상태로 내일 다시 계곡을 뒤진다는 건 무리일 것 같았다.

셋이 양구여관에 도착했을 때쯤 동준이 서울에서 자가용을 몰고 왔다. 동준의 기아 브리사를 쓰다듬으며 탁 소장은 차 좋다는 말을 몇 번이나 했다. 뭘 여기까지 다 왔냐는 탁 소장 말에 동준이 연이를 보며 말했다.

"광고주님이 고생하시는데 대행사 놈이 와 봐야죠. 하하…."

전시 프로모션팀에서 박 화백 10주기 전시회 준비에 곧 착수할 거란 소식을 동준이 전했다. 숨겨진 그림만 찾으면 된다면서 탁 소장님 응원하러 들렀다고 너스레도 떨었다.

저녁은 동준이 사기로 해서 춘식이 곰취 식당으로 안내했다. 곰취에 삼겹살을 싸 먹으면서 탁 소장이 이번에는 소주를 시켰다. 동준이 대작해 주자 탁 소장은 강원도 소주 한번 마셔보자면서, '상쾌한 맛'이라고 쓰여 있는 경월소주를 한 병 시켰다. 소주잔이 동준과 탁 소장 사이에서 오가는 동안, 이틀 동안 지겹게 들었던 탁 소장의 구라가 카세트테이프처럼 다시 재생되었다.

퍼렇게 부은 흥복의 발목을 보며 연이가 화제를 돌렸다.

"내일은 어떻게 하죠? 박 대리님이 이렇게 발을 다쳐서."

"그러게요. 홍 차장님 내일 민통선 들어가긴 힘드시죠?"

흥복이 동준에게 물었다.

"응. 내일 아침 일찍 서울 가야 하거든. 광고주랑 점심 약속이 있어서."

연이가 기다렸다는 듯이 동준의 말을 낚아챘다.

"아무래도 제가 가야 할 것 같네요. 내일 오전까지밖에 시간이 없잖아요? 남자들만 가니까 설렁설렁 보고 다닌 거 아니에요? 제가 내일 다람쥐처럼 뛰어다니면서 뒤져볼게요. 아주 이 잡듯이, 샅샅이!"

탁 소장도 의외로 선선히 응낙했다.

"뭐 할 수 없네. 하긴 지금 아니면 두타연계곡을 언제 들어가 보겠어?"

다른 대안이 없기도 했다. 지뢰 조심하라는 탁 소장 경고가 또 한 번 덧대어졌다.

내일 또 일찍 일어나야 해서 다들 잠자리에 들었다. 어젯밤은 탁 소장과 춘식이랑 한방을 썼던 흥복은 오늘 동준과 둘이 자기로 했다. 흥복은 퍼렇게 부어오른 발목에 뜨거운 수건을 대고 찜질했다. 흥복의 발에 동준의 걱정스러운 눈빛이 꽂혔다.

"박 대리 보니까 걱정이 좀 되네. 몸도 몸이지만 마음마저 다칠까 봐서."

"마음 다칠 게 뭐 있겠어요?"

"기대가 크면 실망도 크다고 하잖아? 민통선의 '숨은 그림'이 '숨은 신'은 아니거든."

"'숨은 신'이요?"

"거 왜 있잖아? 영화 내내 숨어있다가 마지막에 짠 나타나서, 얽히고설킨 문제들을 단칼에 해결하는 존재."

박 화백 그림발굴이 실패해서 연이나 흥복이 마음에 상처를 받을까 걱정하는 동준은 이번 그림 발굴이 실패해도 다른 메세나 프로젝트를 엮을 수 있다고 말했다. 지난번에 김 전무와 두성 사모님 오누이한테 메세나의 중요성을 확실하게 이해시켰기 때문이다. 동준은 두성과 동화를 엮어서 할 수 있는 문화예술 후원 활동이 앞으로도 많을 것으로 내다봤다. 이번 그림 발굴 프로젝트가 성공하면 좋고, 실패해도 다른 기회가 있다고 했다. 몸과 마음을 상할 정도로 혹사하지 말라고 다시 한번 당부했다.

흥복은 이미 식어버린 수건을 발목에서 걷어내며 고개를 가로저었다.

"전 이번이 마지막 기회라고 봐요."

김 전무가 중앙정보부 양 실장과 만나기로 했다는 소문이 도는 걸 알고 있기 때문이었다. 이번 그림 발굴 프로젝트가 실패하면 김 전무는 중정에 바로 무릎 꿇을 게 뻔했다. 이미 중정에 무릎 꿇을 결심을 했는지도 모른다. 이번 프로젝트의 성공 여부와 상관없이…. 꺾어지려는 김 전무의 무릎을 부여잡고 조금이라도 늦출 수 있는 방도는 지금 이 길밖에 없었다.

"말씀하신 것처럼 박 화백 그림이 '숨은 신'은 아닐지 모르죠." 흥복이 이부자리를 깔고 누었다. "그래도 찾고 싶어요. 오늘 온종일 계곡을 뒤졌거든요. 아까 폭포 옆 동굴 속에선 그림 찾은 줄 알았어요. 심장마비 올 뻔했다니까요. 관음보살이라도 친견하는 줄 알았거든요. 저한테는 박 화백 그림이 '숨은 신'이에요. 관음보살인 셈이죠."

"부처님 만나 극락왕생할 뻔했군."

동준이 킥킥거리며 자기 이부자리를 깔았다. 밤이 늦었다며 30촉 전구의 불을 껐다. 자리에 누웠지만 흥복은 금방 잠이 오지 않았다. 동준도 이리저리 뒤척이다가 벽에 비스듬하게 기대서 담배를 피워 물었다. 어둠 속에서 동준의 담뱃불이 깜빡거렸다.

"하여튼 박 대리 보면 매사에 참 열심이야."

"전 애면글면해야 남들만큼 할 수 있거든요."

"그런 겸손한 태도가 마지막에 웃게 하지. 그런데 지옥으로 가는 길은 선의로 포장되어 있다고 하잖아. 좋은 뜻에서 열심히 한 게 일을 더 그르치게 할 때도 있으니까."

흥복이 불 꺼진 전구의 흐린 윤곽선을 보며 옅은 한숨을 내뱉었다.

"역시 '미스터 일모'다운 말씀이네요."

"그래, 천하를 구한다 해도 내 털 하나 뽑지 않고 오불관언한다는 게 내 신조였지."

"사람들이 다 그렇지 않나요?"

"내 주변 사람들은 좀 그렇지. 김 전무만 해도 자기네가 가진 걸 절대 내놓지 않을 사람이야. 신문사나 방송사는 시민의 재산이 아니고 자기네 재산으로 여기거든. 자기네 재산이 손톱만큼이라도 축나는 걸 참지 못하지."

"친구분인 안 기자님은 다르잖아요?"

"그래서 요즘 혁필이 보면서 나도 느끼는 게 많아. 박 대리도 그렇고. 자기가 나서지 않아도 되는데 오지랖 떨며 몸부림 치잖아. 이래서 백로가 까마귀 노는 곳에 얼씬거리지 말아야 하는데. 자꾸 물들거든, 하하."

동준이 자기한테 물든다는 말에 흥복의 미소가 어둠 속에서 슬그머니 삐져나왔다. 흥복은 그동안 자기가 동준한테 영향을 많이 받았다고 생각했었다.

"그럼, 이제 천하를 구한다면 홍 차장님 털 하나는 뽑을 수 있다?"

"딱 거기까지! 전태일 열사처럼 내 목숨을 던질 위인은 못 되고."

동준이 재떨이에 담배를 비벼 끄고 다시 누웠다. 꺼진 담배꽁초에서 피어오르는 연기가 어둠 속으로 흩어지는 걸 보며 흥복은 생각해 봤다. 나는 터럭 한 올과 목숨 사이에서 어디까지 내놓을 수 있을까? 어느새 잠이 들었는지 동준이 얕게 코 고는 소리가 들렸다.

5

다음 날 아침 일찍 동준은 서울로 떠났다.

흥복의 차로 탁 소장과 춘식은 물론 연이까지 포함해서 네 명은 초소로 갔다. 초소에서 운전병이 네 명을 지프차에 태우고 배나무다리 옆 평상까지 데려다줬다. 오늘 오전이 마지막이라서 한 번만 눈감아 준 셈이다. 장마전선이 북상하면서 오늘 오후부터 본격적으로 장마가 시작된다고 했고, 어차피 서울 돌아가려면 점심때까지는 끝내야 했다. 점심때 평상으로 다시 오기로 하고 지프차는 초소로 돌아갔다. 평상에서 기다리는 흥복이 워키토키를 하나 갖고, 탁 소장이 나머지 하나를 가졌다. 박 화백 그림을 발견하면 워키토키로 바로 연락하기로 했다. 어제와 마찬가지로 암호는 '심봤다!'

연이가 오른손으로 움켜쥔 호미를 흔들면서 외쳤다.

"오늘도 못 찾으면 두타연 귀신 되자! 아자! 아자! 아자!"

주먹을 불끈 쥔 연이가 맨 앞으로 나섰다. 삽을 어깨에 멘 춘식이 뒤따랐다. 점심은 내려와서 먹기로 해서 탁 소장은 아무것도 안 들고 따라나섰다. 배나무다리를 건너 울퉁불퉁 자갈길을 걸어가는 세 사람을 흥복은 한참 동안 쳐다보았다. 두타연계곡 속으로 시나브로 사라지고 나서도 한참 후에야 눈길을 거두었다.

흥복은 아까시나무 그늘 밑 평상에 누워 하늘을 봤다. 먹구름 뒤에 비치는 햇살로 하늘이 기묘하게 보였다. 겹겹으로 뭉쳐 있는 먹구름은 비를 금방이라도 쏟아낼 것 같다가도, 햇살이 먹구름 뒤에서 삐져나왔다. 산새 소리와 멀리서 들리는 계곡 물소리가 어우러졌다.

무료하게 워키토키를 만지작거리던 흥복은 가방에서 구형 금성 트랜지스터라디오를 꺼냈다. 라디오 안테나를 길게 뽑은 후 다이얼을 이리저리 돌려 주파수를 맞췄다. 생각보다 방송이 잘 잡혔고, 음질도 선명했다. 머리맡에 워키토키를 두고 누운 흥복은 라디오에서 흘러나오는 음악을 들었다.

산새 한 마리가 날아와 평상 주변을 맴돌았다. 누워있는 흥복의 발끝까지 다가와서 뭔가를 주워 먹었다. 머리와 날개만 검고 배와 몸통 전체는 주황색인 게 곤줄박이였다. 흥복의 눈이 스르르 감겼다. 연이가 주황색 치마를 입고 한 마리 곤줄박이처럼 노래하던 모습이 떠올랐다. 라디오에서 마침 송창식의 노래 「새는」이 흘러나왔다.

> **새는 날아가는 곳도 모르면서 자꾸만 날아간다. 저기 저기 머나먼 하늘 끝까지 사라져 간다. 당신도 따라서 사라져 간다. 멀어져간다.**

눈을 감고 누운 흥복의 가슴 위로 곤줄박이가 앉았다. 가슴 위에 앉은 곤줄박이를 눈을 가늘게 뜨고 쳐다봤다. 종종거리는 곤줄박이 꽁지 쪽으로 살며시 둘째손가락을 내밀었다. 곤줄박이가 날아가 버렸다. 어디로 사라졌나? 흥복이 두리번거렸다. 평상 저쪽의 '지뢰' 표시 철조망에 앉아 있었다. 흥복이 일어나서 곤줄박이 쪽으로 다가갔다.

갑자기 곤줄박이가 철조망 아래로 곤두박질쳤다. 땅바닥에 떨어진 곤줄박이는 날갯죽지가 부러져 피를 흘렸다. 가냘픈 새 다리가 바들바들 떨렸다. '안 돼!' 흥복이 소리치며 곤줄박이 앞에 무릎을 꿇었다. 걷잡을 수 없이 눈물이 흐르기 시작했다. 폭포수처럼 쏟아지는 눈물에 곤줄박이가 흠뻑 젖어 떠내려갈 것 같았다. 개울을 이룬 눈물에 떠내려가면서도 곤줄박이가 숨넘어갈 것처럼 울었다. 지지배~ 지지배~ 찌직직~ 찌지직~ 아, 아… 여보세요! 여보세요! 찌지직~ 찌지직~

시끄러운 기계음과 목소리에 흥복은 깜짝 놀랐다. 워키토키 무전기가 울리고 있었다. 흥복이 노루잠에 까무룩 빠진 모양이었다. 곤줄박이는 어디로 날아갔는지 보이지 않았다. 워키토키 무전기를 들고 흥복이 '여보세요!'를 외쳤다. 찌지직 소리와 함께, 또렷하지는 않지만 탁 소장이 외치는 소리가 워키토키 무전기를 뚫고 나왔다.

"박 대리! 찾았어! 찾았다고!"

"네? 뭘요? …… 아! 정말요?"

"잠깐 기다려 봐! 바꿔줄 테니까…."

잠시 후 거의 울먹일 것처럼 흥분된 목소리로 연이가 소리쳤다.

"박 대리님! 그림 찾았어요. 심~봤~다!"

넷째 날

진아는 어제 받은 민호 이메일과 첨부파일도 사이버수사대 강 경장에게 제출했다. 강 경장은 민호의 이메일과 첨부파일 내용 자체에는 별로 관심을 기울이지 않았다. 지금 자기 몸이 메타버스 속에 있다는 민호의 황당한 주장을 믿지 않는 게 분명했다. 진아는 민호가 이메일 보낸 시간이 이곳과 다르다는 점을 들어서, 이곳과는 시간이 다르게 흘러가는 메타버스 속에 민호가 있는 것 아니냐고 물었다.

강 경장은 가볍게 일축했다. 보내는 사람 노트북의 시간 설정만 변경하면, 보내는 시간은 얼마든지 다르게 나타나도록 조작할 수 있다는 이유에서다.

강 경장 말에 진아는 다시 혼란스러웠다. 민호는 도대체 어디로 사라져서 이메일 발송 시간까지 조작하는 거지? 또 김 교수는? 김 교수 행방은 민호도 모르는 것 같은데…. 그 둘은 왜 동시에 사라진 걸까? 정말 프로젝트 개발이 실패해서? 연구비 떼먹으려고?

민호가 보낸 이메일 IP주소와 위치추적에 사이버수사대는 온 수사력을 집중했다. 민호를 일단 찾아야 김 교수 행방도 찾을 수 있을 것으로 기대하는 듯했다. 하지만 민호의 위치를 특정하기 어려워했다. 민호 이메일 주소의 qxvzmail.com 서버가 국내에 없고 흔히 쓰지 않는 이메일 서비스인 데다가, 민호가 카페나 피시방 등을 전전하며 이메일을 보내는 것으로 추정했다.

그러다가 새벽에 찾아냈다. 민호의 이메일 서비스 서버를 찾았고, IP주소를 추적해보니 리서치파크 근방에서 보낸 것이었다. 어제 오후부터 강 경장이 주변의 카페와 피시방을 샅샅이 뒤지고 거리의 CCTV도 밤새도록 뒤진 결과였다.

민호 위치를 특정하려면 이메일 말고 실시간 온라인 접속이 필요했다. 민호의 접속을 끌어내기 위해서는, 진아가 민호 말을 믿는 것처럼 이메일을 보낼 필요가 있었다. 그런데 생각해 보니, 민호가 1974년 메타버스로 미끄러졌다고 했는데 지금은 그 메타버스도 2019년이라고 했다. 민호가 지금 거의 김 교수 연배가 되었다는 건데 반말로 해도 되나? 진아는 애매했다. 어쨌든 자신이 민호라고 하니까 처음처럼 그냥 반말을 계속 썼다.

제 목 : Re:Re:Re:Re:Re:Re:Re: 진아에게

보낸 날짜 : 2019년 8월 20일 오전 9:36

보낸 사람 : 송진아

네가 있는 그 메타버스에서 우리가 만날 수 있을까?

네 언론사 RPG 메타버스 개발이 마무리되면 바로 알려줘. 정확하게 몇 날

몇 시에 접속할 건지 알려주면 그 시간에 나도 들어가 볼게.

밤사이에 박 화백의 「행복한 누렁이」 관련 뉴스는 다시 한번 뒤집혔다. 자기가 박 화백의 그림 「행누」를 그렸다는, 위조 화가 무애의 주장은 가짜라고 동화일보 추 기자가 터뜨렸다. 기사에 따르면, 무애가 가짜 그림을 그리는 위조 화가인 것은 맞지만 자기 몸값을 올리려고 거짓말을 했다. 그전에도 이중섭 화가의 위작을 자기가 그렸다고 몇 번 허풍을 떨었지만, 사실무근으로 밝혀졌다. 한번 위조 화가로 감옥에 갔다 오면 오히려 몸값이 치솟는 것을 노리고 이번에도 거짓말한 셈이다.

동화 TV의 시사 토크에 박 화백 전공자인 미대 교수와 두성 미술관 큐레이터가 나와서 「행누」는 박 화백의 진품이 틀림없다고 확인해 주었다.

박 화백 그림이 틀림없다는 「행누」가 첨부파일에서 언급한 민통선 박 화백 그림 중 하나인가 확인해 보기 위해 진아는 인터넷을 검색했다. 검색해본 결과 아닌 것 같았다.

「행누」는 원래 일본인 소장품이었다. 해방 전 금강산 근처의 처가에서 군청 서기로 일하면서 그림을 그린 박 화백은 군청의 일본인 상사에게 초기작인 「행누」를 선물했다. 해방과 함께 일본으로 흘러 들어간 「행누」는 나중에 재일교포 사업가의 손에 들어갔다.

그런데 재일교포 사업가가 사실은 야쿠자 오야붕이라는 소문이 있었다. 그가 박 화백 초기작품을 많이 소장하고 있었는데, 한국인 현지처가 빼돌리려다 칼에 맞아 죽으면서 핏자국이 묻었다는 괴담도 인터넷에 떠돌아다녔다. 박 화백 초기작품에 핏자국 비슷하게 붉은 방울이 작품 어딘가에 배어 있는 까닭이었다. 그래서 이 초기작품들을 '블러드 컬렉션'이라 부르기도 했다. 「행누」는 이른바 '블러드 컬렉션'에 속하는 작품으로 알려졌다. '블러드 컬렉션'은 그동안 심심치 않게 미술시장에 유통됐다. 그중 걸작인 「행누」가 2014년에 한국 미술품 경매시장에 나왔고, 그걸 두성 미술관이 50억 원에 낙찰받은 터였다.

진아는 「행누」가 첨부파일에 기록된 민통선 그림이 아닌 것으로 결론 내렸다.

김 교수와 민호 실종에 관한 기사는 하루 만에 대폭 줄었지만, 몇몇 매체에서만 다루면서 특정 측면이 더 두드러졌다. '쇼킹(ShowKing) 채널' 유튜버는 교수 연구비를 횡령한 민호야말로 교수에게 통쾌하게 한 방 날린 악동이라며 추켜세웠다. '데일리 페미' 여 기자는 진아의 성희롱을 부각하면서 그동안 지속적인 스토킹이 있었는지를 파헤쳐야 한다고 날을 세웠다. 나머지는 무시되면서, 기사는 점점 '악동' 혹은 '희생자'란 두 개 프레임에 담겨 색칠될 뿐이었다. 그 어떤 틀도 진아는 불편했다.

어쩐 일인지 민호 답변이 빨리 왔다. 점심 먹은 직후인 오후 1시쯤 민호한테 받은 이메일은 첨부파일이 없었다.

제　　목 : Re:Re:Re:Re:Re:Re:Re:Re: 진아에게

보낸 날짜 : 2019년 8월 16일 오후 1:14

보낸 사람 : alsgh_alstn@qxvzmail.com

오늘은 첨부파일이 없어. 「월간 대화」에 연재하려고 써놓았던 내 르포소설 원고는 지난번 첨부파일을 마지막으로 대충 수정을 끝냈거든. 오늘은 미처 못한 내 얘기와 향후 계획을 짧게 말해볼게.

개인적으로나 사회적으로 여기 메타버스에서는 모든 게 잘 풀려서 난 잘살고 있어. 1975년에 동화 언론투쟁이 성공해서 민주화를 달성했고, 남북통일도 이루어져서 경제적으로나 문화적으로 선진국에 진입했어. 유 팀장이 있었다는 '참혹한 메타버스'와 비교하면 여기는 '환상적인 메타버스'인 셈이지. 나도 잡지사 기자를 그만두고 공부를 시작했어. 대학원에 진학해서 동화 사태에 관한 구술사 연구로 박사 받고, 일찌감치 대학에 교수로 자리를 잡았지.

아 참! 깜박 잊고 이야기 안 했는데, 난 여기서 개명 신청해서 이름을 바꿨어. 호주제 논의가 일기 시작하던 무렵이니, 20년도 더 전이야.

아버지 얼굴도 본 적 없는 부계 쪽 이 씨 대신에 평생 나를 키워주신 이모의 성, 그러니까 내 모계 쪽 김 씨로 바꾼 거야. 성을 바꾸면서 이름도 아예 민호에서 민수로 바꿨어. 그나마 나를 아껴주고 챙겨주시던 김 교수님 이름을 따른 셈이지.

장년기 때부터는 김민수 교수로 이 세계에 살고 있는 거야. 내가 비록 이 세계에서 이름을 바꿔 김민수로 살지만 나는 원래 이민호라는 생각을 버릴 수 없었어.

그런 느낌을 더욱 받은 건 지난 학기 초에 진아 너랑 민호를 만난 일이야. 내 대학원 수업 듣는 학생 중에 민호와 진아라는 이름의 학생이 있어. 수업 첫 시간에 그 둘의 모습을 보고 난 충격 받았어. 민호는 바로 그 옛날의 어리바리한 내 모습이었고, 진아 너는 꿈에도 잊지 못하는 그 옛날의 네 모습 그대로였거든.

진아 너와 민호를 보는 순간 이곳이 메타버스란 내 확신은 더욱 굳어졌어. 그래서 이곳을 빠져나가려고 메타버스 개발에 박차를 가했지. 그게 내 산학협력 융복합 프로젝트였어. 내 메타버스 (정확하게는 더블-메타버스) 개발은 마무리됐어. 지난번 유 팀장 만난 이야기했잖아? 이 메타버스를 벗어나 진짜 현실로 돌아가는 방법에 대해 힌트를 얻었지. 이번에 1974년 메타버스로 들어가면, 짝귀 토끼를 찾을 거야. 짝귀 토끼를 따라가서 이스터 에그를 발견하면 이 메타버스를 완전히 벗어날 수 있을 거야.

이제 만반의 준비를 끝내고 다음 주인 2019년 8월 20일 오후 4시에 발표회를 하기로 했어. 이번에 온라인 RPG로 1974년 9월 더블-메타버스로 접속해서 이 메타버스 자체를 완전히 탈출할 거야. 45년 전 그때처럼, 조교인 민호에게 먼저 메타버스에 들어가서 짝귀 토끼가 있는지를 확인해 보게 하려고 해. 그러고 보니 교수님이 왜 그때 나를 데리고 굳이 오전에 리허설을 해보자고 했는지 이제야 이해가 되더라고.

그리고 왜 그때 김 교수님이 1,000만 원이나 내 통장에 이체했는지도 이해가 됐어. 어차피 진짜 현실에서 나는 민호가 될 테니까, 그 돈이 여기에서는 더 이상 필요 없게 되거든.

만약 성공한다면 이게 아마 이 메타버스에서 보내는 내 마지막 이메일이 될 것이고, 그곳에서 너를 다시 만날 수 있겠지? 진아야, 성공을 빌어줘!

민호 이메일에 진아는 어안이 벙벙했다. 벽에 머리를 심하게 부딪친 것처럼 한동안 멍했다. 지금까지 이메일을 보낸 사람이 민호가 아니었다고? 진아가 알고 있던 삶과 살짝 다르기는 하지만 김 교수였다고? 어쩐지 그동안의 첨부파일 내용이 김 교수 구술사 자료와 비슷한 것 같기는 했다.

강 경장에게 이메일을 제출한 진아는 첨부파일에 나오는 박흥복 선생에게도 보내야겠다고 생각했다. 도대체 어디까지가 사실인지 박 선생에게 확인해 보고 싶었다. 원래 동화일보 광고국 직원이었던 박흥복 선생은 광고대행사 카피라이터로 일하면서 틈틈이 동화도 쓰다가, 지금은 강원도 아침가리골 근처의 전원주택에서 살면서 동화창작에 전념하고 있었다. 지난번 동화 사태 관련 인터뷰 일정 잡느라고 연락한 적이 있어서 진아에게 전화번호가 있었다.

박 선생과 통화했다. 내일 마침 마포에 있는 갤러리큐 전시장에 갈 일이 있다고 했다. 그 근처 중국집에서 보기로 약속을 잡았다. 그동안 강 경장에게 제출했던 민호의 이메일과 첨부파일도 미리 보내줬다. 박 선생이 필요할 것 같아서였다.

경찰은 alsgh_alstn의 이메일을 전달받자 수사 방향을 급선회했다. 지금까지는 민호를 의심하고 찾는 것에 주력했는데, 이제는 김 교수 수색에 총력을 기울였다. 강 경장은 바로 IP 추적과 위치추적에 나섰다. 리서치파크 근처 어디인가까지는 나타났다. 근처의 카페나 피시방일 것으로 추정했다. 위치를 이동할 수 있어서 그 일대를 이 잡듯 뒤지기 시작했다.

8월 20일이면 오늘이었다. 민호, 아니 김 교수가 오늘 온라인 RPG를 통해 메타버스에 접속한다고 했다. 지금이라도 빨리 온라인 RPG에 접속해서 대기하기로 했다. 오후 3시쯤, 큐빅 연구실에 달려온 강 경장이 진아에게 메타버스에 접속해 보라고 했다.

진아가 메타버스에 접속해서 동화일보 기자 아바타로 설정하고 천천히 들어갔다. 저쪽에서 언론 화형식을 거행하는 게 보였다. 지난번 민호처럼 시위대에 휩쓸려 메타버스로 미끄러질까 봐 진아는 멀찍이서 서성거렸다. 한참을 기다려도 아무도 접속하는 사람이 없었다.

4시가 다 되었을 때 마침내 alsgh_alstn 아이디가 접속했다. 김 교수 같기도 하고 민호 같기도 했다. 그래픽이 조잡해서 누군지 확실치 않은 아바타였다. alsgh_alstn 아바타가 진아의 아바타는 본체만체하고 두리번거리며 뭔가를 찾았다. 이메일에서 말한 짝귀 토끼와 이스터 에그를 찾는 건가 싶었다. 진아 아바타가 가까이 다가가려 했다. alsgh_alstn 아바타는 다른 쪽으로 달려가더니 순식간에 사라졌다. 접속도 끊어졌다.

강 경장은 alsgh_alstn의 IP주소와 위치를 특정했다고 알렸다. 뜻밖에도 리서치파크 근처의 컨테이너 휴게실이었다. 강 경장이 사이버수사대에 인원 지원을 요청한 후 컨테이너 휴게실로 달려갔다. 진아도 강 경장을 좇아 나갔다.

강 경장과 진아가 도착한 컨테이너 휴게실은 원래 공사장 인부들 휴게실로 꾸민 곳이었다. 기존의 리서치파크 옆에 새로운 연구단지를 조성하는 중인데, 공사가 끝났지만 아직 철거하지는 않았다. 아마 리서치파크 공동 휴게공간으로 전환될 것으로 보였다.

컨테이너 휴게실 안에는 책상과 걸상이 있었다. 책상 위는 지저분했다. 무선 와이파이로 연결된 노트북이 있었고 RPG가 접속이 끊긴 채 열려 있었다. 컵라면과 즉석 죽, 그리고 편의점 도시락 쓰레기가 쓰레기통에 수북했다. 그 옆에 라꾸라꾸 접이식 간이침대도 펼쳐있었다. 간이침대에 한 사람이 넋 나간 사람처럼 멍하니 앉아 있었다.

"교수님!"

진아가 소리쳤다. 김 교수가 진아에게 고개를 돌렸다. 눈동자에 초점이 없었다. 진아가 김 교수를 부축했다. 조금만 건드려도 비명을 질렀다. 보아하니 김 교수는 골절상을 입고 탈진상태여서 움직이기 힘들어했다. 강 경장이 구급차를 불러 일단 병원으로 옮겼다. 진아는 강 경장과 함께 병원으로 따라갔다. 마 교수에게 연락했는데, 오늘 저녁에 중요한 약속이 있다면서 진아 혼자 가라고 했다.

병원에는 사이버수사대 경찰뿐 아니라 이른바 사이버렉카가 먼저 와 있었다. 도로 위 사고 현장에 경찰보다 먼저 달려오는 견인차 렉카처럼, 대중의 관심을 끌 만한 사건 현장에 경찰보다 먼저 달려와서 인터넷에 올리는 유튜버와 인터넷신문 기자였다. 뉴스 가치가 없다고 판단했는지 주요 언론사 기자는 하나도 없었다. 김 교수는 병실에 누워 링거를 꽂은 채 자고 있었다. 1시간 정도를 기다려도 깨어나지 않아서, 진아는 강 경장과 저녁을 먹고 오기로 했다.

구레나룻을 기른 쇼킹 채널 유튜버와 단발머리의 데일리 페미 여기자가 식당에 먼저 와 있었다. 진아와 강 경장은 두 사람과 합석했다. 두 사람은 강 경장과는 잘 아는 사이인 듯했다. 가만히 보니까 평소에도 강 경장은 수사 정보를 슬쩍슬쩍 흘리는 것 같았다. 자기 사건이 주목받도록 언론 플레이를 즐기는 눈치였다. 기자들은 강 경장을 익명의 소식통이라면서 취재원으로 활용했다. 지난번 추 기자한테 김 교수나 민호의 금융거래 정보를 흘린 것도 강 경장일 것으로 짐작했다. 구레나룻과 단발머리는 이미 민호 이메일과 첨부파일 내용도 대충 아는 듯싶었다.

저녁 식사를 마치고 병실로 돌아왔을 때 김 교수는 막 잠에서 깨어난 상태였다. 김 교수는 링거를 꽂은 채 반쯤 일으켜 세운 침상에 기대고 앉아 있었다. 진아를 보고도 멍한 표정이었다. 강 경장이 김 교수에게 이것저것 묻기 시작했다. 나흘 전에 왜 프로젝트 발표장에 나타나지 않았는지, 그동안 어디에 있었는지, 민호는 어디 있는지 등을 강 경장이 캐물었다. 김 교수는 아직 정신이 덜 든 것 같았다. 자신은 그동안 메타버스에서 현실로 왔다고 했다가, 그게 아니고 메타버스에서 그 바깥의 메타버스로 온 것 같다고 했고, 자신은 민호라고 했다가 김민수라고 하는 등 횡설수설했다.

"하긴, 자료를 보니까 김민수 교수님 원래 이름은 이민호였더군요." 강 경장이 말했다. "꽤 오래전이긴 한데, 개명신청을 해서 이름이랑 성을 바꾸셨더라고요."

이번에는 김 교수가 강 경장에게 여기가 어디냐며 이것저것 물었다. 설명을 듣고는 원래 자기가 살던 세계는 아닌 것 같다고 했다. 강 경장은 김 교수에게 연구비에 대해서도 추궁했다. 민호에게 연구비 1,000만 원을 계좌이체 했느냐는 질문에 김 교수는 2,000만 원을 직접 전달했다고 대답했다. 진아가 보아하니 강 경장은 김 교수 말을 별로 믿지 않는 눈치였다. 진아도 김 교수가 아직 정신이 혼미해서 그런가 싶었다.

그보다 강 경장은 김 교수가 민호랑 어떻게 헤어졌고 어디 갔었는지 집중적으로 추궁했다. 김 교수는 발표 당일 오전에 컨퍼런스룸으로 장비를 옮긴 후 마지막으로 시스템을 점검하다가 사고가 났다면서 실종 당시 상황을 설명했다.

"게임에 접속한 민호가 처음에는 두리번거렸습니다. 메타버스 속을 거니는 것처럼 천천히 컨퍼런스룸 안에서 제자리걸음을 했죠. 그런데 갑자기 기침을 하면서 토할 것처럼 헛구역질하더군요. 그러더니 컨퍼런스룸 밖으로 비틀거리면서 나가는 겁니다. 누가 자기를 쫓아오는 것처럼 콜록거리면서 막 달리는 거예요. 민호를 따라가 보았습니다. 달려가던 민호가 보도블록 옆의 턱 진 곳에 걸려 넘어져서 비탈길 아래로 나뒹굴었어요. 비탈길 아래로 내려가 봤죠. 민호가 썼던 헤드셋만 나뒹굴고 있고 민호는 보이지 않았어요. 난 직감했습니다. 민호가 옛날의 나와 마찬가지로, 시위대에 휩쓸려서 도망치다가 진짜 몸이 아예 메타버스 속으로 빨려 들어갔다는 걸 말이에요."

거기까지는 민호가 이메일에서 적은 상황과 비슷했다. 중요한 것은 그다음부터였다. 김 교수 말에 따르면, 비탈길 아래로 따라갔을 때 민호는 보이지 않았다. 무선 헤드셋만 나뒹굴어서 김 교수가 그걸 썼다. 김 교수 자신이 1974년의 메타버스 속으로 들어가려는 의도였다. 헤드셋을 썼지만, 아무것도 보이지 않는 암흑이었다. 아무래도 장비가 있는 컨퍼런스룸에서 너무 멀리 떨어져서, 무선 헤드셋 접속이 끊어진 것으로 생각했다. 김 교수는 컨퍼런스룸으로 가서 다시 접속해 보려고 헤드셋을 들고 일어섰다. 그때 저쪽에서 스케이트보드를 탄 소녀가 빠르게 달려왔다.

"잠깐만요. 아무래도 녹화하는 게 좋을 것 같네요. 신경 쓰지 마시고 편하게 얘기하세요."

그동안 스마트폰으로 여기저기를 찍던 구레나룻이 끼어들었다. 거치대 위에 DSLR 카메라를 고정시킨 후 영상녹화 버튼을 눌렀다. 강경장과 단발머리는 아까부터 스마트폰 녹음 어플로 녹음하고 있었다. 김 교수는 목이 마르다면서, 물 한 컵 달라고 해서 마셨다. 이제 뭔가 어마어마한 일을 털어놓을 것처럼 숨을 크게 들이쉬더니 이야기를 다시 이어 나갔다.

"거기서 난 엄청난 비밀을 알게 됐어요. 이 세계와 나에 관해서…."

녹화영상 파일_김 교수.mp4

스케이트보드를 타고 내 쪽으로 다가온 10대 소녀는 긴 티셔츠가 짧은 청바지를 거의 가렸어요. 토끼 모자도 썼더군요. 토끼 눈처럼 동그란 눈으로 나를 보고 미소 짓더니, 토끼 모자의 귀를 쫑긋거렸어요. 왼쪽 귀는 망가졌는지 오른쪽 귀만 서너 번 쫑긋거리더군요. 그걸 본 순간 내 머리에 단어 하나가 스쳤어요. 짝귀 토끼! 아하, 이게 유 팀장이 말하는 짝귀 토끼인가? 심장이 내려앉는 느낌이었어요.

소녀는 연두색 손목시계를 힐끔 보더니, 스케이트보드를 타고 리서치파크 길 건너편으로 달려갔습니다. 금방 리서치파크를 벗어나 굽은 길에서 꺾어져서 눈앞에서 사라지더군요. 스케이트보드를 타고 가는 소녀 뒤를 쫓아갔어요. 이 메타버스를 벗어날 이스터 에그를 이제야 찾는가보다, 하는 생각에 가슴이 쿵쾅쿵쾅 뛰었고요. 스케이트보드를 타고 달리는 소녀 따라잡는 게 너무 힘들었어요. 그래도 난 그야말로 죽기 살기로 뛰었죠.

소녀가 사라진 굽은 길을 따라 조금 달리니까 숨이 턱까지 차올랐어요. 심장에 무리가 오는 것 같더군요. 갑자기 구토가 나고 하늘이 노래지면서 다리가 풀리기 시작했지요. 발이 뒤엉켜 휘청거리다가 넘어져서 콘크리트 바닥에 머리를 부딪쳤어요. 잠깐 정신이 멍해졌죠. 금방 다시 깨어나 보니 저쪽에 허름한 휴게실 같은 컨테이너가 보였어요.

머리가 띵~ 했지만, 컨테이너 휴게실로 들어갔답니다. 밖에서 보던 것과 달리 컨테이너 휴게실 안은 뜻밖에도 화려하고 넓었어요. 5성급 호텔의 컨벤션 홀처럼 보였거든요. 넓은 홀에는 스무 개 가까운 원형 탁자가 놓여있었어요. 각 탁자 위에는 홀로그램 3D 영상이 돌아가고 있었고요. 각 홀로그램 3D 영상마다 내용이 달랐지만, 언뜻 보기에 전부 내 모습과 내 얘기인 것 같았습니다.

정면의 무대에는 대형 스크린이 펼쳐져 있었고 파워포인트가 켜져 있었죠. 무대 위 대형 스크린 옆에 토끼 모자를 쓴 소녀가 서 있더군요. 나한테 무대 바로 앞 맨 앞자리에 앉으라고 권하더니, 소녀가 발표 무대 위의 대형 스크린 앞으로 나왔어요. 프레젠테이션할 준비를 하는 거였어요.

저런 어린애가 프레젠테이션을 한다고? 이런 생각이 들었어요. 소녀의 표정은 내 생각을 읽은 눈치였어요. 발표할 때 사용하는 레이저 포인터로 내 눈을 쏘더군요. 눈이 부셔서 순간적으로 눈을 감았다가 떴죠. 그러자 토끼 소녀는 내 눈앞에서 중후한 비즈니스맨으로 변신했어요. 검은색 터틀넥 스웨터에 청바지를 입고 무선 마이크를 장착한 채 프레젠테이션을 준비하더군요. 그 모습은 한때 유행했던, 미국 IT 회사 CEO 스타일이었어요. 너무 올드하지 않나? 속으로만 중얼거렸는데 그가 다시 레이저 포인터로 내 눈을 또 쏘더군요. 비즈니스맨은 30대 커리어우먼으로 변했어요. 매력 있으면서도 신뢰가 가는 모습이었죠. 역시 내 생각을 읽었는지 미소 띤 얼굴로 발표를 시작했어요. 우리 뇌로 전달되는 시각 신호만 변형하면 사물은 얼마든지 다르게 보일 수 있다는 설명은 나중에 들었죠.

프레젠테이션하기에 앞서 발표자는 자신을 엠포엠엑스(M4MX)의 구운몽LSG 고객센터 직원이라고 소개했습니다. 정확하게는 고객응대를 위해 인공지능을 장착한 AI 챗봇이라더군요. 그 표정이나 몸짓에서 인간과 구별하기 어려운 휴머노이드였죠. AI 챗봇이 준비한 파워포인트는 크게 두 파트로 구성된다고 하더군요. 첫째는 회사 및 서비스 상품에 대한 안내, 두 번째는 내 서비스 이용 내역. 다소 복잡한 이야기여서 나도 이해하기 쉽지 않았어요.

우선 M4MX는 Metaverse for Memory Transformation, 즉 '기억변형을 위한 메타버스'의 약자입니다. 2060년에 설립된 회사라네요. M4MX에서 제공하는 서비스 상품이 구운몽 인생 시뮬레이션 게임(Life Simulation Game), 줄여서 구운몽LSG라고 했어요.

이 서비스 상품은 먼저 고객과의 인터뷰를 통해서 고객이 원하는 인생을 체험할 수 있도록 시뮬레이션 게임의 대략적인 스토리, 즉 시놉시스를 구성합니다. 시놉시스에 기초해서 디자인된 시뮬레이션 게임에서 고객은 자신의 아바타를 정해서 롤 플레이를 하죠. 이때 최대 아홉 번까지 해볼 수 있도록 아바타와 월드맵을 제공하기 때문에 구운몽LSG입니다.

메타버스에서 총 아홉 가지 버전으로 인생을 살아본 후, 그중에서 본인이 가장 흡족한 인생 버전이 선택됩니다. 선택된 그 메타버스의 기억은 고객의 뇌에 이식되어 고객은 자기 인생에 대해서 변형된 기억, 혹은 대체 기억을 갖게 됩니다. 주로 인생의 결정적 순간에 아쉬운 선택을 해서 미련이 많은 노인들, 특정 사건에 대한 트라우마로 고통스러워하는 사람들이 기억을 바꾸려고 많이 이용한다고 하네요.

AI 챗봇의 설명을 듣자마자 내가 질문을 했어요. 조작된 기억을 가지고 있다고 해도 현실에서 접하는 정보가 자신의 기억과 충돌하면 가짜라는 게 금방 드러나지 않겠느냐, 그 대체 기억이라는 게 작은 충돌에도 쉽게 부서질 수 있는 유리잔 같은 기억 아니냐고 말이죠. 그런 질문은 이미 많이 받았나 봅니다. AI 챗봇이 마치 준비된 답변처럼 거침없이 대답하더군요.

"그래서 저희 프리미엄 상품에는 후속적인 서비스가 풀 패키지로 포함됩니다. 고객의 변형된 기억과 부합되는 콘텐츠가 지속적으로 제공되죠. 고객을 그야말로 360도로 포위해서, 보고 듣는 모든 접점에서 제공됩니다. 콘텐츠는 신문이나 잡지 기사, 방송 드라마나 영화, 시사 다큐멘터리, 예능 및 교양 프로그램, SNS, 유튜브같이 다양한 미디어를 통해서 제공됩니다. 미디어 콘텐츠와 기억 사이의 부합도는 상당히 높은 편입니다. 알고리듬에 따라 거의 자동으로 콘텐츠가 생성되기 때문입니다. 고객이 보고 싶어 하고, 듣고 싶어 하는 취향과 선호도를 파악해서 말이죠. 보급형 저가 상품에서 미디어 콘텐츠가 제공되지 않아도 큰 문제는 없었습니다. 고객 스스로 본인의 기억에 부합되는 사실과 정보만을 찾아서 보기 때문입니다. 자기 기억과 어긋나는 내용은 보려 하지 않고, 보게 되더라도 무시해 버립니다. 사람은 자기가 보고 듣는 것이 자기가 알고 있던 것과 조화를 이루지 않으면 불안해하고 불편해하니까요."

"그래도 다른 사람과 만나서 얘기하다 보면, 자신의 기억이 조작되었다는 것을 알 수 있지 않을까요?"

내가 반문하자 AI 챗봇은 살짝 기분이 상한 표정을 지었어요. 감정 표현이 참 풍부한 휴머노이드더군요.

"자꾸 기억 조작이니 왜곡이니 하시는데, 여기 슬라이드에 보시는 것처럼 정확한 용어는 기억변형 또는 기억대체입니다. 아무튼 이 구운몽LSG 상품은 그래서 단체구매를 권장하고 할인 혜택도 드리고 있습니다. 주변의 가족이나 친구, 커뮤니티 맴버들끼리 한꺼번에 변형된 기억을 공유해야 더 효과가 크고 만족도도 높거든요. 심리상담도 개인보다는 가족이 함께 상담받으면 더 효과가 크지 않습니까?"

여기까지 첫 번째 파트에서 AI 챗봇은 회사와 서비스 상품에 대한 기본 설명을 마쳤습니다. 두 번째 파트에서는 내 서비스 이용 내역에 대해서 상담해줬어요.

AI 챗봇의 설명에 의하면 나는 2064년에 60대 후반의 노인인데 이 구운몽LSG 서비스를 구매했더군요. 프리미엄 상품도 있는데 중저가의 보급형을, 그것도 가족이나 친구와 같이 단체로 구매하지 않고 혼자서 구매한 것으로 보아, 노년이 그렇게 다복하지는 않은 것 같다고 하더군요. 아마 2019년 대학원생 시절에 중요한 프로젝트의 조교를 하다가 실수를 한 것 같다고 했어요. 같이 유학 가고 싶었던 첫사랑 여학생과도 그 여파로 헤어진 것 같았고요.

나와의 인터뷰를 통해서 구상한 내 구운몽LSG의 시놉시스는 이랬다고 합니다.

조교로 참여한 개발 프로젝트가 성공하고, 첫사랑 진아와 미국 유학 같이 가고, 거기서 박사 받고 자리를 잡은 후, 샌프란시스코 근처 해변에서 태평양으로 지는 노을을 바라보며, 손주들과 함께 낚시를 즐기는 노년의 풍경. 대략 이런 시놉시스에 기초해서 나는 인생 시뮬레이션 게임을 합니다.

그러니까 그동안 내가 진짜 현실이라고 믿고, 그토록 돌아가려고 발버둥 쳤던 2019년의 현실도 사실은 구운몽LSG가 제공한 메타버스 가상현실이었다는 거죠. 그 2019 메타메스에서 언론사 시뮬레이션 게임을 개발하는 김민수 교수의 조교 민호가 내 아바타였고요.

그런데 2019 메타버스에서 내 아바타인 20대 민호는 또 다른 1974년의 메타버스로 몸이 휩쓸려 들어가고 말았답니다. 김 교수가 개발한 시뮬레이션 게임을 점검하다 사고가 난 거죠. 그러니까 1974 메타버스는 2019년 메타버스 속의 메타버스, 즉 더블-메타버스라는 게 더 정확한 표현이겠죠.

그러고 보면 2019년 진짜 현실 속 진짜 몸이 1974 메타버스 속 아바타로 빨려 들어간 게 아니었어요. 그냥 2019 메타버스 속 아바타가 1974 더블-메타버스 속 아바타가 된 것뿐이었죠.

그 더블-메타버스에 갇혀 45년을 사는 동안 나 이민호는 개명해서 김민수가 됩니다. 간신히 더블-메타버스를 빠져나오니까 2019년에 어느덧 60대의 김민수가 됩니다. 원래의 시놉시스에 따르면 2064년에 60대 민호가 되어 진아와 행복한 노후를 보내야 하는 거잖아요? 그런데 2019년에 이미 60대 김민수가 되어버려서 인생 시뮬레이션 게임은 종료됩니다.

원래 기대한 시놉시스와 너무나 다른 결말에 실망해서 나는 게임을 리셋하고 다시 시작했지요. 이번에도 똑같이 2019년 메타버스에서 20대 민호 아바타로 시작합니다. 하지만 또 김 교수가 만든 1974 더블-메타버스에 45년간 갇히게 되고, 간신히 메타버스를 빠져나오면 어느새 2019년에 60대 김민수 교수가 되어 게임이 끝납니다.

매번 결과는 거의 비슷합니다. 그러기를 아홉 번. 구운몽LSG의 옵션을 다 썼지만, 여전히 만족스럽지 못합니다.

두 번째 구운몽LSG를 구매하면 50% 할인된다고 해서, 인생 시뮬레이션 게임을 아홉 번 더 합니다. 결국 총 18번, 더블-메타버스의 시간으로는 800년 넘게 인생 시뮬레이션을 했기 때문에 이제 그중 하나를 선택해서 기억 이식을 해야 하는 상황이고요.

이게 혹시 중저가 상품이다 보니 특정 구간에서 에러가 반복되는 버그 때문 아니냐고 내가 항의했습니다. AI 챗봇은 절대 아니라고 단언하더군요. 게임에 과도하게 몰입해서 생기는 현상이라고 했어요. 그래도 나는 고개를 갸웃했어요. 게임에서 내가 매번 비슷한 행동 패턴을 보이고 똑같은 실수를 한다는 게 믿기지 않았거든요. 내 질문에 AI 챗봇이 왼손을 입술에 갖다 대면서 말했어요.

"저희도 그게 참 신기했습니다. 민호로 리셋되어 기억을 다 지우고 새로 게임을 시작해도 비슷한 행동 패턴을 보이거든요. 아마 컴퓨터를 리셋해도 지워지지 않고 남아있는 고스트 데이터랑 비슷한 이치인 것 같습니다. 뭔가 운명이 정해진 것처럼 진아를 만나면 금방 사랑에 빠지고, 이상하게 김민수 교수에 이끌려 개명하고…. 하긴, 아무리 여러 번 실수해도 비슷한 상황이 오면 같은 실수를 반복하는 게 우리네 인생이기도 하죠."

물론 결말은 비슷해도 열여덟 가지 버전의 인생 시뮬레이션은 조금씩 달랐다고 했습니다. 그러면서 중앙 홀의 열여덟 개 탁자 위에 제각각 시연되는 홀로그램 3D 영상들을 보라고 권하더군요. 그건 내가 그동안 수행했던 여러 가지 버전의 메타버스를 요약해 놓은 영상들이었어요. 어떤 버전은 나쁘지 않은 인생이었고, 어떤 것은 참혹한 인생이었고, 어떤 버전은 환상적이었죠.

AI 챗봇은 고객들이 대체로 마지막 버전을 선택하는 경향이 있다고 귀띔해줬어요. 나중으로 갈수록 고객의 수행력이 향상되는 측면도 있겠죠. 그보다는 고객이 보고 싶고 듣고 싶은 콘텐츠를 제공하는 경우가 많다는 거예요. 데이터가 어느 정도 쌓이면 고객의 취향과 선호를 알고리듬으로 파악하게 되기 때문이죠.

AI 챗봇은 내게 은근히 권하더군요. 지금 겪은 마지막 메타버스를 선택해서 내 기억으로 이식하는 걸. 하지만 난 영 내키지 않았어요.

메타버스에서 내 아바타로 체험한 게임 내용을 내 인생의 기억으로 대체한다는 게 말이죠. 시뮬레이션 게임으로 변형시킨 '대체 기억'이라는 것도 '대안적 진실'이라는 말처럼 들렸습니다. 겉만 번지르르한 모델하우스 같았죠. 더구나 내가 진아와 사랑을 맺는 게 시놉시스의 핵심인데 그 스토리가 없다는 게 무엇보다 마음에 들지 않았고요.

"내가 원하는 장면은 하나였어요. 진아와 내가 모두 주름살 많은 노인이 되었을 때, 그 주름살을 푸근하게 가려주는 저녁노을을 함께 보는 것. 아홉 가지, 아니 열여덟 가지 인생 버전 중에 그런 풍경이 있는 건 하나도 없었나요?"

내 질문에 그가 고개를 가로젓는 걸 보고 난 다그쳤어요.

"꼭 부부가 아니어도 괜찮아요. 오랜 친구나, 동창생이어도 좋아요. 그저 인생의 황혼에 같이 노을을 보는 풍경이라도…."

"안타깝지만 없습니다."

"그러면 2064년으로 돌아가서 기억 이식 서비스를 받을 필요 없네요. 그동안 내가 진짜 현실이라고 믿었던, 2019 메타버스에 남는 걸로 끝낼게요. 여긴 그나마 20대의 진아가 있지 않나요? 2064년 진짜 현실로 돌아가 봐야 진아가 어디 있는지도 모르잖아요?"

AI 챗봇이 살짝 당황한 표정을 짓더니, 이런 경고 비슷한 말로 나를 달래려 했어요.

"2019 메타버스에 남으면 전혀 다른 기억을 갖고 여생을 보내실 텐데요. 어쩌면 개발 프로젝트에 실패해서 정신이 나가버린 미치광이 교수의 삶으로 기억될 겁니다."

"상관없어요. 검은 장미를 빨간 장미로 기억한다고 해서 장미의 색이 달라질까요? 아홉 번의 시뮬레이션 인생에 대한 기억이란 게 결국 아홉 개의 뜬구름 같은 꿈 아닌가요?"

"2019 메타버스에서는 20대 민호로 리셋하실 수 없는 것도 아시죠? 시뮬레이션을 열여덟 번이나 하셨기 때문에 이제 남은 옵션이 없거든요."

"알고 있어요. 20대의 민호가 아니라 지금 이 모습 이대로 60대의 김민수로 남을게요. 내가 진짜 현실이라고 믿었던 세계, 내 2019 메타버스로 보내주세요."

AI 챗봇이 나 들으라는 듯이 한숨을 쉬었어요.

"죄송하지만, 2019 메타버스도 원래 계시던 메타버스로 가실 수는 없습니다. 이미 다른 김민수 교수가 있기 때문이죠. 고객님이 가시면 설정 오류가 발생합니다."

"그러면 같은 2019 메타버스지만 현재 김민수 교수가 없는, 다른 버전의 2019 메타버스에서 살아야 한다는 건가요?"

"맞습니다. 거기엔 20대의 진아와 민호가 있습니다. 당연히 교수님을 못 알아보겠지만요."

그래도 내 의지는 확고했어요. AI 챗봇은 내게 '기억 이식 서비스 포기각서'를 내밀었습니다. 각서에 사인하자 레이저 포인터로 제 눈을 쏘더군요. 이번에는 꽤 강한 빛으로 오래도록 쏘는 것 같아서 나도 한참 동안 눈을 감았죠.

잠시 후 눈을 떠보니 이곳 병원이었습니다.

다섯째 날

김 교수의 이야기에 다들 황당해했다. 당분간은 안정을 취하는 게 좋겠다는 의사 소견에 따라 일단 김 교수를 병원에 입원시켰다.

김 교수는 자기가 다른 메타버스에서 왔기 때문에 alsgh_alstn 이메일과 첨부파일의 작성자는 자기가 아니라고 했다. 자기는 메타버스를 가로지르는 우체통에 진아에게 쓴 편지를 부쳤고, 자신이 작성한 동화일보 광고사태 구술사 자료는 미처 가져오지를 못했고, 그래서 자신이 있던 메타버스에 남겨두고 왔다고 주장했다.

진아는 김 교수 이야기가 민호가 보낸 이메일뿐 아니라, 어디선가 읽은 SF소설이나 영화랑 설정이 비슷하다고 느꼈다.

강 경장을 비롯한 사이버수사대는 김 교수 주장은 고려해볼 여지도 없는 것으로 묵살했다. 디지털 포렌식 결과에 근거한 판단이었다. 컨테이너에서 발견된 낡은 노트북에 첨부파일 및 그 이전 초고 파일들이 복구됐다. 김 교수가 카페 등을 돌아다니면서 그 노트북으로 진아에게 이메일을 보낸 것으로 드러났다.

alsgh_alstn 이메일도 김 교수의 이메일 계정으로 판단했다. 처음에는 골절상으로 잘 움직일 수 없어서 컨테이너 휴게실에서 와이파이로 접속했다가, 어느 정도 몸을 추스르게 되자 근처 카페나 PC방에서 접속한 것으로 추정했다. 아마 사이버수사대의 IP 추적을 피하려고 그랬을 것으로 생각했다. 이 세상이 메타버스라는 망상에 빠진 김 교수가 이 메타버스를 빠져나가기 전에 자신의 구술사 자료를 이메일에 남기려 했던 것으로 해석했다. 메타버스 속 김 박사가 쓴 메일이 진짜 현실 세계의 진아에게 전달된다고 하니까, 나중에 김 박사가 진짜 현실 세계에 갔을 때도 볼 수 있을 것으로 기대했을 터였다.

날이 밝자 벌써 김 교수 관련 기사와 영상이 올라왔다. 단발머리 기자와 구레나룻 유튜버는 사이버렉카답게, 밤사이에 기사 작성하고 영상편집을 완료해서 인터넷에 올렸다. 이미 민호의 이메일과 첨부파일 내용을 대략 알고 있던 두 사람이기에 누리꾼들의 구미가 당기게 포장했다. 물론 두 미디어는 김 박사 이야기를 전혀 다른 틀에 담아 완전히 다르게 색칠했다.

구레나룻은 김 교수 말을 액면 그대로 받아들였다. 쇼킹 채널 중에 '세상에 그딴 일이! 시리즈1. 멀티-트리플-메타버스 다중우주에서 온 사나이'라는 제목으로 김 교수 사연을 다뤘다. 전체적으로 TV 시사 프로그램처럼 진행자가 묻고 구레나룻이 알려주는 형식으로 진행했다.

김 교수가 이야기하는 장면은 모자이크와 음성변조로 처리한 후

중간중간 삽입했다. 침상 옆에서 김 교수의 이야기를 듣는 진아도 영상에 등장했다. 얼굴이 모자이크로 처리되기는 했지만, 진아의 목덜미와 가슴 및 허벅지 등이 불필요하게 부각됐다. 김 교수의 메타버스 이야기는 다중우주로 해석하고 진아는 '천년의 연인'으로 채색했다.

뒷부분에서 구레나룻은 이해를 돕기 위해 각 인물에 대한 부호와 그림까지 준비했다고 하면서 신나게 떠들었다.

- 그러니까 김 교수 말에 의하면, 이곳은 메타버스라는 거네요? 2064년 진짜 현실 세계에서 제공하는 구운몽LSG의 2019 메타버스.

유튜브 영상 속 진행자가 묻자 구레나룻이 대답했다.

- 맞습니다. 이 세상이 메타버스라는 주장은 이미 테슬라의 CEO 일론 머스크도 했었잖아요?

- 그랬죠. 저희가 그림을 준비했거든요. 그림 보면서 알기 쉽게 설명해 주시죠.

여러 메타버스를 도표와 부호로 정리한 파워포인트 그림이 영상에 나타났다. 화살표 모양의 마우스 포인터로 그림 속 부호를 짚으면서 구레나룻이 뭐라고 설명하다가 귀찮은지 마우스 포인터를 걷어 버렸다.

- 그냥 간단하게 말할게요. 여기 있던 민호는 다른 메타버스로 굴러떨어져 김 교수가 되었고요, 여기 있던 김 교수는 구운몽LSG를 리셋해서 민호가 되었다는 겁니다. 민호가 김 교수가 되고, 다시 김 교수는 민호가 되는 과정을 18번이나 반복했다는 거죠.

- 이번에 나타난 김 교수는 다른 메타버스에 있던 민호가 온 거라는 거죠? 그럼 나중에 민호가 여기 나타난다고 해도 여기 원래 있던 민호가 아닐 수 있겠네요?

- 그렇죠. 또 다른 메타버스에서 온 민호일 가능성이 커요.

- 그러고 보니 2019년에 있던 민호의 진짜 몸이 1974년 메타버스 속 아바타로 빨려 들어갔다는 주장도 이제 이해가 되는군요.

- 짐작하셨나요? 2019년의 민호도 어차피 진짜 현실 속 진짜 몸이 아니었어요. 메타버스 속 아바타였던 거죠. 메타버스 속 아바타가 더블-메타버스 속의 또 다른 아바타가 된 것뿐이었던 거죠.

유튜브 속 진행자가 마치 TV 다큐 프로그램의 진행자 말투를 흉내 내면서 물었다.

- 그런데 말입니다. 구운몽LSG 서비스가 종료되면 메타버스도 끝나는 거 아닌가요? 우리가 사는 이 세계가 메타버스이고, 우리도 일종의 아바타라면서요? 김 교수가 18번 옵션을 다 쓴 후에 구운몽LSG를 종료했다면, 우리 여기 이 메타버스도 끝나야 하는 거 아닌가요?

- 김 교수가 한 말에 힌트가 있어요. 토끼 소녀를 따라서 컨테이너에 들어가니까 원탁 위에 홀로그램 3D 영상이 18개 있었다고 했죠? 거기에 여러 버전의 인생이 돌아가고 있다고 했어요, 마치 영화처럼…. 진짜 현실 세계에서는 구운몽LSG를 종료했어도, 한번 구동되는 메타버스 가상현실 세계는 계속 돌아가고 있는 거죠. 멀티플렉스 영화관을 떠올려보세요. 영화 틀어주는 기사가 영화를 틀어놓고 나

갔거나, 또는 관객이 이제 그만 보겠다며 중간에 영화관을 나왔다고 해보세요. 그래도 여러 스크린에서 영화는 계속 상영되고 있는 거 아닌가요? 18개 상영관이 있는 멀티플렉스 영화관에서, 18개 영화 속 인물들은 여전히 총 쏘고 사랑을 나누는 것과 비슷한 이치죠. 진짜 현실의 시간과 상관없이, 이곳 가상현실 속 시간은 지속되는 겁니다.

진행자가 파워포인트 도표 속에 점선으로 표시된 부분을 가리키며 말했다.

- 이 점선 표시는 뭐죠? 아! 구운몽LSG를 제공한 2064년도 진짜 현실이 아니다?

- 그것도 확신할 수 없죠. 2064년도 진짜 현실이 아닌 메타버스 가상현실일 가능성이 커요. 이를테면 메타버스 기술이 더 고도화된 2150년쯤에 2064년 메타버스로 설정된 가상현실이 아니라고 누가 장담할 수 있을까요?

설명을 듣다 보니 머리가 더 복잡해져서 진아는 유튜브 영상을 껐다.

이번에는 단발머리 기자가 쓴 데일리 페미의 기사를 클릭했다. [단독]이란 글머리에 '충격! 다중인격 교수에게 스토킹 당한 조교'라는 제목이 달린 기사였다. 기사를 급하게 쓰느라 그런지 오탈자가 많이 보였다. 기사는 김 교수 이야기를 기본적으로 해리성 정체성 장애(Dissociative Identity Disorder), 즉 다중인격자로 틀 지으면서 리셋 증후군이 가미된 증상으로 해석했다. 밤사이에 정신과 전문의의 인터뷰까지 따면서 김 교수의 해리성 정체성 장애 증상을 분석했다. 진아는 첫 부분의 기사 요약 문구를 눈으로 훑어보다가, 기사 중간의 정신과 전문의의 인터뷰 부분을 꼼꼼하게 읽었다.

오정신과의원 오영숙 원장의 진단에 따르면, 김 교수는 해리성 정체성 장애를 겪으면서 세 개의 인격으로 분화됐다. 김 교수는 이 조교라는 제2의 인격으로 분화된 상태에서, 자신을 이 조교와 동일시했다. 그 결과 이 조교 동기인 송 조교에게 부적절한 스킨십을 시도하고, 호감을 표출한 이메일을 계속 보내면서 스토킹했다.

그러다가 잠적 나흘 만에 나타나서는 이번에는 자신이 다른 메타버스에서 온 또 다른 김 교수라고 주장했다. 제3의 인격까지 분화된 것이다. 연구 프로젝트 실패에 대한 중압감, 오랜 세월 마음대로 풀리지 않는 인생에 대한 좌절감 등으로 인해서, 모든 인생을 리셋해 버리고 싶은 현대인의 리셋 증후군이 표출된 결과였다.

그런데 송 조교가 병원까지 김 교수를 따라온 걸로 보아서, 가스라이팅 당했을 가능성도 배제할 수 없다고 오 원장은 진단했다. 학교 당국이 피해자와 가해자 분리와 같은 적절한 조치를 취하지 않음으로써 사태를 악화시킨 것으로 진단했다.

기사에서는 다중인격인 김 교수가 망상이라기에는 너무 정교한 다중우주 이야기를 늘어놓는 것 아니냐는 의문을 제기하기도 했다. 이에 대한 전문의의 소견도 보태졌다.

오 원장은 김 교수의 이야기 정도는 SF 영화나 웹소설에서 흔히 보는 설정이고 세계관이라고 치부했다. 진짜 현실인 줄 알았던 세상이 알고 보니 가상현실이거나 꿈이라는 설정은 영화 「매트릭스」를 비롯해서 장자의 호접몽(胡蝶夢) 같은 이야기부터 지겹도록 반복되어온, 닳고 닳은 클리셰라는 것이다. 메타버스 개발에 몰입했던 김 교수가 그런 클리셰에 단지 메타버스를 살짝 가미한 게 구운몽LSG 이야기라고 보았다.

이 대목에서 오 원장은 사라진 이 조교에 대해서도 주목할 필요가 있다고 지적한다. 이 조교가 웹소설을 쓴 적이 있을 정도로 SF 덕후였고 김 교수와 평소 이야기를 많이 나눈 것으로 알려져서, 김 교수의 망상에 영향을 미쳤을 가능성이 크다는 것이다.

쇼킹 채널과 데일리 페미가 포털에 뜨자 금방 비슷비슷한 영상과 기사가 쏟아지면서 인터넷이 뜨겁게 달궈졌다. '다중우주'인가, '다중인격'인가? 진아는 '천년의 연인'인가, '스토킹 피해자'인가? 기사와 영상의 조회 수가 폭발하고 댓글이 줄줄이 달렸다.

H대학 미컴과가 원래 '스토킹 왕국'이라느니, 재작년에도 조교 성희롱이 있었는데 학교 당국에서 쉬쉬하면서 덮어버렸다는 루머도 돌았다. 유튜버 영상에서 진아의 몸매를 탐닉하듯 드러내면서, H대학 방송연예과 여학생들이 서울의 이른바 '텐프로'라고 주장하는 뜬금없는 영상이 덩달아 조회 수를 올렸다. 조회 수가 폭발하자 비슷한 내용의 후속편을 예고하며 클릭을 유도하는 낚시질을 계속했다. 데일리 페미는 다중인격과 스토킹 위험에 대한 5회 연속 기획을 예고하면서, 순식간에 광고가 엄청 늘어난 게 확연히 느껴졌다. 쇼킹 채

널은 '그것이 알기 싫다? 다중우주에 관한 불편한 진실' 후속 영상을 예고하면서 '구독'과 '좋아요' 및 '알림 설정'을 당부했다. 다음 주 슈퍼챗을 예고하면서 모금액이 지금까지의 기록인 5천만 원은 쉽게 깰 수 있을 것으로 기대했다.

「행복한 누렁이」 관련 기사도 밤사이에 또 한 번 뒤집혔다. '기자와 홍보실의 수상한 거래'라는 제목의 기사를 『내일미디어』에서 터뜨렸다. 그 기사도 진아는 눈으로 훑어봤다.

위조 화가가 허언증이 있는 가짜라고 보도한 추 기자가 두성그룹 홍보실장으로부터 돈 3천만 원을 꾼 후 아직 갚지 않았다는 게 폭로의 주 내용이었다. 이것은 명백히 뇌물이고 김영란법 위반이라고 했다. 추 기자는 뇌물이 아니라 빌린 것이라면서 차용증까지 공개했지만, 1년이 지나도록 돈 갚은 영수증은 제시하지 못했다. 추 기자는 홍보실장이 취임할 때 '형광등 100개를 켠 것 같은 아우라' 운운하는 문자도 보냈던 것으로 드러났다. 역시 기레기의 끝판왕답다고 하면서 다들 혀를 찼다.

그러면서 「행누」의 진실은 미궁에 빠졌다. 자기가 박 화백 가짜 그림 그렸다는 가짜 화가의 주장이 가짜라고 폭로한 기자가 관련 기업체로부터 뇌물을 받은 셈이었다. 「행누」는 진짜인지 가짜인지, 진짜라면 누구 소유였는지, 은행 돈 빼내서 정말 선사연의 양 원장에게 주었는지, 그 돈으로 비자금을 조성했는지…. 미궁에 빠진 사건에 대중은 슬슬 피로감을 호소하기 시작했다.

어제 약속한 대로 진아는 흥복을 만나러 갤러리큐 근처 중국집으로 갔다. 이미 점심시간이 지난 오후 1시라 중국집은 한산해지기 시작했다. 오늘은 흥복으로부터 긴 이야기를 들어야 할 것 같아서 조용한 룸으로 들어가서 짜장면과 짬뽕, 그리고 고량주와 군만두를 시켰다.

흥복은 김 교수와 인터뷰를 한 후 김 교수가 쓴 구술사 초고를 보내줘서 읽어본 적이 있다고 말했다. 이번에 받은 첨부파일이 김 교수의 초고와 표현이 좀 다르지만, 내용은 거의 비슷하다는 소감도 밝혔다. 민호가, 아니 김 교수가 진아에게 보낸 이메일에 관해서도 이야기했다. 흥복은 동화 언론투쟁이 '절반의 성공'이라는 김 교수 평소의 생각이 드러난 것으로 보았다. 일종의 대체 역사로 읽힌다는 말도 덧붙였다. 유 팀장이 살았다는 '참혹한 메타버스'와 민호가 산다는 '환상적인 메타버스'는 동화 언론투쟁이 완전히 실패한 세상과 완전히 성공한 세상에 대해 김 교수가 상상한 것으로 해석했다.

특히 마지막 첨부파일과 이메일에서 박 화백 그림 발굴이 성공한 것으로 끝난 것은 김 교수의 안타까움과 소망을 표현한 것이라고 말했다. 왜냐하면 박 화백 그림 찾기는 결국 실패했기 때문이었다.

흥복은 그날의 진실에 대해서 본격적으로 털어놓을 작정을 하고 나온 것 같았다. 고량주를 한 잔 입에 털어 넣더니, 마지막 첨부파일 그 이후의 이야기를 풀어놓기 시작했다. 김 교수가 차마 기록하지 못한 이야기였다.

박 화백 그림을 찾았다는 연락을 받은 흥복은 연이 일행이 내려오기를 기다렸다. 장마가 본격적으로 시작된다더니 금방이라도 비가 쏟아질 것 같았다. 장맛비가 쏟아지기 전에 찾아서 다행이란 생각이 들었다. 환희의 전율이 아직도 등줄기를 따라 달리는 느낌이었다. 미치도록 찾고 싶었던 그동안의 갈망이 이제야 해소되면서, 그것이 가져다줄 결실도 줄줄이 떠올랐다.

앞으로 이런 식의 메세나 활동을 계속 벌이면 기업광고비를 벌충할 수 있겠지? 무릎 꿇으려던 김 고문은 다리가 다시 뻣뻣해지겠지? 언론자유의 후원자로 행세하며 기자들 편에 서려나? 돌아가면 그림 발굴에 관한 동행취재 기사를 써야겠지? 그럼 혹시라도 취재기자로 옮길 가능성이 생길 수 있지 않을까? 연이도 두성 선전실에서 처음으로 대리를 달 수 있겠지? 꼬리에 꼬리를 무는 달콤한 상상이 고삐 풀린 망아지처럼 머릿속을 헤집고 달렸다.

고방산 초소로 갔던 지프차가 배나무다리 근처인 이곳으로 올라오는 게 멀리 보였다. 12시에 지프차를 타고 돌아가기로 했으니까 연이 일행이 조금 있으면 돌아오겠지, 생각했다.

그때였다.

두타연계곡 쪽에서 쾅! 하는 폭발음이 들렸다.

불길한 예감이 흥복의 뇌리를 후려쳤다. 빗방울이 평상 바닥 위를 후드득후드득 때리기 시작했다. 빗방울은 금방 장대비가 되어 자갈길에 내리꽂혔다. 지프차가 배나무다리 옆 평상에 도착했다. 지프차에서 내린 운전병은 지뢰 터지는 소리 같다며 배나무다리를 건너 뛰어갔다. 쏟아지는 빗줄기를 뚫고 두타연계곡 쪽으로 질주했다. 흥복도 쩔뚝이며 운전병을 쫓아갔다. 번개가 번쩍였다. 곧이어 천둥소리가 번개 뒤를 따라왔다.

저쪽에서 피투성이가 된 춘식을 운전병이 부축해서 데려오는 게 보였다. 피가 빗물에 씻겨 흐르면서 춘식의 걸음마다 땅바닥을 붉게 물들였다. 탁 소장이 그 뒤를 따라왔다. 탁 소장 손에 커다란 나무통이 들려있었다. 박 화백 그림이 담긴 화구통일 것으로 직감했다.

연이가 보이지 않았다.

지뢰가 정말 터진 건가? 흥복은 목소리를 떨지 않으려고 목구멍에 힘을 주고 물었다.

"이연이 씨는요?"

탁 소장이 입안으로 흘러 들어가는 빗물을 손으로 씻어내면서 더듬거렸다.

"그게… 미스 리가 지뢰를 밟았지 뭐야. 계곡물에 떠내려온 목함지뢰인 것 같아. 얘는 파편을 맞는 거고. 내가 그렇게 조심하라고 일렀는데…. 그림을 찾은 미스 리가 너무 좋아서 조심성이 없어졌는지…."

"그걸 말이라고 해요?"

흥복이 소리 질렀다.

운전병에게 부축받는 춘식을 힐끔거리면서 탁 소장은 말을 제대로 뱉지 못하고 계속 우물거렸다.

"계곡 옆 철조망에 사각형 지뢰 표지가 있더라고. 그 근처에 얼씬도 하지 말라고 했거든. 그런데 빨리 내려가야 된다면서 그쪽으로 내려가는 거야. 그러다 계곡 쪽으로 미끄러지면서 그만….”

지뢰 조심하라는 말을 귀에 못이 박히게 했다면서, 탁 소장이 그야말로 비 맞은 중처럼 웅얼거리며 횡설수설했다. 피투성이가 된 춘식은 오른팔이 너덜너덜했다. 지뢰 파편을 맞고 혼비백산했는지 얼굴에 핏기가 다 사라졌다. 흥복이 탁 소장 멱살을 잡고 흔들었다.

“그래도 그렇지, 그냥 버려두고 왔다는 거예요?”

흥복이 절뚝거리면서 두타연계곡으로 올라가려 했다. 탁 소장이 흥복의 소매를 붙잡고 고개를 좌우로 세차게 흔들었다.

“그 자리에서 폭사했어. 사지가 참혹하게 찢겼을 거야. 들어갈 엄두가 나지 않더라고. 거긴 지뢰밭이거든.”

탁 소장은 말을 잇지 못했다.

정신을 잃은 춘식을 운전병이 지프차에 태웠다. 탁 소장과 흥복에게 어서 타라고 재촉했다. 탁 소장이 먼저 지프차에 올랐다. 운전병이 흥복을 잡아끌어 지프차에 억지로 태웠다. 쏟아지는 비를 뚫고 지프차가 초소를 향해 달렸다. 흥복은 자꾸 두타연계곡 쪽을 뒤돌아보았다. 빗물인지 눈물인지 모를 물줄기가 눈가에서 흘러내렸다. 미끄러운 자갈길에 지프차가 덜컹거리면서 눈앞이 요동치고 아무것도 눈에 들어오지 않았다.

양구로 돌아와 춘식을 응급조치한 후, 춘천의 큰 병원으로 옮겼다. 파편 맞은 오른팔을 절단해야 했다. 흥복은 동화의 고 국장과 두성의 최 실장에게 연이 사고 소식을 전화로 보고했다.

다음날 동준의 브리사 자가용으로 최 실장과 함께 연이 부모님이 양구로 달려왔다. 하지만 민통선 안으로 들어갈 수는 없었다. 하늘에 구멍이라도 난 것처럼 사흘 내내 장대비를 퍼부었기 때문이다. 다들 발을 동동 굴렀지만, 부대에서 민통선 출입을 철저히 막았다. 나흘째 되는 날 빗줄기가 조금 가늘어졌다. 부대에서는 형식적으로만 한 번 연이 시신 찾는 수색작업을 벌였다. 지뢰 폭발로 산산이 부서졌을 연이의 시신은 불어난 계곡물에 벌써 떠내려가 흔적도 찾을 수 없었다. 두타연계곡 수입천 물줄기를 따라 파로호로 떠내려갔을 거라고들 했다.

시신을 수습하지 못해서 장례도 못 치르는 걸 연이 부모는 비통하게 여겼다. 동준 차로 수입천 물줄기를 따라 파라호 근처로 가다가, 호수가 잘 보이는 언덕에서 잠시 내렸다. 우산을 쓰기도 애매한 는개가 살갗을 적시면서 온몸에 스며들었다. 연이 아버지의 부축을 받으며 파라호를 바라보던 연이 엄마는 가슴을 쥐어뜯으며 꺼이꺼이 울었다. 는개에 젖어 눈물처럼 눈 앞을 가리는 빗물을 흥복은 자꾸 닦아내야 했다. 산산이 부서져 파라호에 가라앉았을 연이 시신을 생각하니, 자신의 온몸도 갈가리 찢겨 파라호에 수장된 느낌이었다.

빗줄기와 함께 스며든 회한이 뼛속에 파고들었다.

지뢰밭 천지인 계곡에 연이를 보내는 게 아니었는데. 발목뼈가 부서지는 한이 있어도 내가 계곡을 뒤졌어야 했는데. 아니 처음부터 연이랑 민통선에 들어가는 게 아니었는데. 민통선의 박 화백 그림을 발굴해서 동화 사태 해결하겠다고 나서는 게 아니었는데….

뼛속을 파고들기 시작한 회한은 흥복의 심장까지 후벼 팠다. 지난번 그린불 이벤트도 괜히 자신이 동화와 엮자고 해서 엎어져 버렸고, 자신이 접수해서 만든 육군 중위 광고 때문에 농성의 방아쇠도 당겨진 것 같았다. 뭔가를 해보겠다고 애면글면 오지랖 떨 때마다 더 큰 수렁에 빠졌다는 자책감에 흥복의 슬픔은 바닥을 알 수 없는 파라호처럼 깊어졌다.

열흘 정도 지난 후 탁 소장은 화구통을 흥복에게 보냈다. 민통선 안에서 찾았다는 박 화백 그림 35점이 들어있었다.

흥복을 통해서 그림을 받은 김 전무는 열흘이 다 가도록 아무 반응이 없었다. 가만히 보니까 민통선 그림 발굴 자체를 없었던 일로 덮어버리려는 것 같았다. 민간인 출입이 통제된 민통선 안에서 민간기업 여직원이 지뢰 밟고 죽은 게 드러나는 걸 꺼리는 눈치였다. 두성식품이랑 군부대도 쉬쉬하는 분위기였다. 동화일보에서 민통선 취재한다고 해서 허가했는데 왜 엉뚱한 사람들이 민통선에 들어갔는지, 고방산리 초소 너머 민통선은 민간인 세 명만 출입할 수 있는데 왜 네 명이나 들어갔는지 등을 추궁받을 게 두려운 듯했다.

그림을 보낸 지 한 달이 다 되도록 아무 반응이 없자 김 전무를 직접 만나겠다며 탁 소장이 흥복을 찾아왔다. 오른팔을 절단해서 깁스한 춘식까지 끌고 왔다. 동정심에 호소하려는 눈치였다.

흥복의 안내로 탁 소장과 춘식은 고 국장과 함께 김 전무실로 들어갔다. 20분 정도 지나서 탁 소장과 춘식만 나왔다. 화를 참지 못해 얼굴이 벌게진 탁 소장은 식식거리면서 나갔다. 탁 소장을 따라 나가던 춘식이 흥복 앞에서 머뭇거렸다. 전무실에 남아있는 그림을 갖다 달라고 부탁했다.

흥복이 전무실로 들어갔다. 김 전무는 화구통 위에 널려있는 그림 중 하나를 진사 노새 보듯 유심히 보고 있었다. 시골집 마당에서 누렁이가 늘어지게 낮잠을 자는 그림이었다. '역시!' 하며 붓 자국을 손가락으로 쓰다듬는 김 전무에게 흥복이 조심스럽게 말했다.

"저… 박 화백 그림 돌려달라고 하는데요."

김 전무가 흥복을 힐끗거리더니 보던 그림을 화구통 위에 던졌다.

"그래 뭐… 이젠 이런 그림 필요 없으니까. 박 대리도 얘기 들었지?"

흥복도 들은 얘기가 있어서 말없이 화구통에 그림들을 챙겨 넣었다.

"조만간 광고사태 해결될 거야. 중정 양 실장 만나서 쇼부쳤거든."

김 전무 말로 미루어보아, 얼마 전 중앙정보부 간부를 만난 모양이었다. 한 달 전부터 동화일보 사장과 주필이 중정 부장이나 차장을 만나자고 해도 만나주지 않은 건 다들 아는 일이었다. 이번 광고사태를 주도한 실질적 책임자가 중정 기획조정실의 양 실장인 걸 김 전무가 알게 됐다. 몇 번 간청 끝에 양 실장을 만났다는 소문은 흥복도 들었다.

"우리 고 국장 공이 아주 커. 요즘 광고모델로 잘 나가는 신인 여배우 두 명을 대기시키더라고. 강원도 별장 가서 아주 화끈하게 접대했지."

김 전무가 추켜세우자 고 국장 입이 헤벌쭉해졌다.

"내가 양 실장한테 단도직입적으로 말했어. 앞으로는 각하 거슬리게 하는 일 없을 거라고. 꼴 보기 싫은 기자 놈들 다 정리했으니까."

김 전무가 파이프 담배를 꺼내 지포 라이터로 불을 붙였다.

"근데 사설은 어떻게 하죠?" 고 국장이 문득 생각난 듯 물었다. "'동화의 결의와 진로'라는 사설을 하나 실으라고 하는데, 그건 편집국장 소관이잖아요?"

"그래서 내가 나중에 각서 하나 써서 보내줬어. 아주 화끈하게 썼어. 각하께 송구스럽고, 앞으로 자유언론 어쩌고 하는 일이 다시는 일어나지 않게 하겠다고 서약했지."

속에서 치밀어 오르는 걸 억누르면서 흥복은 말없이 그림을 챙겨 화구통에 넣었다. 흥복이 들으라는 듯 그동안 있었던 일을 과시하던 김 전무가 주먹으로 책상을 쳤다.

"이번엔 수모를 당했지만, 앞으론 어림없어! 우리가 권력을 주무르는 세상이 될 거니까. 두고 보라고. 내 죽기 전에 그런 세상 꼭 만들고 말 테니까!"

김 전무가 라이터를 손으로 꽉 움켜쥐고 담배 연기를 세차게 내뿜었다. 온갖 쓰레기를 넣고 태울 때 나는 냄새처럼 역겨운 담배 냄새가 허공에서 스멀거렸다.

"그럼요! '밤의 대통령'이란 소리 들으셔야죠. 흐흐…."

뱀의 비늘처럼 미끈거리는 웃음을 흘리며 고 국장이 두 손으로 무릎을 비볐다.

그림을 다 챙겨 넣은 흥복은 화구통을 들고 전무실을 나왔다. 1층 광고국에서 기다리던 춘식에게 흥복이 화구통을 건네주었다. 춘식이 뭔가를 더 말할 것처럼 흥복 앞으로 몸을 숙였다. 그러자 탁 소장이 빨리 가자며 신경질을 냈다. 춘식이 나가면서 흥복을 힐끗 돌아봤다. 그 얼굴이 뭔가 개운치 않은 표정이었다. 그게 춘식과 탁 소장 마지막 모습이었다.

7월 하순부터 동화에 기업광고가 나가기 시작했다. 한일약품과 안진양행의 제약 광고를 시작으로 굵직굵직한 기업들의 5단 광고와 10단 광고가 동화일보에 실렸다. 동화방송도 광고 방송을 재개했다. 사설은 아니지만 '동화의 다짐'이라는 제목의 사고(社告)가 신문에 게재되었다. 유신헌법은 우리가 수호하고 실천해 나가야 할 민족의 정신이라는 주장과 함께, 광고 해약 사태라는 불행한 과거를 극복하기 위해서 앞으로 긴급조치 9호를 준수하겠다는, 굴욕스러운 다짐이었다.

동화투위를 결성한 해직 기자들은 동화에 복직을 요구했다. 김 전무가 내건 해고의 명분은 광고 해약으로 인한 재정 악화였다. 경비 절감을 명목으로 인원 감축하겠다는 것이었다. 이제 광고가 정상화되어 재정 악화 문제는 없어졌다. 그렇다면 경비 절감을 이유로 해직된 직원들을 복직시켜 달라는 것이 해직자들의 요구였다.

회사는 인사명령을 공지했다. 무기 정직 처분을 받고 동화투위 활동을 했던 동화일보와 동화방송 직원들도 전부 '해임'한다는 내용이었다. 해직자들이 동화로 돌아올 수 있는 다리를 완전히 불태워 버렸다.

그 결과 직원의 절반 가까이가 해고됐다. 해직자를 복직시키는 대신, 김 전무는 그 자리를 새로운 사람으로 충원했다. 신입과 경력 취재기자 대규모 채용 공고가 떴다. 고 국장은 흥복에게 취재기자로 가고 싶으면 이번 기회에 지원해보라면서, 자기가 김 전무에게 이야기해주겠다고 말했다. 박 화백 그림 발굴은 없었던 일이 되었지만, 흥복이 수고한 것은 김 전무도 아는 까닭이었다. 더구나 응원 광고 문안을 다듬던 흥복의 글솜씨도 알려졌기 때문에 이번이 취재기자로 갈 절호의 기회일 것 같았다.

흥복은 가고 싶지 않았다. 해직 기자들이 눈 시퍼렇게 뜨고 복직 투쟁을 벌이는데 그 자리를 꿰차고 싶지는 않았다. 김 전무에 오만 정이 다 떨어진 흥복은 늦어도 해가 바뀌기 전에는 동화일보를 떠나기로 마음을 굳혔다.

동화를 떠나기 전 박 화백 그림과 관련해서 흥복이 마지막으로 한 일은 어느 재일교포 사업가에게 춘식의 연락처를 알려준 일이었다. 12월 중순쯤 흥복이 퇴직하기 직전이었다. 김 전무가 재일교포 사업가의 명함을 주면서 탁 소장이나 춘식의 연락처를 알려주라고 했다. 수소문해 보니 탁 소장은 사기 사건에 연루되어서 도주 중이라 행방이 묘연했다. 춘식이 원래 춘천 육림극장 간판장이였다는 말이 생각나서 연락했다. 거의 폐인이 되다시피 한 춘식 거처를 알아내서 재일교포 사업가에게 주소를 알려줬다. 그런 후 동화를 떠나 새로 생긴 작은 광고대행사 카피라이터로 자리를 옮겼다.

"상심이 크셨겠어요." 진아가 말했다.

흥복은 고량주와 함께 쓰디쓴 웃음을 삼켰다. 구정물같이 꼬리꼬리하면서도 사과 향이 묻어나는 고량주 특유의 향내가 방안을 감쌌다.

"사람마다 평생 지워지지 않는 기억이 있어요. 내겐 그게 45년 전 동화 사태고, 이연이 씨 죽음이었어요. 그건 홍동준 선생도 마찬가지더군요. 그분이 결국 미국 이민 간 것도 그거랑 관계있으니까요."

"동화 사태 끝나고 바로 이민 가셨나 보죠?"

"몇 년 있다가 가기는 했어요. 동화 사태 끝난 75년에 가요계 대마초 단속을 대대적으로 벌였어요. 홍 선생은 그때 걸려서 잠깐 감옥에 갔다 왔죠. 오부리 뛰면서 밤무대 악사들과 어울리다 보니까 그렇게 된 겁니다. 풀려난 후 시엠송 제작업체인 '쏭집'을 차렸다가, 그것도 접고 미국 가버렸어요."

"이제는 민통선 안 두타연계곡이 개방되었잖아요? 가보셨어요?"

"차마 가보지 못하겠더라고요." 고량주 몇 잔을 연거푸 털어 넣은 흥복은 그 독한 맛에 얼굴을 일그러뜨렸다. "그때 일 생각하면 회한뿐입니다. 내가 힘들게 내디뎠던 발걸음마다 폐허였어요. 발버둥 칠수록 수렁에 빠졌을 뿐입니다."

흥복은 듬성듬성한 머리카락을 움켜쥐었다. 이마에 패인 주름살이 지렁이처럼 꿈틀댔다. 흥복은 괜히 자신 때문에 사태가 더 악화한 것으로 생각하는 듯했다. 진아는 그렇지 않다고 여기지만 섣부르게 위안의 말을 건네기가 조심스러웠다.

"이연이 씨 죽음을 김 교수님은 모르셨나요? 그럼 찾은 것까지만 쓰셨던데."

"물론 아셨죠. 인터뷰 때 다 이야기했거든요. 근데 석연치 않게 여기셨어요."

사실 흥복도 석연치가 않았다고 했다. 능구렁이 김 전무가 탁 소장의 지도 쪼가리 하나 믿고 선뜻 그림 발굴 프로젝트에 나선 것, 그러다가 사고사가 발생했다고 없었던 일로 한 게 뜻밖이었다. 물론 중정에 어차피 무릎 꿇을 결심을 했던 김 전무였다. 그래도 사 두면 최소한 두 배 이상의 수익을 올릴 박 화백 초기작품을 내친 것, 그래 놓고 몇 달 후에 재일교포에게 춘식을 소개해준 것 등은 지금도 잘 이해가 되지 않았다. 연이의 죽음도 석연치 않기는 마찬가지였다. 지뢰에 대해 그렇게 주의받은 연이가 지뢰를 밟아 사고사당했다는 게 아직도 믿기지 않았다.

"김 교수님은 원고를 차마 그렇게 끝내고 싶지 않았던 것 같아요. 이연이 씨와 동화 언론투쟁이 허망하게 끝나는 그런 결말은 납득하기 어렵다는 말을 자주 했어요. 역사적 사실을 그대로 기록해야 하는 것은 맞지만, 도저히 받아들일 수 없었던 거죠. 취재 노트와 인터뷰를 토대로 초고를 작성했으면서도 끝내 발표하지 않은 이유 중 하나도 그 때문인 것 같아요."

김 교수와 마찬가지로 흥복도 그때 일을 받아들이기 어려웠다. 기억의 맨 밑에 간신히 가라앉은 침전물을 괜히 휘저어서 다시 마음이 탁해지고 어지러워지는 걸 원치 않았다. 그렇게 기억을 억누르던 흥복을 석 달 전에 뒤흔드는 일이 발생했다. 박 화백 초기작품인 「행누」

를 둘러싼 비자금 의혹이 터진 것이다.

흥복은 박 화백 그림 발굴에 대해서 다시 생각하게 됐다. 언론을 통해 소개된 「행누」 그림을 보고 그때 민통선 안 두타연계곡에서 찾았던 그림이 아닐까 싶었다. 비록 45년 전이기는 하지만 흥복이 마지막에 춘식에게 챙겨준 그림은 또렷하게 기억났다. 누렁이가 늘어지게 낮잠 자는 그림이어서 참 정겹다고 느꼈기 때문이다. 그런데 그때 김 전무는 분명히 박 화백 그림의 인수를 거절했는데? 나중에 재일교포 실업가가 사서 줬나? 하지만 「행누」는 일본인이 박 화백에게 직접 선물 받은 그림이었다고 했는데? 그렇다면 다른 그림인가? 이런저런 의문이 두서없이 떠올랐다.

그러던 차에 한 달 전에 김 교수 조교인 민호가 아침가리골로 찾아왔다. 「행누」 그림과 관련해서 새로운 사실을 발견한 듯했다. 그날 동화의 전무실에서 본 이후 한 번도 본 적이 없는 춘식의 소식이었다. 민호가 어떻게 수소문했는지 갤러리큐에서 춘식이 홈리스 전시회 한다는 것도 알려줬다. 민호가 어렵게 춘식을 수소문해서 인터뷰한 것도 알게 되었다. 흥복은 춘식의 전시회가 열리면 한번 가봐야겠다고 생각했었다. 오늘이 홈리스 전시회 마지막 날이어서 가보려고 했는데 마침 진아가 연락한 것이다. 흥복은 진아에게 바로 옆 건물에서 열리는 전시회에 같이 가보자고 했다.

진아는 흥복과 함께 중국집을 나와서, 옆 건물에 있는 갤러리큐 홈리스 전시장으로 갔다. 노숙인이라고 해서 굉장히 지저분할 줄 알았더니 춘식은 생각보다 깔끔했다. 뻐드렁니였던 앞니는 두 개나 빠졌고 오른팔이 없었을 뿐 아니라 몸이 아파 보였다. 흥복과 춘식은 처음에 서로를 알아보지 못했다. 춘식의 그림 앞에서 서로 멀뚱멀뚱 쳐다보다가 어설프게 인사를 나눴다.

춘식의 그림은 두 점이었는데 비슷하면서 다른 형상이었다. 하나는 자기 꼬리를 반쯤 삼키고 있어서 원 모양을 한 뱀이었다. 어두운 굴에 웅크리고서 허기진 눈으로 자기 꼬리를 삼키는 그림이었다. 또 하나는 같은 모습의 용 그림이었다. 날개 달린 용이 자기 꼬리를 물고 완전한 원 형상을 한 채 구름 위로 떠 오르는 모습이었다.

자기 꼬리를 삼킨 뱀과 용의 그림을 보자 진아는 언젠간 대학원 수업 시간에 배운 상징이 떠올랐다. 하지만 정확한 이름이 생각나지 않아서 그림을 유심히 보았다. 흥복도 한참을 그림 앞에 서서 지긋이 응시했다. 어정쩡하게 서 있던 춘식이 자기 그림을 설명했다.

"이건 내가 어릴 때 본 뱀을 그린 겁니다. 봄에 뱀 굴에서 울 아버지가 뱀을 잡아 왔는데 자기 꼬리를 물고 있더라고요. 오죽 먹을 게 없으면 자기 꼬리를 다 뜯어 먹나 싶었어요. 그 모습이 꼭 내 모습 같았죠. 뱀만 그리기 뭣해서 내 바람을 담아 그린 게 용 그림이고요."

그림 설명을 들은 흥복이 고개를 주억거렸다. 전시회 마지막 날이지만 팔린 그림이 거의 없다는 귀띔에 흥복은 춘식의 그림을 한 점 구매했다. 춘식은 태어나서 두 번째로 그림값을 받아본다면서, 하나뿐인 손으로 흥복의 두 손을 번갈아 잡으면서 고마워했다.

진아에게도 고맙다고 말하는 춘식에게 진아는 민통선 안에서 있던 그림과 이연이 씨의 죽음에 관해 물었다. 춘식은 보름 전에 김 교수 조교라는 민호가 찾아왔다고 말했다. 자신이 알고 있는 그날의 사연을 다 이야기했고, 민호가 그걸 정리해서 김 교수에게 제출했을 거라고도 덧붙였다. 진아는 발표회 일주일 전날 민호가 김 교수에게 했던 말이 생각났다. 그때 민호는 녹취록 작성해서 연구실 캐비닛에 넣어두었다고 말했었다.

진아는 큐빅 연구실에 가서 녹취록을 찾아보기로 했다. 흥복도 그 내용이 궁금하다면서 진아와 같이 연구실에 가보기로 했다. 택시를 타고 리서치파크의 큐빅 연구실로 가는 동안 흥복은 전시회에서 구매한 춘식의 그림을 가만히 꺼내 보았다. 자기 꼬리를 삼킨 용의 그림을 물끄러미 쳐다보면서 반 입속말로 중얼거렸다.

"볼수록 이게 내 모습 같네요. 자기 꼬리를 삼키는 모습. 살아보겠다고 뭔가를 삼키지만 그건 자기 꼬리일 뿐이죠. 뭔가를 해보겠다고 발버둥 칠수록 수렁에 빠졌던 내 모습이에요."

옆에서 그림을 보던 진아는 그제야 그 그림과 비슷한 상징이 '우로보로스'라는 게 생각났다. 자기 꼬리를 삼키는 우로보로스가 자기 파괴적이기도 하지만 무한한 순환과 완전함을 상징한다는 것도 생각났다. 자기 파괴적 희생을 통해 무한과 완전성을 추구하는 상징으로 우로보로스를 이해한다면, 흥복이야말로 우로보로스가 아니었을까 하는 생각도 들었다.

연구소에 도착해서 진아는 캐비닛을 뒤져보았다. 누런 서류 봉투에 녹취록이라고 쓰인 프린트물과 USB가 담겨 있었다. USB에는 인터뷰 내용이 음성파일과 녹취록으로 정리되어 있었다. 흥복은 인쇄된 종이로 읽고, 연이는 USB를 열어 모니터에서 읽었다. 지금까지의 회한은 아무것도 아니라는 듯, 검푸른 심연처럼 깊은 탄식이 흥복의 입에서 새어 나왔다. 이연이 씨가 이렇게 죽었다고? 이게 박 화백 그림이었다고? 모니터 화면에서 스크롤을 내리던 진아의 손가락도 가늘게 떨렸다.

녹취록 파일_황춘식.doc

Q : 우선, 오늘 인터뷰 내용은 녹취록으로 정리되고요, 녹음파일과 함께 김 교수님께 전달된다는 걸 밝혀둡니다. 본인 소개부터 해 주시죠.

A : 다 알면서 뭘 그래? 이름은 황춘식이고, 그림 그리는 거지야, 하하 (웃음). 이래 봬도 다음 달에 전시회를 하거든. 홈리스 전시회에 내 그림 딱 두 점 걸리긴 하지만.

Q : 소식 들었습니다. 축하드려요. 오늘은, 지난번에 언뜻 말씀하셨던 민통선 그림 얘기를 듣고 싶어서 찾아뵈었거든요.

A : 내가 팔 병신이 되고 사람 하나 죽어 나간 그 얘기? 책상물림들한테는 등짝이 서늘한 얘기일 텐데….

Q : 네. 그 얘기를 자세히 듣고 싶어서요. 먼저, 황 선생님께서 연구원 하신 적 있다면서요?

A : 탁 소장 그 인간을 따라나섰을 때였어. 우리문화재연구소 연구원이라는 명함도 하나 파줬거든. 그때 내 이름 석 자가 박힌 명함

이 진짜 신기하더라고. 내 명함 가져본 게 그때가 처음이자 마지막이었으니까. 근데 명함 돌린 건 딱 한 번이었어. 동화일보에서 미끼를 물었을 때였지.

Q : 동화에서 미끼를 물었다? 처음부터 차근차근 얘기해 보죠. 탁 소장이란 분이 원래 문화재 발굴 전문가였나요?

A : 문화재 발굴은 개뿔! 도굴범이지. 그 인간은 숨 쉬는 거 빼고 다 가짜야.

Q : 월남 참전용사였다는 것도요?

A : 월남에서 무기 빼돌려서 팔아먹던 놈이야. 그러다가 전 대령이란 작자한테 팔아먹은 무기가 들통이 나서 탁 소장이 된통 걸려가지고….

Q : 그 얘기는 됐고요. 탁 소장은 어떻게 박 화백 그림 발굴에 나선 거죠?

A : 월남에서 돌아와서는 도굴범들을 따라다닌 모양이야. 폭파 전문가로 행세하면서 말이야. 도굴할 때 작은 폭약을 설치해서 폭파 작업을 도왔겠지. 그러다가 우리문화재연구소라는 허울뿐인 기관을 차린 거지. 그 인간이 박 화백 숨은 그림에 대한 소문을 듣고는 박 화백 처남댁에 접근한 거야. 민통선에서 그림 찾는다고 난리 치기 2년 전인가 그래. 이미 나이 들어 기억이 가물가물한 그 할망구를 구워삶았겠지. 지도 같지도 않은 걸 하나 그리게 해서는 보물지도처럼 설레발을 떤 거야.

Q : 황 선생님은 탁 소장 그분을 어떻게 알게 되셨어요?

A : 영화 간판 그리다가 만났어. 내가 춘천 육림극장 간판장이였던 건 알지? 그 인간이 육림극장 사장 친구였는데, 내가 그린 영화 간판을 본 적이 있어. 「벤허」 영화 간판 속 전차 경주 장면이었거든. 그 인간이 보더니 서울의 대한극장 못지않다며 칭찬하더라고. 사기꾼 주제에 그림 보는 눈은 있었던 거지. 그러다가 내가 심심풀이로 박 화백 흉내 낸 그림을 본 거야. 눈이 휘둥그레지면서 감탄하더라고. 특히 박 화백 그림의 화강암 질감을 흉내 낸 걸 보더니, 자기 무릎을 탁 치는 거야.

Q : 박 화백 그림은 어떻게 해서 잘 그리게 되셨어요?

A : 박 화백 고향이 나랑 같잖아? 바로 옆 동네 국민학교 졸업생이었거든. 그래서 어릴 때부터 박 화백처럼 되고 싶어서 흉내 내곤 했었지. 그런데 5학년 때 우리 아버지가 독사에 물린 후 학교를 그만두어야 했어. 아버지는 산삼 캐는 심마니들을 따라다녔지만, 그것도 잘 끼워 주지를 않았거든. 그래서 뱀 잡는 땅꾼을 따라다니다가 목숨을 잃은 거야. 국민학교 중퇴하고 춘천 육림극장에 시다로 들어갔어. 처음에 붓 빨고 뺑끼통 닦으면서 간판 그리는 일부터 시작했던 거지. 육림극장에서 보이는 망대가 박 화백이 살았던 곳이야. 그걸 보니까 다시 내 속이 꿈틀거리더라고. 거기서 일하면서 망대 근처를 얼마나 서성거렸는지 몰라. 영화간판 그리는 틈틈이 박 화백 그림을 흉내 내서 그렸어. 그러다가 그림의 비밀도 알아낸 거야.

Q : 그림의 비밀이라면?

A : 박 화백 그림 속 화강암 같은 질감의 비밀이야. 같은 부위를 세로와 가로로 10번씩 칠하면 그런 질감이 나는 거야. 아무튼 내가 흉내 낸 박 화백 그림을 보고는 탁 소장 그 인간이 사진을 갖다주더라고. 박 화백 초기 그림, 그러니까 6.25 전쟁 전에 그렸던 그림들의 사진이었어. 그걸 보고 그대로 그리라고 부추기는 거야. 나중에는 그런 스타일로 그리라면서 옛날 유화 물감과 캔버스를 구해주더라고. 박 화백의 서명을 똑같이 흉내 내서 그림에 서명까지 하게 했어. 돈도 꽤 쥐여줬지. 1년 동안 틈틈이 박 화백 가짜 그림을 40점 가까이 그렸어. 그중에서 35점 정도를 민통선 안에 묻어놓은 거야. 박 화백 초기 그림이라고 하면서.

Q : 아, 잠깐만요! 민통선 박 화백 그림이요? 그거 박 화백 부인과 그 오빠가 묻은 거 아니었어요? 6.25 때 피란 내려오다가 묻은 거라면서요?

A : 이 친구 순진하기는…. 그런 소문은 그전부터 있었지만, 그걸 어떻게 찾겠어? 그냥 만드는 게 빠르지. 그래서 나보고 그리게 한 다음 민통선 안쪽에 묻은 거야.

Q : 탁 소장 그분은 어떻게 민통선에 들어갈 수 있었죠?

A : 그 인간이 아직 군에 연줄이 있더라고. 연줄 타고 얼렁뚱땅 민통선 안으로 들어간 거야. 그러고는 내 그림을 두타연계곡 입구 어디쯤 묻은 모양이야. 옛날 화구통을 어디서 구해서 거기 넣었던 거지. 화구통이랑 그림을 그럴듯하게 삭혀서는 한 20년 넘게 묵은 그림처럼 보이게 만든 거야. 그런 후 여기저기 물주를 찾은 거

지. 박 화백 처남댁이 보물지도 가지고 있다는 소문을 내면서 말이야. 근데 기자를 처음부터 노렸던 것 같아. 감천사 땡중 아들이 서울 어디 신문사 기자라는 소문을 들었겠지.

Q : 그러네요. 아무래도 언론사를 껴야 그럴듯하게 포장할 수 있었겠죠? 나중에 그림값도 잘 받을 테고요.

A : 그렇지! 기자가 미끼를 물자 그 인간이 날 꼬시더라고. 나보고 자기 하라는 대로만 하면 떼돈 벌 수 있다는 거야. 그래서 나도 간판장이 때려치우고 그 인간 따라나선 거지.

Q : 박 화백 숨은 그림은 가짜였다? 충격적이네요. 그래서 그해 여름에 민통선을 뒤진 건가요?

A : 그때가 장마 막 시작될 때였지 아마? 기자 양반하고 예쁘장한 아가씨가 박 화백 그림 찾겠다고 민통선을 뒤진 적이 있었어.

Q : 박흥복 씨와 이연이 씨였겠죠?

A : 그 이름이었던 것 같은데. 꽤 오래전 일이지만 귀에 익네. 하여튼 그 두 사람이 그림 찾겠다고 사흘간 두타연계곡을 샅샅이 뒤졌어.

Q : 두 사람을 사흘 동안 헤매게 한 건가요? 그림이 어디 묻혀있는지 알면서도.

A : 그렇지. 보물찾기가 금방 끝나면 재미없잖아, 크크 (웃음). 둘째 날까지 기자 양반이 이리 뛰고 저리 뛰며 두타연계곡을 훑았어. 탁 소장 그 인간과 나는 설렁설렁했고. 마지막 날에 예쁘장한 아가씨가 자기가 직접 계곡으로 들어가서 그림을 찾아보겠다고 하

더라고. 탁 소장은 은근히 반기는 눈치였어. 돈은 그 회사 사장 사모님한테서 나오는 거잖아? 신문사는 바람잡이 역할을 할 뿐이고. 돈 대는 회사 쪽 사람이 그림을 찾아내야 더 믿을만하다고 생각했겠지.

Q : 마지막 날에는 그림을 금방 찾았나요?

A : 여전히 뜸을 들이긴 했어. 그림 찾으러 셋이 흩어져서 계곡을 뒤졌지. 11시에 두타폭포 위에서 다시 만나기로 했어. 그 아가씨 혼자 계곡 남쪽 길을 뒤졌을 거야, 아마. 나랑 그 인간이 북쪽 길을 톺았고. 계곡 북쪽을 뒤지던 그 인간이 앞장서더라고. 그동안 오르내리던 산길을 벗어나 숲속의 위쪽 샛길로 들어섰어. 잎이 무성한 상수리나무 사이를 지났던 것 같아. 잡초가 우거진 널찍한 공터가 나타나더라고. 무릎까지 올라오는 잡초를 호미로 헤치면서 공터 안쪽으로 들어갔지. 흙더미 위에 도자기하고 그릇이랑 기와 파편들이 흩어져 있었어. 지금 생각해 보면 그게 낡은 가마터가 아니었어. 폐쇄된 옛날 절터였던 것 같아.

Q : 거기에 두타사가 있었다면서요?

A : 아무튼 거기 흙더미 속에 탁 소장 그 인간이 화구통을 묻었던 모양이야. 그리고 거기를 옛날 가마터로 착각한 거지. 주변의 도자기 그릇 파편을 보고 말이야. 11시쯤 두타폭포 위에서 셋이 다시 모였어. 그 인간이 그 아가씨 보고 다시 같이 다니자고 했지. 두타폭포 위 계곡 북쪽으로 조금 가니까 산길에서 위와 아래로 뻗은 샛길이 나오더라고. 그 인간이 나보고 아래 샛길로 가라고 했

어. 그 아가씨 보고는 위쪽 샛길로 가라고 했고. 위쪽 샛길로 가면 아까 말한 옛날 절터가 나오거든. 그 아가씨가 위쪽 샛길로 올라갔어. 우린 아래쪽으로 내려가는 척하다가 그냥 서 있었고. 조금 있다가 위쪽에서 '심봤다' 하고 외치는 소리가 들리더라고.

Q : 화구통을 발견했다는 거네요. 바로 달려갔나요?

A : 그랬지! 그 아가씨가 호미로 흙더미를 헤집고는 화구통을 파내더라고. 화구통을 열어 그림들을 양손에 들고는 하늘을 향해 외쳤어. 촌스럽게 '심봤다!' 하면서 눈물까지 글썽거리고 말이야. 밑의 평상에서 기다리는 기자한테 탁 소장 그 인간이 무전기로 연락했어. 그 아가씨한테 바꿔주니까 '심봤다!'를 또 외치는 거야. 목소리를 다 떨면서 말이야.

Q : 그때 기분은 어떠셨어요?

A : 사실 그때 내 기분은 참 묘했어. 가짜 그림을 진짜처럼 속이는 게 께름칙하기도 했었거든. 근데 그 순간엔 내가 다 뿌듯하고 흥분되더라고. 내 가짜 그림이 신문사에 보탬이 되고 그 아가씨한테도 도움이 되는 거잖아.

Q : 그런데 어떻게 해서 이연이 씨는 지뢰를 밟게 됐죠?

A : 지뢰 밟아 죽은 게 아니야. 탁 소장 그 인간이 죽인 거야.

Q : 예? 그건 또 무슨 소리예요?

A : 기억이 별로 나지도 않아. 기억하고 싶지 않아서 생각도 일부러 안 했거든, 후우~(한숨).

Q : 중요한 건 지금 어떻게 기억하고 있느냐, 라고 제가 배웠거든요.

좀 더 자세히 말씀해 주시겠어요? 생각나는 대로.

A : 그럼, 지금 떠오르는 대로 얘기해 볼게. 그때, 그림이 담긴 화구통을 발견하고는 그 아가씨가 계곡을 깡충깡충 뛰어 내려가던 모습이 떠오르네. 자기가 그림 찾았다고 기자 양반한테 자랑하고 싶었겠지. 비가 금방 쏟아질 것 같기도 했고. 천방지축 뛰어가는 걸 보니까 걱정이 다 되더라고. 계곡 길도 잘 모를 텐데 지뢰라도 밟을까 싶어서.

Q : 두 분은 금방 뒤따라 내려가셨어요?

A : 아니 조금 늦게 내려갔어. 흐트러진 그림들 화구통에 다시 챙겨 넣느라 시간이 좀 걸렸거든. 화구통 들고 내려가면서 탁 소장 그 인간을 좀 추켜세워줬어. 제법 그럴듯하다고 말이야. 그림들을 챙겨 넣으면서 내가 그린 그림들을 휘리릭 한 번 봤거든. 내가 그린 게 1년이 채 못 됐는데도 딴 사람이 그린 그림처럼 보이더라고. 처음부터 옛날식 유화 물감과 캔버스를 써서 그런지 오래된 그림 같아 보였어. 화구통도 페인트칠이 살짝 벗겨졌고 흙더미 속에 파묻혀 있어서 적당히 삭았더라고.

Q : 나무 화구통이나 그림 모두 제법 곰삭은 느낌이 났다는 거네요.

A : 그렇지. 인사치레로 건넨 내 칭찬에 그 인간이 우쭐해서 구라를 또 푸는 거야. 25년 묵은 그림이랑 화구통 티를 내려고 자기가 얼마나 힘들었는지, 서울 가지고 가서 후반작업을 어떻게 했는지, 한참 너스레를 떨더라고. 괜히 칭찬해줬다고 후회할 정도였으니까. 신나게 구라를 풀며 느긋하게 계곡을 내려갔어. 멀리 배

나무다리가 보이는 곳에 이르렀을 때였어. 그 인간 표정이 갑자기 굳어지는 거야. 이상한 느낌에 주변을 둘러봤거든. 이런 제기랄! 그 아가씨가 거기서 우릴 기다리고 있었어. 나무 그늘에 가려서 미처 못 봤던 거야.

Q : 이연이 씨는 왜 거기서 기다린 거죠?

A : 거긴 계곡 물줄기가 둘로 갈라지는 갈림길이거든. 신나게 앞서서 뛰어 내려가던 그 아가씨가 거기서 멈춘 거야. 어느 물줄기를 따라가야 할지를 몰랐던 거지. 더구나 두 물줄기 중 하나는 그야말로 지뢰밭인 계곡으로 이어지거든. 비 올 때 북에서 떠내려온 목함지뢰가 사방에 깔려 있는 계곡이야. 혼자서 함부로 더 가기가 무서웠겠지.

Q : 이연이 씨는 두 분 얘기를 다 들은 건가요? 박 화백 그림이 가짜라는 것까지?

A : 전부 듣지는 못한 모양이야. 25년 묵은 티를 내느라 힘들었다 어쩌고 하는 소리까지 들었던 것 같아. 그게 무슨 소리냐며 따지더라고. 탁 소장이 우물쭈물했어. 그 아가씨가 화구통을 낚아채더니 그림을 하나씩 들춰 보는 거야. 근데 염병할! 화구통에 있어선 안 되는 게 있지 뭐야. 아크릴 물감으로 그린 그림 한 점.

Q : 그게 왜요? 옛날엔 아크릴 물감이 없었나요? 박 화백이 작업하던 1940년대까지는?

A : 없었지! 유화 물감 아니면 수채 물감으로 그렸을 뿐이거든. 미국에도 60년대 들어서 아크릴 물감을 많이 쓰기 시작했을 거야. 내

가 간판 그리던 70년대 들어서 아크릴 물감이 춘천 양키시장에 흘러나오기 시작했으니까. 누가 쓰다 남은 아크릴 물감이 생겨서 그걸로 시험 삼아 그려봤어. 그 물감으로도 박 화백 그림의 화강암 질감이 나는지 보려고 했지. 유화처럼 진하게 개서 칠하니까 화강암 질감을 어느 정도는 낼 수 있더라고. 그래서 아크릴 물감으로 박 화백 풍의 그림을 그려본 거야. 근데, 탁 소장 그 인간이 그걸 화구통에 담았던 거지. 나한테 확인도 하지 않고 말이야. 그 인간 일하는 게 그렇다니까.

Q : 두타연계곡에서 그걸 발견하지 못하셨어요? 흩어진 그림 다시 챙겨 넣을 때.

A : 휘리릭 보느라 나도 미처 골라내지를 못하기는 했어. 도둑맞으려면 개도 안 짖는다고 하잖아? 일이 틀어지려니까 어이없게 틀어지데. 그 아가씨는 아크릴 물감인 걸 금방 눈치채더라고.

Q : 이연이 씨는 미대 출신 디자이너라면서요? 아크릴과 유화 물감의 차이는 금방 알겠죠. 일반인도 수채 물감과 유화 물감으로 그린 건 구분하니까요.

A : 아무튼 그 아가씨가 탁 소장한테 막 다그치더라고. 박 화백 시절엔 아크릴 물감이 없었는데 어떻게 이런 그림이 들어있냐고? 그 인간이 '그러게. 이게 왜 여기 들어있지?' 하면서, 그 그림을 갈가리 찢어서 조각을 내더니 계곡물에 던져버렸어. 하지만 그런다고 그 흔적이 씻겨 내려가겠어? 이미 그 아가씨가 들은 게 있고 본 게 있는데. 계속 다그치니까 탁 소장 그 인간이 결국 실토하고

말았어. 그러고는 그 아가씨를 살살 달래는 거야. 아크릴 물감 쓴 그림 없애버렸으니까 감쪽같다면서, 못 본 척하고 못 들은 척해 달라고 빌더라고. 이번 한 번만 눈 감아 주면 서로 좋은 게 좋은 거 아니냐면서 은근히 구슬리기까지 하는 거야. 그 아가씨도 눈빛이 잠시 흔들리는 게 느껴졌어. 하지만 '나보고 공범이 되라는 거냐, 쇠고랑 차고 빵에 갈 일 있느냐'면서 펄펄 뛰는 거야. 그리곤 배나무다리에서 기다리는 기자 양반한테 빨리 가자고 하더라고. 이 사실을 알려야겠다는 거지.

Q : 그러면 주워 담기 힘들어지는 거 아니에요?

A : 그렇게 느꼈겠지. 한참을 어르고 달래던 탁 소장 그 인간이 나중에는 화를 벌컥 냈어. 그러면서 자기가 기자 양반한테 직접 이야기하겠다는 거야. 그러니까 그 아가씨가 코웃음 치더라고. '그분은 나보다 더하면 더 했지 절대 눈감아 주지 않을 걸요?' 하면서. 탁 소장 그 인간이 여자랑은 말 안 통한다면서 남자 대 남자로 화끈하게 담판을 짓겠다나 어쩌나, 그러면서 자기가 앞장서서 성큼성큼 내려갔어. 그런데 바로 옆 계곡이 지뢰밭이어서 더 위험한 길로 가는 거야.

Q: 왜요? 뭐라고 하면서요?

A: 그 길이 배나무다리로 가는 더 빠른 길이라는 거야. 아무튼 탁 소장 그 인간이 앞서서 성큼성큼 가고, 그 아가씨가 종종걸음치면서 쫓아갔어. 난 그 뒤를 터덜터덜 따라갔고. 계곡 쪽으로 접근하지 못하게 녹슨 철조망이 쳐져 있는 곳을 지날 때였어. 철조망

에 사각형 모양의 지뢰 표지가 걸려있더라고. 철조망 너머엔 지뢰가 확실하게 있다는 뜻이지. 앞서서 휘적휘적 걷던 그 인간의 발걸음이 갑자기 늦어지는 거야.

Q : 탁 소장이 머리 굴리기 시작한 모양이죠? 기자한테 얘기해 봐야 씨도 안 먹힐 것 같으니까.

A : 철조망이 하도 녹슬어서 거의 끊어지다시피 한 곳에 이르렀을 때였어. 천천히 걷던 탁 소장 그 인간이 발걸음을 멈추더라고. 갑자기 돌아서더니 '에이 썅!' 하고 내뱉는 거야. 그러더니 뒤따라오던 그 아가씨를 확 밀어 버렸어. 녹슨 철조망이 끊어진 계곡 쪽으로 말이야. 자기는 잽싸게 땅바닥에 납작 엎드리더라고. 몸을 가누지 못한 그 아가씨가 허공에 손을 허우적거렸어. 그 손을 잡으려고 나도 모르게 손을 내밀었어. 그 아가씨가 계곡 쪽으로 미끄러지자 꽝! 하는 소리가….

Q : 설마…. 지뢰가 터진 건가요?

A : 그랬지. 난 그 순간이 잘 기억나질 않아. 거의 정신을 잃어서 기절 상태였거든. 천둥 번개가 치면서 비가 쏟아지는 걸 어렴풋하게 느꼈을 뿐이야. 탁 소장 그 인간이 지혈도 하지 않고 그냥 나를 끌고 내려온 모양이야. 양구 병원까지 어떻게 실려 왔는지 기억도 안 나. 거기서 내 팔을 잘라야 한다면서 큰 병원으로 가라고 했어. 춘천 병원으로 가서 결국 오른팔을 자른 거야.

Q : 그 뒤 박흥복 선생 일 등은 잘 모르셨겠네요? 춘천 병원에 입원해 계셔서.

A : 입원한 직후 한 번인가 찾아왔다고 하더라고. 탁 소장 그 인간이 돌려보낸 것 같아. 내가 기자와 만나는 걸 꺼린 거지. 한 달 정도 지나니까 탁 소장 그 인간이 찾아왔어. 아무래도 신문사로 쳐들어가야겠다는 거야.

Q : 그림이 진짜라고 속이려 한 건가요? 가짜인 걸 아는 이연이 씨는 죽었고, 아크릴 물감 그림은 찢어버렸으니까?

A : 그랬겠지. 서울에 있는 큰 신문사에 가서 높은 사람을 만났거든.

Q : 동화일보의 김방일 전무였겠죠.

A : 그 사람이 김 전무였어? 아무튼 민통선에서 만난 신문기자가 우리를 높은 사람이 있는 곳으로 안내했어. 그 기자는 밖에서 기다렸던 것 같네. 으리으리한 방으로 들어가니까 높은 사람이, 그러니까 김 전무라는 사람이 있었어. 자기 책상 위에 펼쳐놓은 내 그림을 마침 보고 있는 거야. 그 사람 느낌이 좋지는 않더라고. 탁 소장 그 인간이 의뭉한데, 김 전무란 사람은 그 인간을 찜 쪄 먹을 인간 같았어. 김 전무가 우리를 힐끗 보더니 설레발을 떠는 거야. 말이 알쏭달쏭했는데, 결국은 그림을 못 사겠다는 이야기였지.

Q : 그 부분 좀 자세하게 이야기해주시겠어요? 무슨 말을 주고받았는지?

A : 에이, 그 옛날 일을 어떻게 다 기억하겠어?

Q : 지금 어떻게 기억하고 있느냐가 중요하다고 말씀드렸잖아요. 되도록 그때 주고받은 말 그대로 말씀해 주세요. 지금 떠오르

는 대로.

A : 좋아. 그때 대충 이런 말이 오고 갔다는 정도로 말해볼게. 정확한 건 아무도 모르는 거니까. 처음에 김 전무가 우리한테 그림 찾느라고 고생 많았다며 한참 구라를 풀었던 것 같아. 일이 그렇게 돼서 안타깝다는 말도 했었고.

Q : 이연이 씨 사고당한 얘기군요.

A : '그래서…' 하고는 김 전무가 잠시 말을 끊더라고. '이번 그림발굴은 없었던 일로 하기로 했습니다. 내 누이하고도 그렇게 얘기했어요. 두성에서도 그림을 사지 않을 겁니다.' 뭐 대충 이런 말을 김 전무가 했던 것 같아. 그러니까 탁 소장이 깜짝 놀라는 시늉을 하고는, '그래도 박 화백 전시회는 해야 하지 않을까요? 그림이야 다른 사람들이 사더라도.' 이러니까 김 전무가 또 이렇게 말하는 거야. '이 그림 전시회하고 시장에 내놓으면 그 입방아를 어떻게 감당하려고요? 민통선 안에 민간인이 그림 찾으러 들어갔다가, 지뢰 터져서 죽었다고 입방아들을 찧을 텐데.'

Q : 그렇기는 하네요. 그러니까 탁 소장이 뭐라던가요?

A : '구더기 무서워서 장 못 담그시겠다? 아무래도 다른 데를 알아봐야겠네요. 이 그림에 입맛을 다시는 사람들이 많을 테니까.' 이러면서 탁 소장 그 인간이 책상으로 가서 그림을 챙기려 했어. 그랬는데 김 전무 한마디에 찔끔하더라고. 아니 정확하게는 두 마디를 했어.

Q : 두 마디요? 무슨 말이었죠?

A : 김 전무가 다 들리도록 이렇게 중얼거렸거든. '그거 누가 사는 사람이 있을까? 진품이라는 보장도 없는데.' 찔끔한 탁 소장 그 인간이 김 전무를 째려봤어. 김 전무가 그림을 뒤적이며 다시 구라를 푸는 거야. 자기 후배 중에 미대 교수가 있는데, 그 후배가 여기 와서 한번 봤다는 거야. 화강암 질감하며 붓 터치가 나무랄 데가 없지만 진품 감정을 받아보라고 했다는 것 같아. 요즘 슬슬 가짜 그림이 나오기 시작하니까 말이야. 김 전무가 이런 말도 했어. '처음부터 내가 진짜라고 믿어서 민통선에 사람 보낸 것 같아요? 그깟 종이 쪼가리 하나 믿고? 보물지도도 아닌데? 진짜인지 가짜인지는 중요하지 않아요. 얼마든지 포장하면 되거든. 그런데 포장지에 피가 묻어버려서 말이야, 쯧쯧.'

Q : 정말요? 처음부터 김 전무는 민통선 그림이 위작일 수도 있다고 본 거네요. 그 발굴과정을 특종 보도하면 얼마든지 진품으로 둔갑시킬 수 있다고 본 모양이죠?

A : 그런 것 같지? 탁 소장 그 인간이 발끈해서 목소리가 높아지더라고. '아니 그게 무슨 소리요? 이건 우리가 민통선 지뢰밭을 헤치면서 목숨 걸고 찾아낸 진품인데.' 하지만 다시 이어지는 김 전무 두 번째 말에 탁 소장 그 인간 야코가 확 죽었지.

Q : 뭐라고 했는데요?

A : 김 전무가 이러는 거야. '난 사실 그것도 이해가 안 돼. 박 대리한테 보고 받았는데, 그 아가씨가 지뢰 밟아서 죽었다면서? 누가 밀치거나 하지 않고서야 지뢰 밟을 일은 없을 텐데 말이야. 민통

선 들어갈 때 얼마나 주의받았겠어?'

Q : 노회한 김 전무는 뭔가 이상하다고 느꼈나 보죠?

A : 그래, 탁 소장 그 인간이 찔끔하더니 김 전무를 노려보고는 말했어. '내가 못 먹는 건 남도 못 먹게 재 뿌리겠다는 건가요?' 백 년 묵은 능구렁이 김 전무는 씨익 웃기만 하더라고. '팔 수 있으면 다른 데 알아보던가.' 하는 표정으로 말이야. 그러고는 손님 나가신다면서 비서를 호출하는 거야. 벌게진 얼굴로 탁 소장 그 인간이 식식거리다가 결국 1층으로 내려왔어. 나도 같이 내려왔는데, 내려와서 보니까 그림을 안 챙겨온 거야. 탁 소장 그 인간은 더 이상 내 그림에 관심이 없는 것 같더라고.

Q : 그 그림을 어디 가서 팔기는 어렵다고 봤겠죠. 김 전무가 그렇게 나오니까.

A : 민통선에서 같이 그림 찾던 기자가 1층 광고국에 마침 있더라고. 내 그림 좀 가져다 달라고 했지. 김 전무가 안 주려고 했는지 생각보다 오래 걸리는 거야. 20분 정도 있다가 그 양반이 화구통을 가지고 나왔어. 내가 만난 김에 그 기자 양반한테 민통선에서 내가 본 일을 얘기해줄까 잠시 망설였거든. 탁 소장 저 인간이 그 아가씨 죽인 거나 마찬가지라고 말이야. 그래서 그 양반에게 말하려고 했더니, 탁 소장 그 인간이 빨리 가자면서 재촉을 하더라고. 내 일도 아닌데 내가 뭔 오지랖을 떨까, 싶어서 그냥 신문사를 나와 버렸어. 탁 소장 그 인간이 다른 약속이 있다고 해서, 서울역인가에서 서로 빠이빠이 했을 거야. 그게 마지막이야.

Q : 혹시 그 뒤에 재일교포 사업가는 만나보셨어요? 박흥복 선생님이 그분한테 황 선생님 소재지를 알려줬다고 하던데요.

A : 그해 연말에 재일교포 한 사람이 날 찾아오긴 했지. 내가 그린 박 화백 가짜 그림을 관광 기념품으로 사고 싶다는 거야. 내 그림은 어떻게 알았고 왜 사려고 하느냐고 물었어. 기자 양반이 소개해줬고, 누가 대신 사달라고 했다는 거야. 김 전무 대신 사려는 거구나, 하는 감이 팍 왔어. 내가 눈치가 빠르잖아. 지난번에 내 그림 퇴짜 놓고 다시 나한테 직접 사기는 지도 쪽팔렸겠지. 그래도 내 그림이 워낙 좋으니까 탐은 났던 거고.

Q : 그런데 왜 하필 재일교포 사업가한테 대리 구매해서 보관하라고 했을까요? 일본 한번 거치면서 그림의 출처를 세탁하려고 했나?

A : 그러게. 아무튼 화구통에 있던 내 그림을 전부 넘기고 10만 원 받았어. 내가 살면서 처음 받아본 내 그림값이었지.

Q : 그 뒤로 어떻게 지내셨어요?

A : 오른팔을 잃으면서 왼손으로 그림을 그리려 했어. 하지만 날 다시 써주는 극장은 없었어. 국민학교 졸업장도 없는 '외팔이 병신'을 누가 쓰겠어? 서울로 올라와 동냥질하며 길에서 자는 비렁뱅이가 됐어. 그러다가 한 10년 전쯤에 누군가 쓰다가 버린 36색 크레파스와 스케치북을 쓰레기 더미에서 줍게 됐어. 그걸로 그림을 그리기 시작했지. 그 옛날 국민학생 때처럼…. 그 후 동냥질로 돈이 생기면 물감과 캔버스를 사서 그림을 그리기 시작했어. 더 이상 박 화백 그림을 흉내 내지 않고 내 멋대로, 그야말로 꼴

리는 대로 그렸거든. 그러다가 이번에 홈리스 전시회 기획사에서 연락이 온 거지.

Q : 그렇군요. 탁 소장은 그 뒤 어떻게 됐는지 아세요?

A : 사기죄로 깜빵을 제집처럼 드나들다가 뒈졌다고 하더라고.

Q : 긴 얘기 잘 들었습니다. 그런데 지금 이 얘기를 해주시는 건 왜죠? 얼마 전부터 뉴스에 나오는 박 화백 그림 「행복한 누렁이」 때문인가요? 그게 혹시 그때 재일교포가 사간 그림 중 하나일까요?

A : 뉴스에서 하도 나오기에 내가 그 그림 사진을 자세히 봤어. 내가 그린 거더라고!

Q : 옛날에 그리셔서 잘못 보실 수도 있잖아요? 증거가 있나요?

A : 내 그림은 내가 확실히 알 수 있어. 나만 알 수 있는 내 표식이 있거든. 내가 박 화백 그림을 흉내 내서 40점 가까이 그렸잖아? 그 인간에게 내 그림 넘기려고 하니까 기분이 묘하더라고. 자기 자식을 부잣집에 업둥이로 보내는 심정이랄까? 그래서 내 자식이라고 표시하려고 황이란 붉은색 글자를 아주 작게 거꾸로 그려 넣었어. 언뜻 보면 붉은 핏방울처럼 보이는 나만의 표식인 셈이지. 요즘 유심히 보니까 내가 그린 그림들이 꽤 있는 것 같아. 박 화백 초기작품이라고 알려진 그림 중에는 거꾸로 쓴 황자가 꽤 있더라고.

Q : 아하 그게 바로 그거군요. 박 화백 초기작품들이 블러드 컬렉션이라 불리잖아요? 핏방울 같은 붉은 표시가 그림마다 있거든요. 그게 야쿠자 현지처의 핏자국이라는 괴담이 돌기도 했고요.

A : 그래? 아무튼 「행복한 누렁이」에는 그 표식이 있더라고. 사실 그 그림은 딱 보는 순간 알아봤어. 내가 제일 공들인 그림이거든.

Q : 그런데 황 선생님 그림은 민통선에 묻은 거잖아요? 「행누」는 해방 전에 박 화백이 일본인 직장 상사에게 선물한 그림이라고 하거든요. 그걸 일본인한테 매입한 재일교포가 한국 경매시장에 내놓은 것이고요.

A : 그러니까 웃기는 개소리지. 아무래도 내 그림 사 간 재일교포랑 짜고 김 전무가 장난친 것 같아.

Q : 아하, 대충 그림이 그려지네요. 둘이 황 선생님의 「행누」를 일본인 소장품이었던 것처럼 둔갑시킨 거군요. 해방 전 박 화백이 일본인에게 선물한 걸 재일교포가 넣었다는 건 그럴듯하게 꾸민 스토리텔링이겠죠?

A : 아마도? 「행누」는 확실히 내가 그린 거야. 박 화백이 해방 전에 일본인한테 선물한 그림이라는 건 개뻥인 거지.

Q : 이 이야기를 다른 분들한테 하셨어요?

A : 한 놈한테는 했어. 내가 붓을 다시 잡으면서 미술계 언저리의 떨거지들을 좀 알게 됐거든. 정식 화가는 못되고, 남의 그림이나 베끼는 환쟁이들이지. 그중에 땡중 출신의 무애라는 놈이 있는데 뻥이 좀 심해. 자기가 이중섭의 가짜 그림을 그려서 빵에 갔다 왔다는 거야. 그래서 그놈한테 그랬지. 박 화백의 「행누」를 내가 그린 거라고. 근데 그놈이 「행누」를 자기가 그렸다고 또 뻥치고 다닌다네. 얼마나 떠벌리고 다녔는지 소문을 들은 기자한테

연락이 왔다는 거야. 조만간 인터뷰할 거라고 자랑하는데, 그러거나 말거나.

Q : 알겠습니다. 선생님 그림 봤거든요. 아주 좋더라고요. 홈리스 전시회 열리면 교수님이랑 한 번 찾아뵐게요. 오랜 시간 귀한 말씀 감사합니다.

아홉 달 후, 진아 이야기

"가명이라면서 이름들은 그대로네."

나는 웹소설에 등장하는 내 이름 진아를 보며 중얼거렸다. 인터넷 웹소설 플랫폼 달피아에 연재된 『우로보로스를 중첩인형에서 꺼내는 신박한 방법』, 줄여서 『우중신』이라고 부르는 웹소설을 한달음에 다 읽고 나서였다. 웹소설의 맨 앞에는 흔히 '픽션 면책조항'이라 부르는 이런 글이 문패처럼 박혀 있었다.

'이 소설에 등장하는 인물이나 단체, 제품, 사건 등은 가명으로 모두 허구이며, 혹시 실제와 유사하더라도 이는 우연에 의한 것임을 밝힙니다.'

가명이라면서 웹소설 속 등장인물은 실제 이름 그대로였다. 나로 짐작되는 인물의 이름도 진아였다. 좀 더 극적으로 꾸며지기는 했지만, 웹소설은 내가 아홉 달 전에 주고받은 이메일과 첨부파일은 물론 민호가 작성한 녹취록 내용과 거의 흡사했다. 거기에 지난번 민호가 연재하다 만 SF 설정이 소설의 전체 틀을 이루었다.

나는 웹소설 작가가 누구인지 찾아봤다. ‘마트로시카’라는 필명이어서 누군지 알 수 없었다. 과연 누가 이걸 썼을까 생각해 봤다. 처음에는 아홉 달 전 사라진 민호가 썼을 걸로 생각했다. 하지만 박흥복 선생이나 김 교수님은 물론 추 기자도 알고 있는 내용이어서 마음만 먹으면 웹소설을 쓸 수 있을 것 같았다. 더구나 민호와 주고받은 메일과 첨부파일은 물론 녹화 영상과 녹취록까지 이미 강 경장에게 제출한 상태다. 인터넷 기사와 유튜브 영상으로 재미를 본 단발머리 기자나 구레나룻 유튜버도 자료를 이미 다 보았는지 내용을 훤히 꿰고 있었다. 사이버수사대의 강 경장이 기자나 사어버렉카들에게 은밀하게 정보를 흘리는 걸 생각하면, 아홉 달 전 일을 알고 있는 사람이 민호 말고도 많을 듯싶었다.

웹소설 작가에 대해서 더 검색해 보았지만, 정체를 파악하기는 힘들었다. 사라진 민호가 새삼 궁금해졌고, 이어 꼬리를 물고 김 교수님도 생각났다.

민호는 지금까지 나타나지 않았다. 작년 가을 학기에는 휴학 신청도 없이 등록을 하지 않아 제적된 상태였다. 민호 행방을 찾는 데 도움이 될까 해서 나는 민호가 작성한 녹취록도 경찰에 제출했었다. 강 경장은 진술의 신빙성을 믿기 어려울 뿐 아니라, 녹취록에서 언급한 사망사건은 이미 공소시효도 한참 지난 일이라면서 대수롭지 않게 여겼다.

민호는 ‘실종’이 아닌 ‘잠적’으로 처리되면서 사건은 종결됐다. 연고가 없는 김 교수님은 치매전문 요양병원으로으로 보내졌다. 메타버스 개발프로젝트는 연구비를 반납하지 않는 선에서 마무리됐다. 프로젝트 책임자인 마 교수님이 기존 RPG를 적당히 변형시켜 제출했기 때문이다.

작년 여름방학 때 그 일을 겪은 나는 9월에 대학원 마지막 학기 개학하면서 석사논문과 유학 준비에만 몰두했다. 8월의 일은 잊으려고 노력했다.

내가 인터넷으로 뉴스를 볼 때마다 알고리듬이 작동하는지 관련 영상과 기사가 자꾸 떴다. '천년의 연인'은 오글거렸고, '스토킹 피해자'는 듣기만 해도 벌레가 스멀거리는 것 같았다. 인터넷은 아예 들어가지 않고, 방송 뉴스만 잠깐 볼 정도였다. 세상 돌아가는 일에 가능하면 눈과 귀를 닫고 난 오직 석사논문에 전념했다. 틈틈이 영어 시험 보고 입학 지원 서류 준비해서 미국 여러 대학에 보냈다.

그다음 해인 올해 2월에 동화일보 광고사태에 관한 논문이 통과되어 석사를 받았다. 5월이 되자 원하던 미국 대학에서 합격통지서가 왔다. 5년 정도 걸리는 석박사 통합과정이었고, 당장 처음부터 조교 자리를 제안받지는 못했다. 2년 정도 후에는 등록금이 면제되는 조교 자리를 얻어서 장학금도 받을 수 있을 것으로 기대했다.

비로소 여유가 생겨서 한숨 돌렸을 때, alsgh_alstn의 이메일이 도착했다. 거의 아홉 달만이었다.

제 목 : Re:Re:Re:Re:Re:Re:Re:Re:Re: 진아에게

보낸 날짜 : 2020년 5월 10일 오전 10:17

보낸 사람 : alsgh_alstn@qxvzmail.com

다시는 네게 이메일 보낼 일이 없기를 바랐건만, 이렇게 또 이메알을 쓰는구나. 진아 네가 있는 그곳만이 진짜 현실이고 진짜 내가 있던 곳이라 생각해서 그토록 돌아가려고 발버둥 쳤건만…. 더 이상 갈 수가 없게 됐어. 아니 가지 않기로 했어. 그냥 이 모습 이대로 여기에 남기로 했어. 과연 어느 것이 진짜 현실이고 어떤 것이 메타버스 가상현실인지, 어떤 내가 참된 나이고, 어떤 내가 아바타인지 아무도 장담할 수 없을 테니까. 우리 존재 자체가 아바타라고 간주하는 종교도 있잖아?

우리가 나눠 가졌던 러시아 중첩인형이 우리가 사는 세상과 비슷하다는 걸 얼마 전 깨달았어. 러시아 중첩인형이 모양은 같지만 크기가 다른 몇 겹의 인형들로 이루어진 것처럼, 이 세상도 여러 겹의 메타버스로 이루어졌다고 생각해. 여러 겹의 메타버스에는 또 다른 내 아바타가 살고 있겠지.

지금 일흔이 다 되어가는 내가 이 글을 쓰지만, 너는 이 글을 20대에 읽을 테지? 먼 훗날 네가 지금의 나처럼 일흔이 다 되어갈 때, 여전히 나를 잊지 않고 기억해줄까? 그때 미래의 늙은 네가 지금의 늙은 나를 만나러 이곳으로 올 수 있을까? 그저 부질없는 꿈이겠지?

각자의 세상에서 잘살고 있기를 바랄 뿐. 내가 여기서 잘 지내는 것처럼 너도 그곳에서 잘 지내길 바라며 이제는 정말 안녕!

이메일을 읽은 나는 그동안 애써 외면했던 김 교수님과 민호에 관한 기사를 찾아보았다. 역시 인터넷은 냄비 같았다. 작년 여름에 있었던 김 교수님 실종과 관련된 기사는 찾아보기 힘들었다. 나에 관해

오글거리거나 스멀거리는 기사도 더 이상 뜨지 않았다.

생각난 김에 황춘식 선생 관련 기사도 찾아보았다. 작년 겨울을 넘기지 못하고 객사했다는 단신 기사가 검색됐다. 유난히 춥던 지난겨울에 얼어 죽는 노숙인들이 속출한다는 기사에서, 작년 홈리스 전시회에 참여했던 황 선생이 동사했다는 소식을 짤막하게 전했다.

「행복한 누렁이」 비자금 관련 김방일 고문을 검색해 보았다. 그림과 그에 관한 기사는 엄청나게 많았다. 지난 9월부터 지금까지로 검색 기간을 설정한 후, 과거 기사부터 죽죽 훑어나가면서 뉴스 따라잡기를 했다.

작년 8월에 동화미디어그룹(DMG)의 김 고문이 「행누」로 은행 돈을 빼내서 비자금을 조성했다는 의혹으로 검찰에 출두했지만, 수사는 그 뒤로도 지지부진했다. 9월에 결국 증거불충분으로 김 고문에게 불기소 처분을 내렸다. 불기소 처분을 받자마자 DMG의 김 고문과 선사연(선진사회연구원)의 양 원장은 대선을 앞두고 킹 메이커 역할을 자임하면서 광폭 행보를 보였다. 일요화가회에서 그림도 그리는 전직 판사 엄창열을 새로운 대권후보로 낙점하고, 이제 문화 대통령이 시대정신이라고 바람을 잡았다. 그야말로 문무를 겸비한 엄 후보야말로 '부드러운 대쪽'이라며 이미지 메이킹을 시작했다.

꼬리에 꼬리를 물고 기사를 검색하다가 비슷한 의혹을 소재로 한 웹소설이 작년 말부터 화제였음을 알게 되었다. 그래서 달피아에 들어가서 웹소설을 찾아 읽어본 게 바로 『우중신』이었다.

앉은 자리에서 한달음에 웹소설을 다 읽은 후 난 내 눈을 의심하지 않을 수 없었다. 소설적으로 변형되기는 했지만, 바로 내가 아홉 달 전에 주고받은 이메일과 첨부파일, 그리고 녹취록 내용이 담겨 있었다. 거기에 1970년대 동화일보 사태와 박 화백 그림의 비밀이 작년에 벌어진 비자금 사건과 얽혀 있었다. 웹소설 내용은 허구이고 인물은 가명이라고 명토를 박았지만, 소설과 너무나 흡사했던 현실과 중첩되면서 누적 조회 수가 순식간에 100만 회를 넘겼다.

가명이라면서 내 이름 진아와 실제 인물들이 그대로 등장해서, 난 웹소설 『우중신』에 대해 검색하기 시작했다. 조회 수와 추천 수가 폭발하면서 독자들이 그동안 웹소설의 줄거리를 달피아 밖으로 퍼 날랐다. 수천 개의 댓글도 붙었다. 박 화백 그림 「행누」의 비밀을 폭로한 녹취록에서 웹소설이 갑자기 끝났기 때문인지, 댓글에서는 온통 비자금의 진실에 관심이 쏠렸다. #행누_비자금_의혹 #행누의_진실은? #도대체_행누는_누구_거 같은 해시태그가 이어졌다.

급기야 '도행무' 사이트가 만들어졌다. '도대체 「행복한 누렁이」의 진실은 무엇?'의 준말로, 「행누」에 대한 재조사와 진실을 요구하는 사이트였다.

깨어있으라는 의미의 '스테이 워크(stay woke)' 미디어 챌린지도 도행무 사이트를 중심으로 퍼지기 시작했다. 손으로 하는 언어인 수어 중에서 깨어있음 혹은 깨달음을 의미하는 손동작을 SNS에 사진이나 영상으로 올리는 것이다. 수어는 눈 옆에 엄지와 검지를 대고 눈을 번쩍 뜨는 것처럼 두 손가락을 벌리는 동작이다. 그 수어 동작 사진이나 영상을 SNS에 올리면서 #stay_woke 해시태그와 함께 친한 사람을 지목한다. 지목받은 사람이 챌린지를 릴레이로 이어감으로써, 스테이 워크 챌린지는 급속하게 번져나갔다. 그럴수록 「행누」의 비자금 의혹을 재조사하고 진실을 밝히라는 요구는 거세졌다.

그래도 DMG의 김 고문은 전혀 개의치 않았다. 선사연의 양 원장과 함께 여전히 킹메이커 역할을 놓지 않으려 했다. 그 당시의 뉴스 기사 중에서 특히 논란이 많았던 영상이 눈에 띄어 클릭해 보았다. 양 원장과 김 고문이 후원하는 결식아동 돕기 행사에 엄 후보가 방문했을 때를 다룬 기사와 영상이었다. 비쩍 마른 아이를 두 손으로 감싸 안는 엄 후보가 처연한 표정으로 오른쪽 30도 정도 위를 응시했다. 사진 기자들의 카메라 플러시가 일제히 터졌다.

그때 한 인터넷신문 기자가 엄 후보에게 물었다. 가명이라면서 동화일보와 김 전무 이름이 그대로 등장하는 인터넷 웹소설에 대해 DMG에서 명예훼손을 검토 중이라는 소문이 있는데 사실이냐는 질문이었다. 하지만 기자는 질문을 끝낼 수가 없었다. 경호원들이 기자의 입을 틀어막고 행사장 밖으로 끌고 나갔기 때문이다.

순식간에 일어난 일에 다들 자기 눈을 씻고 벌린 입을 다물지 못했다. 사태를 무마한답시고 김 고문이 인터넷 기자에게 책임을 돌렸다. 이런 비정치적 행사에서, 찌라시만도 못한 웹소설을 근거로 정치적 질문을 한다는 건 언론인의 기본이 안 된 것이라면서, 아무리 인터넷신문이지만 언론의 사회적 책무를 망각하면 안 된다고 훈계조로 말했다. 그리고는 "인터넷신문 기자들 잘 들어요!" 하더니 한마디 덧붙였다. 30년 전에도 그런 '아니면 말고' 식의 무책임한 폭로를 일삼던 기자가 허벅지에 칼을 맞은 적이 있다고 상기시켰다.

기자들은 자기 귀를 의심해야 했다. 언론에 재갈을 물리려고 광고를 틀어막던 동화일보 사태를 떠올리게 한다는 댓글이 기사와 영상에 줄줄이 달렸다.

그동안 밀린 인터넷 서핑을 끝내자 난 김 교수님을 만나야겠다는 생각이 들었다. 그러지 않아도 미국 가기 전에 김 교수님을 한번 찾아뵈려고 했었는데, 웹소설에 관해서 이야기하고 싶어졌다. 교수님이 계신 요양병원에 전화했더니 다음 주 화요일에 오는 게 좋겠다고 해서 그날 가기로 했다.

김 교수님이 입원해있는 요양병원은 경기도 화성 근처에 있었다. 요양병원의 김 교수님 병실을 찾아갔더니, 요양병원 입구 버스정류장에 교수님이 있다고 해서 그쪽으로 갔다.

버스정류장에서는 멀리 바다가 보였다. 바다 한가운데 바위섬이 있었고, 방파제 끝에 하얀색 무인 등대가 보였다. 버스정류장에서 만난 교수님은 휠체어에 앉아 있었다. 아홉 달 만에 봐서 그런지 교수님은 병색이 완연했다. 퀭한 눈과 깊게 파인 주름으로 아주 초췌해 보였다. 나를 보고도 데면데면하게 대해서 뭐라고 말을 붙이기도 애매했다. 정류장 건너편을 자꾸 힐끗거리는 게 누군가를 기다리는 듯했다.

그런데 버스정류장이 특이했다. 정류장은 버스가 올 것 같지도 않은 장소에 있었고, 지붕과 문까지 달린 투명한 셸터가 설치되어 있었다. 셸터 옆면에는 투명한 TV 스크린이 설치되어 있었다. 김 교수님 뿐 아니라 다른 환자들이 셸터 안에 앉아서 멀거니 TV 스크린을 보고 있었다. 마침 TV 스크린에서 뉴스가 끝나자 광고가 나왔다. 멍하니 스크린을 보던 환자들의 눈이 휘둥그레졌다.

셸터 안에 걸린 스크린을 보니까 정류장 셸터 옆 시골길 땅속에서 문어 괴물이 튀어 올라왔다. 하늘에서 천둥 번개가 치면서 비행물체가 바위섬과 하얀 등대 위를 맴돌았다. 자세히 보니까 정류장 옆면에 있는 진짜 현실이 스크린의 동영상과 혼합되어 구현되는 증강현실(AR) 광고영상이었다.

셸터에서 증강현실 광고를 보던 사람들이 탄성을 질렀다. 스크린 너머로 땅에서 튀어 오르는 문어 괴물과 함께 픽업트럭이 흙먼지를 일으키며 나타났다. 트럭은 튜닝을 많이 해서 양쪽 문짝이 울긋불긋 요란한 그림으로 장식되었다. 가만히 보니까 자기 꼬리를 삼키는 용 그림이었다. 카오디오를 얼마나 크게 틀었는지 트럭 밖에서까지 쿵쿵거리는 랩의 드럼 비트가 느껴질 정도였다. 나도 귀에 익은 랩 「스테이 워크(Stay Woke)」였다.

픽업트럭과 전혀 어울리지 않는 모습과 음악이어서 처음에 다들 그것도 증강현실 영상 속 차량인 줄 알았다. 그런데 그건 셸터 옆 진짜 현실의 진짜 픽업트럭이었다. 트럭의 양쪽 문이 열리고 청년과 할머니가 내렸다. 트래퍼 모자를 쓴 청년은 20대 중반으로 보였다. 일흔 살이 다 돼가는 할머니는 요즘 멋쟁이 할머니들처럼 머리를 금발로 염색했다.

나를 보고 시큰둥했던 김 교수님이 금발 할머니를 보고는 반색을 하며 셸터 밖으로 나가려 했다. 난 교수님의 휠체어를 밀고 셸터 밖으로 나갔다. 건들건들하게 어깨를 흔들며 팔자걸음으로 걸어오던 트래퍼 모자가 교수님 앞에 오더니 모자를 벗었다. 모자를 벗자 빡빡머리가 드러난 청년이 공손하게 손을 앞으로 모으고 교수님한테 말했다.

"안녕하세요, 고객님! 엠포엠엑스(M4MX) 고객센터에서 나왔습니다. 고객님이 사은대잔치 이벤트에 당첨되셨어요. 축하드립니다. 여기 제가 모시고 온 분은 제니 고객님, 그러니까 2065년에서 온 송진아 님입니다."

황당한 말에 깜짝 놀라서 난 빡빡머리 청년과 금발 할머니를 번갈아 쳐다보았다. 빡빡머리는 렌즈에 연하게 색이 들어간 안경을 썼고 수염이 덥수룩했다. 금발 할머니는 나처럼 아랫입술 오른쪽 아래에 작은 점이 있었다. 빡빡머리의 말이 이어졌다.

"송진아 고객님께서는 2065년에 구운몽LSG 서비스를 신청했습니다. 송 고객님과의 사전 인터뷰로 시놉시스를 구성했는데, 송 고객님은 2019년 메타버스에 머물러 있던 고객님과의 만남을 원하셨어요. 그래서 모시고 온 겁니다."

국어책 읽듯이 억양 없이 내뱉는 빡빡머리의 말투가 우스꽝스러웠다. 교수님이 인상을 찌푸리고 말했다.

"AI 챗봇이구먼. 근데 내가 이벤트에 당첨되었다는 건 뭐야?"

"저희가 고객 리스트를 찾아보았거든요. 송 고객님 시놉시스가 고객님 사연과 아귀가 맞더라고요. 마침 고객님이 사은대잔치에 당첨되시기도 했고요. 그래서 송진아 고객님과 결합 상품으로 묶어서 서비스를 제공하는 겁니다. 보너스 사은품도 특별히 준비했습니다."

빡빡머리가 들고 온 가방에서 야생화 꿀을 꺼냈다. 꿀 담긴 병을 건넨 빡빡머리가 휠체어에 앉은 교수님에게 목소리를 낮췄다.

"사실은 고객센터 CRM 본부에서 준비한 겁니다. 고객님처럼 2064년 현실로 복귀하지 않고 메타버스에 머물러 있는 분들이 가끔 있거든요. 구운몽LSG의 브랜드 평판에 안 좋을 수 있잖아요? 그래서 주변에 좋게 말씀해 주십사하고 저희가 준비한 작은 정성입니다."

"그래, 뻔하지 뭐. 아무튼 진아랑 같이 왔다니 수고했어." 교수님이 긴가민가한 표정으로 금발 할머니를 쳐다봤다. "그런데 이쪽이 나의 진아 맞는 거야?"

금발 할머니가 고개를 끄덕이며 미소 지었다. 교수님이 주머니에서 주섬주섬 무엇인가를 꺼내려고 했다. 빡빡머리가 교수님 휠체어를 벤치 옆으로 붙이고 꿀 병도 거기에 놓았다. 금발 할머니가 휠체어 옆의 벤치에 앉았다. 교수님이 주머니에서 병정 모양의 러시아 중첩인형을 꺼내어 금발 할머니에게 보여주었다.

"진아야! 아직도 가지고 있어? 네가 옛날에 나한테 선물한 인형."

교수님이 중첩인형의 뚜껑을 열어서 안에 있던 작은 인형들을 꺼내어 벤치에 주욱 늘어놓았다. 눈으로 보았을 때 대략 사이마다 이가 빠진 것처럼 5개만 있는, 병정 모양의 중첩인형이었다.

"그럼! 민호 네가 사준 거 반씩 나눠 가졌잖아."

교수님이 내놓은 인형을 눈으로 쳐다보면서 금발 할머니가 빡빡머리에게 눈짓을 보냈다. 빡빡머리가 들고 있던 가방을 뒤적이며 뭔가를 찾았다. 벤치에 놓인 교수님의 러시아 인형들을 힐끗거리면서 잠시 부스럭거리다가, 빡빡머리도 병정 모양의 러시아 중첩인형들을 꺼냈다. 원래는 한 세트인 것 같은데 중간중간 이가 빠진 인형 5개였다.

빡빡머리가 꺼낸 5개 인형을 교수님은 자신이 가지고 있던 인형 5개와 맞췄다. 교수님에게 없는 인형 5개와 합쳐서 10개 한 세트가 됐다. 10개짜리 한 세트로 된 러시아 중첩인형들이 가장 큰 인형에 차곡차곡 담겨 하나의 완전체가 되었다. 하나가 된 인형을 손에 움켜쥐면서 교수님의 목소리가 떨렸다.

“넌 정말 나의 진아가 맞구나! 다른 세계에서 여기까지 온 거지? 날 보려고?”

금발 할머니가 교수님에게 배시시 웃으며 말했다.

“그럼! 개와 늑대의 시간에 너랑 같이 저녁노을을 보려고 온 거야.”

휠체어 옆 벤치에 앉은 금발 할머니는 교수님과 얘기를 나눴다.

해는 아직 하얀 등대에 걸려있지만, 수평선 쪽으로 옆걸음질 치기 시작했다. 바위섬을 감싸 안은 바닷물이 썰물 때가 되어 빠지고 있었다.

난 금발 할머니와 교수님이 있는 벤치에서 대각선 방향으로 떨어진 벤치에 앉았다. 빡빡머리가 두 벤치 중간쯤에서 서성거렸다. 아까부터 나를 힐끔거리는 걸 알고 있던 나는 짐작 가는 바가 있어서 소리쳤다.

"이민호! 너 민호 맞지?"

빡빡머리가 헤벌쭉거리며 왓츠업! 하고 외치더니 래퍼처럼 어깨와 팔을 휘저었다.

"티 났어?"

"당연하지. 내가 모를 줄 알았어? 어떻게 된 거야?"

"그렇게 됐어."

"오늘 내가 여기 올지 알고 온 거야?"

"네가 오늘 온다는 소식 간호사한테 듣기는 했어. 그러지 않아도 교수님이 아주 쇠약해지셨거든. 작년에 나흘간 정신적으로도 충격이 컸고 몸에도 무리가 온 것 같아."

하긴 노인들이 한번 쓰러지면 회복하기 쉽지 않으니까…. 그래서 나도 오늘 문병 온 것이기도 했다. 건너편에서 금발 할머니와 얘기하느라 훨씬 생기가 도는 교수님을 보면서 내가 물었다.

"저 할머니는 누구야? 미래에서 온 나라고?"

"제니 할머니라고, 우리 동네 살둔마을에 전원주택 짓고 귀농하신 분이야. 더 정확하게는 미국이민 생활을 접고 한국으로 역이민하신 분이지. 미국 유학 갔다가 거기서 만나 결혼한 미국인 남편은 3년 전에 돌아가셨데. 따님이 작년에 한국 지사로 발령이 나서 아예 한국으로 돌아오신 거야."

"그런데 어떻게 교수님 사연을 알아?"

"내가 부탁드렸거든. 원래 노인 상담 전문가셔."

제니 할머니는 미국에서 상담심리로 박사 받고 시니어 센터에서 노인 상담을 오래 한 경력이 있어서, 동네 성당에서 노인 상담 봉사한다고 했다. 민호가 김 교수님 이야기를 하고 부탁하니까 흔쾌하게 여기까지 같이 온 거였다. 원래 심리상담하면서 역할극을 많이 지도해서 그런지, 누군가의 첫사랑 역할을 한다는 걸 아주 좋아하고 깊게 몰입하는 듯했다.

"러시아 중첩인형은 어떻게 가지고 계셔? 그것도 교수님 없는 것들만."

"러시아 여행 갔을 때 사셨던 거래. 사실 이 가방 안에 10개 한 세트 다 있거든. 교수님한테 없는 인형들만 꺼낸 거야."

민호가 한번 몰입하면 역시 디테일에 강하다고 내가 감탄하자, 인형은 제니 할머니가 준비한 거라면서 민호가 빡빡머리를 긁적였다. 김 교수님의 과거나 심리상태를 지금은 자기보다 더 잘 꿰고 있다는 말도 보탰다.

"살둔마을은 언제 내려간 거야? 작년 프로젝트 발표회 때 어디 있었어?"

"발표회 끝나고 나흘 있다가 내려갔을 거야. 그때 난 네 근처에 있었고."

"리서치파크에 있었다고? 근데 왜 메타버스로 사라진 척한 거야?"

뭐가 그리 재미있는지 제니 할머니와 웃음꽃을 피우는 교수님을 보면서 민호가 숨을 길게 내쉬었다.

"작년 여름에 난 이미 예감했어. 메타버스 프로젝트가 실패할 걸로. 교수님 치매가 그때 많이 진행됐거든."

김 교수님의 치매는 상당히 진행돼서 작년 여름부터는 헛것이 보이는 섬망 증세가 나타날 정도였다. 교수님과 가까웠던 민호는 그 낌새를 알아챘다. 교수님은 언론사 메타버스 개발이 아니라 더블-메타버스에 이스터 에그 어쩌고 하면서 이상하게 시스템 구조에 관심을 기울였다. 언론사의 여러 월드맵 중에서 특히 동화일보 광고사태에 집착했다. 젊은 시절 잡지사 기자로 직접 취재했었고, 박사논문 주제이기도 해서인 것 같았다.

발표 전날에는 교수님이 술에 취해서 섬망 증세가 나타난 듯했다. 나 송진아가 자기 첫사랑을 닮았다는 둥 어쩌고 하면서 부적절한 행동까지 했다. 민호한테 부축받고 나가면서도 교수님은 횡설수설했다. 내일 자신은 이 메타버스를 벗어나 진짜 현실 세계로 돌아갈 거라고.

민호는 그다음 날 프로젝트 발표회가 제대로 이루어질까 싶어 불안했다. 발표회가 제대로 되지 않으면 나만 독박 쓸 텐데…. 프로젝트 책임자인 마 교수는 자기보다 나이 많은 김 교수님이나 진아 대신에 만만한 나를 쥐 잡듯 하겠지? 이런 불길함에 민호는 만약을 대비해서, 발표회 전날 밤 나한테 이메일을 미리 보내놓았다.

자기가 메타버스로 빨려 들어갔다는 내용이었다. 조회 수가 낮아서 연재를 중단했던, 자신의 SF 웹소설에 기반한 설정이었다. 외국의 요상한 사이트에서 제공하는 이메일을 새로 하나 팠고, 몇 가지

요소를 넣어서 자연스럽게 스팸으로 분류되게 작성했다. 노트북 날짜를 잠깐 변경해서 이메일 보낸 날짜도 조작했다. 다음날의 프로젝트 발표회가 잘 끝나면, 그 이메일은 SF 농담이었으니까 무시하라고 둘러대려고 했다.

발표 당일 아침에도 김 교수님은 흥분된 상태여서 마음이 놓이지 않았다. 역시 동화일보 광고사태로 리허설 해보자면서 민호에게 먼저 메타버스에 접속해 보라고 했다. 민호가 무선 헤드셋을 쓰고 메타버스에 접속하자 어지러웠다. 헤드셋 장비가 좋지 않으니 최신형으로 교체해 달라고 그렇게 요청했건만, 쯧…. 투덜거리면서 민호는 게임을 시작했다.

그날따라 유난히 어지럽고 구토까지 나와서 비틀거리며 헤맸다. 어느새 컨퍼런스룸 밖으로 나왔다가, 경사가 있는 곳에서 턱에 걸려 미끄러졌다. 무선 헤드셋을 벗고 리서치파크 내의 공중화장실에 가서 세수하고 왔다. 돌아와서 보니까 김 교수님이 헤드셋을 들고 두리번거렸다. 갑자기 길 건너편으로 뛰어가기 시작했다. 토끼 모자를 쓴 10대 소녀가 스케이트보드 타고 가는 걸 보고 그 뒤를 따라가는 것 같았다.

"교수님이 토끼 모자 쓴 소녀를 만난 건 사실이었네?"

내가 물었다.

"그냥 스케이트보드 타고 지나가던 10대 소녀였어. 지나가다가 토끼 모자 귀로 인사 한번 한 거였고. 어떤 할아버지가 자기를 유심히 보니까 그랬겠지."

"그걸 교수님은 이스터 에그를 알려줄 짝귀 토끼라고 생각해서 쫓아가신 거구나."

그런 셈이었다. 스케이트보드 타고 가는 토끼 모자 소녀를 따라 김 교수님이 달려가는 걸 보자 민호의 걱정이 삐죽 솟았다. 저렇게 쫓아가다가 몸 상할 것 같아서 민호도 교수님을 쫓아갔다. 토끼 모자 소녀가 리서치파크를 벗어나 굽은 길에서 꺾어지자, 따라가던 교수님도 꺾어졌다. 민호가 굽은 길에서 교수님을 찾았지만 보이지 않았다. 발표회가 열릴 컨퍼런스룸으로 갔을 것 같지는 않았다. 리서치파크를 벗어나서, 컨퍼런스룸과는 반대 방향으로 달린 까닭이다.

민호는 휴대폰을 꺼내서 시간을 확인했다. 발표 시간인 11시에서 5분이나 지났다. 마 교수님과 나한테 온 부재중 전화가 열 통 이상 와 있었다. 부지런히 발표장으로 돌아가도 20분은 늦을 것 같았다. 지금 가면 왜 이렇게 늦었냐며 닦달할 마 교수님 모습이 눈에 선했다. 10개 넘게 뜬 부재중 전화 표시를 보니까 전화하기도 싫어졌다. 지금 전화하면 그동안 전화는 왜 안 받았었느냐, 김 교수님은 어디 있냐며 혼날 것 같았다.

민호는 이런 게 정말 싫었다. 사고는 다른 사람이 쳤는데, 엉뚱하게 자기가 온갖 비난과 수모를 당하면서 독박 쓰는 거. 지금 돌아가면 발표장에 모인 관중들 앞에서 자기가 독박 쓸 수모와 비난을 생각하니 끔찍했다. 마 교수님이 마귀할멈 얼굴을 하고 자신을 쥐잡듯하는 모습이 떠올라서 민호는 아예 전화기를 꺼버렸다. 머리가 하얗게 되면서, 아무 생각이 나지 않았다.

그대로 피시방으로 줄행랑쳤다. 컵라면 먹으면서 미친 듯이 게임을 하다 보니 어느새 한밤중이 됐다.

잠시 게임을 멈추고 이메일을 열어보았다. 오후에 내가 보낸 이메일이 와있었다. 이메일 내용으로 봐서는 김 교수님도 발표장에 나타나지 않은 게 분명했다. 겁이 덜컥 났다. 어떻게 해야 할지 막막했다. 인제 와서 돌이키기엔 늦은 것 같았다. 지도교수인 마 교수님은 평소에도 민호를 마뜩잖게 여겼다. 이번에 대형 사고를 쳤으니 완전히 찍혔다. 석사논문 통과는 물 건너갈 것 같다. 사실 나를 따라서 대학원에 오기는 했지만, 석사 받아봐야 취업에 별 도움이 될 것 같지도 않았다.

이왕 이렇게 된 것, 미친 척하고 메타버스를 계속 밀고 나가는 수밖에 없다고 생각했다. 그게 김 교수님을 위해서도 좋을 것 같았다. 이미 치매가 진행된 김 교수님이 이 프로젝트를 마무리하기는 어려울 것 같고, 마 교수님은 프로젝트 실패의 책임을 김 교수님한테 덤터기 씌울 게 뻔했다. 김 교수님이랑 자기가 메타버스 어딘가로 사라졌다고 하는 게 이 프로젝트에서 발을 빼는 출구전략 같아서 그냥 내지르기로 했다.

김 교수님도 사라진 게 마음에 걸려서 민호는 다음 날 교수님을 찾아봤다. 그 전날 교수님이 갑자기 사라진 곳으로 몰래 다시 가봤다. 리서치파크 옆에 새로 연구단지를 하나 더 조성하는데 거기 있는 컨테이너 휴게실이 눈에 띄었다. 원래 공사장 인부들 휴게실로 쓰였던 곳이라, 책상 걸상과 함께 구석에 접이식 간이침대도 있었다.

휴게실 안 한쪽 구석에서 앓는 소리가 났다. 김 교수님이 쓰러져 있었다. 일흔이 다 된 노인이 스케이트보드 타는 젊은 애를 쫓아가다가 넘어져서, 심장에 무리가 오고 발에 골절상을 입은 게 분명했다. 접이식 간이침대를 펴서 일단 교수님을 눕히고 얇은 담요를 덮어줬다.

처음에 교수님은 끙끙 앓았다. 소방서에라도 연락해서 구급차를 부를까 싶었지만 그만뒀다. 사이렌 소리 요란한 구급차 불러서 대단한 사고라도 난 것처럼 처리하는 게 꺼려졌다. 구급차 소리에 호들갑을 떨며 민호를 쥐 잡듯이 다그칠 마 교수님 얼굴이 떠올랐다.

"아니, 그래도 그렇지! 교수님을 거기 그냥 방치했단 거야?"

내가 눈꼬리를 치켜올리자 민호가 두 손을 내저었다.

"나도 걱정돼서 준호 형한테 연락했었지. 우리 학보사에 의대생 형 있었잖아?"

"지금 우리 학교 병원에서 레지던트로 있는 그 선배?"

"그래. 그 형한테 부탁하니까 당장은 어렵고 다음 날 점심시간에 잠깐 들러보겠다고 하더라고. 그러면서 우선 감기약이랑 호박죽을 드시게 하라고 했어."

레지던트 선배는 응급환자 때문에 결국 오지 않았다. 대신에 민호한테 김 교수님 상태를 듣더니 갈비뼈에 실금이 간 것 같다고 했다. 일단 하루 정도는 움직이지 말고 안정을 취하는 게 필요하다는 것이다. 선배 권고에 따라 민호는 교수님이 안정을 취하게 한 후 그 곁을 지켰다. 교수님은 감기몸살에 기력까지 쇠해졌다. 감기약이나 죽 먹을 때만 잠깐 깨어날 뿐 거의 온종일 잠을 잤다. 사흘째부터 접이식 간이침대에 걸터앉을 정도는 됐다. 눈만 껌벅이며 창밖을 멍하니 바라볼 뿐이었다.

토끼 모자 소녀 따라가느라고 무리를 해서 몸이 급격히 쇠약해지기도 했지만, 무엇보다도 마음이 허해져서 넋이 나간 사람처럼 보였다. 민호는 선배 권고대로 나흘째 날에는 교수님을 병원으로 옮겨야겠다고 생각했다. 자신은 나서지 않고 경찰이 교수님을 병원으로 후송하는 게 좋을 것 같았다. 교수님이 자연스럽게 경찰에 발견되도록 손을 썼다. 경찰이 IP 추적을 할 걸로 짐작해서 인터넷 접속장소를 드러냈다.

마지막 날에 컨테이너 휴게실에서 낡은 노트북으로 인터넷 RPG 메타버스에 접속한 후, 그 상태로 컨테이너 휴게실을 빠져나왔다. 경찰과 내가 휴게실로 달려와 교수님을 구급차에 태우고 가는 걸 멀리서 지켜보았다.

이메일은 교수님 곁을 지키는 나흘 동안 민호가 보낸 거였다. 처음에는 컨테이너 휴게실에서 보내다가 나중에는 피시방이나 카페로 자리를 옮겨가면서 보냈다. 이메일 보낼 때 민호는 노트북 날짜를 조정해서 이메일 발송 날짜를 적당히 조작했다.

"첨부파일은 순전히 날 위해서 보낸 거야? 내 석사논문 주제가 동화 사태여서?"

내 질문에 민호의 대답이 엎어졌다.

"당장 네가 필요하잖아. 까딱하면 교수님 자료가 영영 묻혀버릴 것 같기도 했고."

"왜? 치매가 점점 심해져서?"

"그래. 나중에라도 교수님도 보실 수 있게 첨부파일로 올려놓은 거야."

"교수님 원고는 어떻게 네가 손보게 됐는데?"

발표회 석 달 전쯤, 그러니까 작년 5월이었다. 「행복한 누렁이」 비자금 의혹이 터지면서 민호는 교수님한테 원고를 받았다. 교수님은 1970년대 잡지사 기자였을 때 동화 광고사태를 취재하고, 박흥복 선생과 인터뷰를 해놓고도 원고를 마무리 짓지 않았다. 다른 일 때문에 바쁜 것도 있었지만, 마지막 부분이 이해되지 않고 받아들이기 힘들어서였다. 「행누」 비자금 의혹이 터지면서 관심이 되살아났다. 민호를 아침가리골에 사는 박 선생에게 보냈다. 하지만 박 선생도 「행누」가 민통선에서 찾던 그림인가 확인해 주지 못했다.

그러던 차에 민호가 황춘식 선생 소식을 알게 됐다. 갤러리큐에서 열리는 홈리스 전시회를 소개하는 기사에서, 거기 전시에 참여하는 노숙인 중 황춘식 선생에 관한 내용을 본 것이다. 발표회 보름 전에 교수님은 민호를 보내 황 선생과 인터뷰하게 했다. 민호가 인터뷰한 녹음파일과 녹취록을 접한 교수님은 그림에 얽힌 비밀을 알게 되었다. 그동안 마지막 퍼즐 한 조각이 맞춰지지 않았는데 이제야 그 퍼

즐이 풀렸다고 기뻐했다.

교수님은 그동안 미완으로 남겨두었던 자료를 마무리 지으려 했다. 황춘식 선생 녹취록을 토대로 그 뒷부분을 추가하려고 했다. 그 작업을 메타버스 프로젝트 발표회 전까지 마무리하려고 교수님은 서둘렀다. 마치 발표회 때 먼 길 떠나는 사람처럼, 그 이전에 모든 걸 끝내려고 했다. 하지만 발표회 직전 일주일 동안 메타버스 프로젝트 마무리하기도 바빴다. 결국 뒷부분 덧붙이는 작업을 끝내지 못했다.

뒷부분을 추가하는 동안 교수님은 민호에게는 메타버스 발표회 전까지 기존 원고를 수정하라고 지시했다. 워낙 오래전 글이라서 단어나 표현 등을 민호의 젊은 감각으로 수정하길 원했다. 교수님은 동화사태에 관한 자신의 글이 요즘 젊은이들도 쉽고 흥미 있게 읽을 수 있는 글이 되기를 원했다. 민호가 학보사 기자도 했고 특히나 웹소설도 쓴 적이 있다는 걸 알고 적임이라고 보았다. 시간이 촉박하기도 해서 민호는 기존 원고를 단어 몇 개만 수정해서 교수님한테 넘겼다.

교수님은 연구비로 민호에게 천만 원이나 지급했다. 황춘식 선생과의 인터뷰 및 녹취록 작성, 기타 추가적인 조교 활동에 대한 연구비라고 했다. 너무 많은 액수에 민호는 깜짝 놀랐다. 원고를 그 정도로 수정하지 않은 것 같아서 마음이 불편했다. 프로젝트 발표회 끝나면 원고를 다시 꼼꼼하게 읽으면서 제대로 수정해야겠다고 마음먹었다.

그런데 프로젝트 발표회 당일 사달이 난 것이다. 아무래도 교수님의 치매도 많이 진행되어서, 이게 마지막이 될지도 모른다는 생각이 들었다. 그래서 컨테이너 휴게실에서 교수님 곁을 지키는 동안 민호는 원고 수정작업을 서둘러 마무리했다. 너무 옛날식 표현은 요즘 식으로 바꾸면서 필요한 곳에 주석을 달기도 했다. 그렇게 수정한 원고를 나중에라도 교수님과 내가 모두 볼 수 있기를 원했다. 이메일을 새로 하나 파서 나에게 보내면서 첨부파일로 올려놓은 이유였다.

교수님이 구급차로 실려 가는 것까지 멀리서 확인한 민호는 살둔마을 이모네로 갔다. 그때부터 자의 반 타의 반으로 이동양봉을 하며 반봉반유의 삶에 접어들었다. 이모네를 따라서 전국을 떠돌면서 틈틈이 야생화와 양봉에 대한 영상, 그리고 평소 써두었던 랩을 유튜브에 올렸다. 유튜브 광고 수입이 실망스러울 정도로 조회 수는 미미했다.

조회 수는 엉뚱한 곳에서 터졌다. 민호가 달피아에 연재한 웹소설이었다. 민호는 자신이 손본 교수님의 원고가 결국 발표되지 못할 것으로 판단했다. 기존의 SF 설정에 르포소설 형식의 교수님 원고 내용을 대폭 집어넣은 이유였다. 단순히 메타버스 SF 설정만 했을 때보다 반응이 폭발적이었다. SF 설정에 역사적 사실을 결합하고 작년에 벌어졌던 박 화백 그림 비자금 사건을 버무렸더니, '현실과의 싱크로율 98%'라는 소문이 돌아서 그런가 싶기도 했다.

민호의 긴 이야기를 다 들은 난 믿어지지 않았다. 무엇보다도 민호가 교수님의 마음을 그렇게 잘 헤아려서 이메일을 쓴 게 놀라웠다.

"그러니까 네가 이메일을 보냈다고? 민호 너인 척하는 교수님인 척하면서?"

민호가 빡빡머리를 긁적였다.

"진아 네가 생각하는 것보다 난 교수님이랑 얘기를 많이 나눴거든. 네가 일찍 들어가고 나면 큐빅 연구실에서 같이 밤샐 때도 많았어. 집에 가봐야 둘 다 가족이 없잖아. 이런저런 얘기 나누면서 내가 누군가를 짝사랑한다는 것도 아셨어. 나보고 고백해보라고 부추길 정도였으니까. 또 내가 랩 쓰고 SF 덕후인 것도 아셨지. 교수님은 내 SF소설의 배경설정에서 허점 찾아내는 걸 즐기셨어. 마치 숨은그림 찾기 하는 것처럼 말이야 김 교수님 관련 유튜브 영상 나도 봤거든. 나랑 나눴던 이야기가 많이 녹아 있더라."

돌이켜보면 민호는 지도교수인 마 교수님보다 김 교수님을 더 따랐다. 김 교수님도 민호를 나보다 더 아꼈다. 김 교수님은 민호한테 메타버스 프로젝트 외에 다른 일도 많이 시키고 그만큼 많이 챙겨줬다. 나는 머리카락을 쓸어 올리며 말했다.

"어쩐지 교수님 얘기가 어디서 많이 본 것 같긴 하더라."

"언제부턴가 난 느꼈어. 치매랑 인지장애가 심해지면서 교수님 머릿속이 점점 뒤엉키는걸." 민호가 말했다. "무엇보다도 교수님 자신을 20대의 나로 착각하시더라고. 여기는 구운몽LSG의 메타버스라는 둥 횡설수설하시는 거야. 그건 내 SF 웹소설이 설정한 세계관이었거든. 마 교수는 프로젝트만 따오고는 나 몰라라 하잖아? 메타버스 개발에 너무 몰두하면서 김 교수님이 스트레스 많이 받으신 것 같아."

"너랑 나눈 SF 가상현실 얘기가 진짜 현실과 섞여 범벅이 된 거네."

"그런 셈이지. 그런 교수님에 처음엔 당황스러웠어. 하지만 어느 순간 공감하고 연민을 느끼게 됐어. 특히 교수님이 살아온 세월을 알고부터 그랬어. 그건 박흥복 선생님에 대해서도 마찬가지야. 내가 첨부파일 수정하면서 느낀 것도 공감과 연민이야. 박 선생님은 뼈아픈 회한뿐이라고 하시더라. 발버둥 칠수록 더 깊은 수렁에 빠졌다고. 그래도 그 덕분에 우리가 다시 솟구칠 수 있었다고 난 생각해."

민호 얘기에 난 작년에 홈리스 전시회에서 박흥복 선생님이 구매했던, 자기 꼬리를 삼키는 용 그림이 떠올랐다. 자기 꼬리를 삼키는 우로보로스가 자기 파괴적 형상이기도 하지만, 영원한 완전성을 향한 몸부림의 상징이라는 해석도 떠올랐다.

내가 말없이 고개를 주억거리자 민호가 말머리를 돌렸다.

"너, 참! 석사논문 통과됐지? 축하해."

"네 첨부파일이 도움이 많이 됐어. 고마워. 내 논문 하나 보내줄게. 살둔마을 주소 알려줘."

민호가 빡빡머리를 이리저리 쓰다듬더니 고개를 가로저었다.

"아니야. 됐어. 네가 보내도 여기서 난 받아볼 수 없을 거야."

"아, 그러네. 넌 이동 양봉하느라 떠돌아다닌다고 했지."

"그것보다도, 난 여기 없어. 다른 메타버스에서 왔거든. 미래에서 온 제니 할머니랑 같이."

난 콧김을 훅 내뱉었다. 왼손 둘째손가락으로 머리카락을 말아 쥐며 말했다.

"얘가 잘 나가다가 또 메타버스로 빠지네. 그만해! 재미없어."

"아니 진짜야. 제니 할머니 한국 이름도 진아였어. 미국인 찰스와 결혼하면서 제니퍼 찰스로 이름이 바뀐 거야. 처음 미국 유학 갈 때는 커뮤니케이션 전공이었는데 나중에 심리학으로 전과한 거래. 너처럼 입술 근처에 작은 점도 있더라고. 뭔가 애매하면 머리카락 말아 쥐는 버릇도 비슷하고."

"넌 한번 몰입하면 디테일에 강하잖아? 막장 드라마처럼 얼굴에 점 하나 찍고 모시고 온 거야? 그분 역할극 많이 하셨다면서? 메소드 연기의 달인이시네."

내 빈정거림에도 민호는 굽히지 않았다.

"아니야. 전부 제니 할머니 본 모습이야. 너랑 같은 이름에, 같은 위치의 점에, 비슷한 말투와 몸짓이 가능하겠어? 확률로 얼마나 될까?"

"억만 분의 일도 안 되겠지. 하지만 확률이란 게 막상 당하는 사람으로서는 100프로야. 벼락 맞았지만 죽지 않고 살아서 복권에 당첨될 확률이 얼마나 되겠니? 그래도 인터넷 보면 실제 그런 일이 일어나잖아."

"그럴 수도 있겠지."

민호가 건성으로 대답했다.

난 건너편 벤치의 제니 할머니를 새삼스레 살펴봤다. 저녁놀이 서서히 물들기 시작하는 서쪽 바다를 배경으로, 제니 할머니와 김 교수님이 환한 웃음을 서로 나눴다. 난 교수님이 저렇게 해맑게 웃는 모습은 처음 봤다. 민호 말이 믿기지 않아 내가 다시 물었다.

"여태까지 한 얘기는 뭐야? 네가 이메일 보내면서 첨부파일 정리하고, 그걸로 나중에 웹소설 썼다면서?"

"그건 내 메타버스에서 벌어진 일이야. 여기 일은 난 몰라. 네가 받은 이메일은 여기 있던 민호가 다른 메타버스로 미끄러져서 보낸 거라면서? 유튜브 영상 보니까 잘 정리했던데. 여기 있던 민호는 다른 메타버스로 갔고, 발견된 김민수 교수는 다른 메타버스에서 온 다른 민호이고, 여기에 민호가 나타난다면 다른 메타버스에서 온 또 다른 민호일 거라고."

난 짜증이 확 솟구쳐서 나도 모르게 목소리가 갈라졌다.

"그럼, 여기 웹소설은 누가 쓴 거야?"

"나야 모르지. 그 내용 아는 사람 꽤 있지 않아? 박흥복 선생, 추 기자, 강 경장, 강 경장이 슬쩍 흘렸을 유튜버와 인터넷신문 기자 등등… 그들 중 하나가 올렸겠지. 그리고 내 메타버스의 내 웹소설도 내가 썼다고 할 수 없어. 김 교수님과 박흥복 선생과 나의 합작품인 셈이니까. 여기 웹소설 제목과 필자명도 나랑 다를 걸 아마? 내 필명은 '우로보로스'고 소설 제목은 『러시아 중첩인형』이었어. 여기는 뭐라고 했지?"

너무나 천연덕스럽게 묻는 민호의 태도에 난 어이가 없었다. 둘째 손가락으로 민호 얼굴을 가리키며 다그쳤다.

"네가 여기 웹소설 작가 '마트료시카'가 아니다? 좋아! 네 메타버스에서 왜 여기로 온 거야?"

"아까 교수님한테 말한 그대로야. 원래 한국 이름이 진아였던 제니 할머니는 2065년의 살둔마을에 살고 계신 분이야. 대학원생 동기였던 민호가 사라진 일을 가슴 한켠에 묻어두고 살았던 것 같아. 제니 할머니 젊은 시절 이야기를 따님이 들은 모양이야. 엄마를 위해서 구운몽LSG 서비스를 신청한 거지. 사전 인터뷰 때 제니 할머니는 민호 소식을 듣게 된 거야. 민호들 중에는 2064년의 진짜 현실로 돌아오지 않고, 늙은 김민수 교수가 돼서 그냥 메타버스에 남아있는 민호가 있다고 말이야. 제니 할머니는 다른 환상적인 인생 시뮬레이션을 원하지 않았어. 아주 심플한 시놉시스만 구성했어. 2019 메타버스에 남은 늙은 민호, 그러니까 김민수 교수를 위로하러 가는 시놉시스야. 위로라고 해서 뭐 거창한 건 아니야. 저녁놀 같이 보면서 이야기 들어주는 정도니까."

내 입에서 피이~ 소리가 새어 나왔다. 난 민호에게 둘째손가락을 좌우로 흔들었다.

"그것도 어디서 많이 들어본 이야기네. 그거 무슨 보살이 중생 구제하러 다닌다는 설정이랑 비슷하잖아. 득도했는데도 극락으로 가지 않고 지옥에 남아서 말이야. 너, 내가 아는 민호 맞네! 여전히 뻔한 클리셰를 구사하는 거 보니까."

"그래? 진실은 원래 뻔한 건데."

민호가 쩝 하고 입맛을 다셨다. 난 둘째손가락으로 나 자신을 가리켰다.

"그리고 내가 미래에 그렇게 천사가 된다고? 거의 보살 수준으로?"

"45년 동안 인격 수양을 엄청나게 했나 보지 뭐. 원래 못된 배우자를 만나면 득도한다잖아."

민호가 킥킥거리더니 하던 말을 이어 나갔다.

"아무튼 제니 할머니, 그러니까 미래의 진아가 2019 메타버스를 여행하기로 한 거야. 거기에 동행이 필요하다고 구운몽LSG에서는 판단한 거지. 일종의 호위무사? 어느 날 구운몽LSG의 AI 챗봇이 나보고 동행 서비스를 부탁하더라고. 나는 그전까지 내가 쓴 웹소설이나 SF 메타버스 설정은 순전히 내 상상과 교수님 망상의 산물이라고 생각했었어. 그런데 그건 사실이었어. 내가 있던 세상도 메타버스고 나도 아바타였던 거야. 컴퓨터를 리셋해도 지워지지 않고 남는 고스트 데이터처럼, 내 머릿속에 지워지지 않는 잔상으로 남았던 모양이야. 그래서 내 메타버스에서 이동 양봉하면서, 메타버스 구운몽LSG 동행 서비스도 겸하고 있어. 제니 할머니처럼 여러 메타버스를 횡단하는 분들을 모시고 가는, 트랜스-메타버스 동행 서비스야. 내 메타버스 내에서는 이동 양봉으로 떠돌아다니면서 다른 메타버스도 넘나들기, 이거 내 체질에 딱 맞는 것 같아."

난 머리카락을 마구 헝클어뜨렸다. 도대체 어디까지가 사실일까? 얘가 지금 거대한 농담을 하는 건가? 옅은 한숨을 내뱉으며 내 눈길을 바다로 돌렸다. 썰물 때가 돼서 아까부터 물이 빠지더니 방파제 끝의 갯벌이 석양에 드러났다. 갯벌이 열리면서 바위섬이 방파제 끝의 육지와 연결되었다.

해거름 녘 썰물에 육지가 된 바위섬을 보면서 민호가 물었다.

"진아야! 저 바위섬은 섬일까 육지일까?

"밀물 때 보는 사람은 섬이라고 하지만, 썰물 때 보는 사람은 육지라고 하겠지."

시큰둥한 내 대답에 민호가 바위섬에서 눈길을 떼지 않고 물었다.

"무엇이 진실일 것 같니?"

"둘 다 맞는 거 아니야?"

"그럼 이제 진실은 무엇을 믿느냐의 문제야. 진아, 넌 뭘 믿고 싶어?"

"뭔 소리야?"

민호의 눈길이 건너편 벤치의 김 교수님한테 옮겨졌다.

"여기 두 개의 이야기가 있어. 하나는 교수님이 치매에 걸려 섬망 증세가 나타났고, 네가 받은 이메일이랑 첨부파일과 웹소설은 사실 전부 내가 쓴 거라는 이야기. 또 하나는 교수님이 바로 나이고 우리는 거대한 메타버스 속의 아바타라는 이야기. 이 두 이야기는 각각 그 설정과 세계관에서 솔기 없이 아귀가 딱 들어맞아. 설사 아귀가 맞지 않는 허점이 있더라도, 우리가 잘 몰라서 그런다고 생각하고 넘어갈 수 있겠지. 메타버스의 다중우주, 그리고 치매 노인의 다중인격, 과연 어떤 이야기가 진실일까? 너는 뭘 믿고 싶어? 교수님은 다중우주를 믿으셨어. 팍팍했던 인생을 되돌아보면서 다중우주 이야기로 평안을 얻으신 것 같아."

"불교의 전생이나 윤회 이야기로 위안을 받는 것처럼?"

"그렇지. '이번 생은 망했다'는, '이생망'이라는 말을 왜 요즘 많이 하겠어? 이번 생은 망했어도 윤회를 통해 다른 생에선 잘 살고 싶은 거지. 이번 메타버스는 끔찍했어도 다른 메타버스의 또 다른 나는 잘 살고 있겠지, 생각하면 덜 억울하잖아."

민호의 눈길을 따라 건너편 벤치로 향한 내 눈에 김 교수님과 제니 할머니가 들어왔다. 두 분 사이에 놓인 러시아 중첩인형을 보며 내가 말했다.

"러시아 인형처럼 여러 겹의 메타버스가 중첩되어 있는 게 우리 세상이라는 거네."

"그래서 아바타인 우리가 이 메타버스를 빠져나가는 건 어렵다고 봐. 한 겹 벗겨내면 또 한 겹 감싸고 있으니까."

"중생이 윤회의 수레바퀴를 벗어나기 힘든 것처럼?"

묘하게 불교가 자꾸 연상돼서 내가 묻자, 민호가 고개를 끄덕이며 말했다.

"여기서 우리를 단숨에 꺼내주는 신박한 방법 같은 건 없는 것 같아."

"그저 자기 꼬리를 삼키며 몸부림칠 때 한 겹 한 겹 벗어날 수 있을 뿐이다?"

"그런 셈이지. 그리고 사실..." 민호가 잠시 뜸을 들이다가 말했다. "동화 사태를 단칼에 해결해 주는, '숨은 신'같은 박 화백 그림은 없었잖아?"

난 눈을 가늘게 뜨고 민호를 지그시 쳐다봤다. 거의 일 년 만에 만나서 그런지 눈매가 깊어진 민호가 너무 낯설었다. 그래서 더 혼란스러웠다. 눈앞의 민호가 원래 알던 민호, 여기 있던 민호가 정말 아닌가? 다른 메타버스에서 온 민호인가? 아니면 민호가 더 이상 자신을 찾지 말라는 뜻에서 끝까지 SF 농담하는 건가? 어차피 내가 미국 가니까 신비주의 콘셉트로 기억되고 싶어서? 혹시라도 동화 DMG한테 명예훼손 당할까 봐? 더 이상 추궁해봐야 부질없어 보였다.

그때 간호사 두 명이 버스정류장으로 다가왔다. 버스가 오늘 늦는 것 같으니 병원 휴게실에서 차나 한잔하며 기다리자면서, 정류장에 있던 사람들을 간호사 한 명이 인솔해서 병원으로 데리고 갔다. 김 교수님을 데려가려고 간호사가 휠체어를 밀었다.

민호가 부스럭거리며 가방에서 무엇인가를 꺼냈다. '구운몽LSG 고객만족도 설문조사'라고 쓰인 종이였다. 역시 디테일에 강한 민호답다고 느꼈다. 대충 적으면 될 설문지를 교수님은 일일이 읽어보면서 낑낑거리고 있었다. 남들 1분이면 끝낼 설문지 작성하는 데 5분은 걸릴 것 같았다. 그 모습을 보니 교수님답다는 생각도 들었다.

교수님이 설문지를 작성하는 동안 민호가 버스정류장 셸터의 TV 스크린을 보며 말했다.

"이런 데 버스정류장이 다 있네요. 버스도 서지 않을 것 같은데…. 증강현실 광고까지 돌아가는 것도 놀랍고."

"그러게요." 제니 할머니가 맞장구를 쳤다. "런던에서 이런 식의 펩시콜라 광고 본 적이 있거든요. 여기서 이런 걸 볼 줄 몰랐네요."

"괜찮죠? 근데 이거 가짜 버스정류장이에요. 여기 무슨 버스가 서겠어요?"

간호사가 생글생글 웃으면서, 증강현실 광고가 돌아가는 가짜 버스정류장에 관해 설명했다.

병원의 치매 환자들이 가끔 무단으로 병원을 빠져나가려 해서, 그것을 방지하려고 만든 시설이 가짜 버스정류장이었다. 병원을 탈출하려는 환자들은 이곳이 진짜 정류장인 줄 알고 여기서 버스를 기다린다. 셸터 옆 TV 스크린의 증강현실 광고영상은 환자들을 잡아둘 겸 설치한 것이다. 환자들은 여기서 실감 나는 광고영상을 보거나 뉴스 보면서, 자기들끼리 입씨름하기도 하며 하염없이 버스를 기다린다. 그러는 동안 자기가 왜 정류장에 왔는지 잊어버린다. 버스는 오지 않는다. 하루에 두 번 정도 간호사가 와서 정류장의 환자들을 다시 병원으로 데리고 갈 뿐이다.

광고회사에서 증강현실 광고판 설치조건으로 이 버스정류장도 만들어줬다. 그런데 유동 인구가 많지 않아 수익이 적어서 그런지, 요즘 사후 관리를 잘 안 해준다고 간호사가 투덜거렸다. 접촉 불량인지 스크린이 갑자기 꺼지거나 혼자 저절로 켜지기도 한다면서 간호사가 TV 스크린 전원을 껐다.

교수님이 그제야 설문을 마치고 민호에게 설문지를 돌려줬다. 민호가 설문지 맨 마지막 부분을 보더니 교수님한테 타박했다.

"어? 고객님 만족도가 별 네 개 반이에요? 여기 제니 할머니, 아니 진아도 왔고 저녁놀도 같이 보셨잖아요. 인심 좀 쓰시지."

"별 다섯 개짜리 세상이 어디 있어? 그렇게 완벽하면 극락이지."

"그러네요. 그래도 고객님 이만하면 구운몽 서비스 만족하시죠?"

휠체어에 앉은 교수님은 고개를 끄덕였다. 잠시 머뭇거리다가 제니 할머니를 올려다보았다. 물기 젖은 눈이 껌뻑껌뻑했다.

"진아야 안녕… 잘 가."

어린이집에 들어가는 네 살짜리 아이가 엄마 품에서 떨어지면서 울음을 삼키는 표정이었다. 제니 할머니가 허리를 굽혀 두 손바닥으로 교수님의 두 뺨을 감쌌다.

"민호도 안녕… 잘 지내고."

두 뺨을 감싼 제니 할머니의 손등을 교수님이 두 손으로 다시 감싸 안았다. 감싸 안긴 두 손의 엄지로 제니 할머니가 교수님 눈가에 맺힌 눈물을 닦아주었다. 나도 콧날이 시큰해지면서 눈두덩이 뜨뜻해졌다. 오늘이 교수님을 마지막으로 보는 게 아닐까 싶었다. 민호가 트래퍼 모자를 푹 눌러써서 눈을 가렸다. 교수님은 희미하게 웃으며 손을 흔들었다.

간호사가 미는 휠체어를 타고 교수님이 노을 속으로 사라졌다.

멀어지는 교수님에게서 눈길을 거둔 민호가 이제 돌아갈 시간이 되었다면서 나를 돌아봤다.

제니 할머니가 내 손을 잡았다.

"민호한테 얘기 들었지? 진아야! 나는 너야. 김 교수님이 민호인 것처럼."

젊은 사람이 늙으면 노인이 되는 거니까, 뭐…. 심드렁한 대꾸는 속으로 삼키며 난 슬그머니 손을 놓았다. 제니 할머니가 정말 미래의 나일까 싶어서 물었다.

"그럼 제가 미국 유학 가서도 잘 살아가나요?"

"후 노우즈?" 어깨를 한 번 으쓱거린 제니 할머니가 둘째손가락으로 머리카락을 꼬았다. "내가 너라고 해서 네가 나처럼 살라는 법은 없어. 너의 메타버스에서 너는 또 다른 너로 살아가겠지. 너무 비장하게 '한 번뿐인 인생 잘 살아야지'하고 부담 가질 필요도 없어. 그저 여러 메타버스의 수많은 아바타 중 하나일 뿐이라고 생각해 보렴. 한결 마음이 편해질 거야."

이것도 디테일에 강한 민호가 귀띔해준 건가? 역할극에 심하게 과몰입한 제니 할머니의 메소드 연기일까? 제니 할머니의 아랫입술 오른쪽 아래에 또렷하게 박힌 점을 바라보면서 난 고개를 가로저었다.

하얀 등대에 걸렸던 해가 뉘엿뉘엿해지면서 초록색 등댓불이 켜졌다. 하늘과 바다와 갯벌이 어슴푸레하게 몸을 섞으면서 한 덩어리로 보였다. 민호와 제니 할머니가 셸터 벽면의 TV 스크린 뒤로 보이는 픽업트럭에 올라탔다. 민호가 시동을 걸더니 창문을 열고 음악을 크게 틀었다. 아까 오면서도 틀었던 랩 「스테이 워크」였다. 픽업트럭 문에 그려진 '자기 꼬리를 삼키는 용'이 꿈틀거리는 듯했다.

셸터 벽면의 TV 스크린 갑자기 불이 들어왔다. 접촉 불량인지 형광등 켜질 때처럼 화면이 몇 번 깜빡거렸다. 깜빡이던 스크린 화면이 켜지더니 증강현실 광고가 돌아가기 시작했다. 천둥 번개와 함께 땅속에서 문어 괴물이 튀어나오고, 초록빛을 내뿜는 하얀 등대 위로 거대한 비행물체가 나타났다. 랩의 후렴 부분 노래가 픽업트럭에서 뛰쳐나와 땅바닥을 쿵쿵 밟았다.

결국 우리는 질 수밖에 없고 여전히 지옥을 헤매지만, 믿을 수 있겠니? 우리는 아직 지지 않았다고.

등대 위를 맴돌던 비행물체가 천천히 픽업트럭 쪽으로 내려왔다. 픽업트럭이 부르르 몸을 한번 떨더니 급발진으로 하는 것처럼 시골길 위로 튕겨 올라갔다. 공중에 선회하던 비행물체가 픽업트럭을 삼켰다. 땅속에서 솟아오른 문어 괴물과 함께, 하늘과 바다와 갯벌이 뒤엉킨 주홍빛 노을 속으로 사라졌다. 불꽃이 퍽! 튀더니 셸터 TV 스크린 전원이 꺼졌다. 증강현실 광고영상도 꺼지면서 화면에는 아무것도 보이지 않았다.

난 스크린 옆으로 몸을 기울여서 맨눈으로 픽업트럭을 확인해 보려 했다. 땅거미가 내려앉은 시골길에 픽업트럭은 보이지 않고, 뽀얀 먼지만 뭉게뭉게 피어올랐다.

민호의 픽업트럭이 사라진 곳을 바라보다가 나도 '스테이 워크 챌린지' 사진을 찍고 싶어졌다. '깨어있음'을 뜻하는 수어 동작으로, 오른손 엄지와 검지를 벌려 눈 옆에 대고 휴대폰으로 셀카를 찍었다. 「행누」의 진실을 요구하는 '도행무' 사이트에 접속해서, 방금 찍은 사진을 올렸다. '#stay_woke #도대체_행누_진실은_무엇 #민호야_어디야?'라고 해시태그도 달았다. 민호가 어디에 있더라도 보고 있을 것 같았다. 나의 민호가 있는 그곳, 그 환상적인 메타버스에 가고 싶어졌다. 나는 민호가 사라진 곳을 향해 또각또각 걸어갔다.

추천의 말

자유언론은 언론인과 독자, 시청자도 그 주역이다

이 부 영
동아자유언론수호투쟁위원회 위원장

1974년 10월 24일 동아일보 기자들이 자유언론실천선언을 선포한 지 2024년 올해로 50년이 되었다. 이 선언을 계기로 자유언론 투쟁이 시작되었고 시민들은 격려 광고로 응원했지만 1975년에 동아일보에서 130여 명, 조선일보에서 30여 명의 언론인이 강제 해직당했다. 하지만 명색이 한국을 대표한다는 언론사들이 지금까지 사과 한마디 없다. 조그만 성냥공장만도 못한 언론사주들이다. 이들이 지금도 이 나라를 대표하는 언론이라고 자랑한다.

50년 전 언론의 사명을 다하려고 발버둥 쳤던 기자들과 그들을 열렬히 응원했던 시민들이 새삼 떠오르는 까닭이다. 그런데도 동아일보 언론투쟁을 다룬 문학예술작품이 별로 없다는 게 기이하고 아쉬웠다. 이번에 대학의 광고홍보학과 현직 교수가 광고인을 주인공으로 해서, 그때 일을 다룬 소설을 썼다고 해서 반가웠다.

그동안 동아투위 역사를 다룬 글들은 주로 기자들의 관점에서 쓴 것이 대부분이었다. 동아일보 언론투쟁은 기자들의 투쟁이기도 하지만 격려 광고를 냈던 수많은 이름 모를 시민들의 항거였다. 그 이름 없는 시민 중 한 사람이었던 동아일보 광고국 직원을 주인공으로 다룬 점이 인상적이었다. 한국언론사에서 '동아일보 광고사태'로 불리는 만큼, 동아일보 광고국 직원의 관점에서 그때 일을 문학적으로 형상화하는 것은 의미 있는 접근방식으로 보인다.

동아일보에 입사하여 기자 생활을 시작한 필자는 1974년에 한국 언론의 첫 노동조합인 동아일보 노조 결성에 참여했고, 같은 해 10월에 '10.24 자유언론 실천 선언'에도 가담했다. 그때까지 천관우 전 주필의 지사적 자세를 따르던 젊은 기자들은 1960년대 초의 4월 혁명과 6.3 한일협정 반대운동에 참여했던 동시대 의식을 강하게 지니고 있었다. 1975년에 해직된 필자는 동료들과 동아투위(동아자유언론수호투쟁위원회)를 결성했다.

동아일보에서는 군사독재가 끝나도 130여 명의 해직자들을 복직시키려 하지 않았다. 그동안 민주화 운동에도 참여하고 새로운 언론의 길도 모색했다. 그 길은 언론인으로 복귀하는 길과 정치운동에 참여하는 길로 나뉘기도 했다. 정치운동과 사회운동을 경험한 뒤, 옛집인 언론운동에 다시 발을 담그면서 작금에 벌어지는 언론과 미디어 현실에 대해 더 많이 생각하게 되었다. 언론자유가 50년 전 수준으로 다시 퇴행하는 것 같아 안타깝기 그지없다.

'음수사원 굴정지인(飮水思源, 掘井之人)'이라는 말이 있다. '물을 마실 때는 그 물의 근원을 생각하고 우물을 판 사람을 생각하라'는 뜻이다. 오늘날 대한민국이 누리는 정치적 자유와 경제적 풍요가 누구에 의해서 어떻게 시작되었는가를 생각하며 과거의 역사를 되돌아볼 필요가 있다. 아무쪼록 이 작품을 특히 젊은 세대들이 많이 읽고, 우리 현대사의 기본가치인 자유와 민주의 성취과정을 깊이 되새겨보는 계기가 되기를 기대한다.

작가의 말

이 소설의 배경은 한국 언론사와 광고사 책에서 '동아일보 광고사태'로 기록되는 역사적 사건이다. '자유언론 실천운동'이면서 '시민광고 저항운동'이었던 동아 사태는 세계 언론사나 광고사에도 유례를 찾기 어려울 만큼 독특한 사건이다. '한국 현대사의 경전(經典)'으로 불리기도 하는 동아 사태의 전말은 간단하다.

유신 독재정권 시절, 언론이 권력에 대한 비판적 기능을 제대로 수행하지 못하자 대학생들이 '언론 화형식'을 벌일 정도로 언론에 대한 불신이 컸다. 이에 1974년 10월 동아일보 기자들이 '자유언론 실천선언'을 계기로 유신 독재정권에 비판적 기사를 쏟아냈고, 독재정권은 광고를 못 하게 기업에 압력을 가했다. 기업 광고가 없어 광고면이 백지로 나가자, 시민들은 격려 광고를 통해 기자들의 언론투쟁을 응원했다. 하지만 1975년 3월, 기자들은 강제 해직당했고 해직자들은 동아투위(동아자유언론수호투쟁위원회)를 결성해서 오늘에 이르렀다.

이 소설은 '동아일보 광고사태'를 광고국 직원의 관점에서 형상화하면서, 민통선에 묻혀있다는 박수근 화백의 그림 찾는 이야기와 버무리고, 메타버스를 통한 시간여행과 다중우주라는 SF적 설정으로 외피를 둘렀다. 그럼으로써 언론사와 광고사가 교차하는 장면을 오늘의 현실과 견주어, 그 현재적 의의를 되짚어 보고 싶었다. 이 소설이 역사의 수레바퀴 속에서도 한 인간이 자신에 내재한 생명력을 펼치면서 신기발현(神氣發顯)하는 이야기인 '신명의 서사'이기를 빈다.

실제 역사적 사건을 배경으로 한 만큼 이 소설은 여러 자료의 도움을 받았다.

우선 동아 사태에 관한 기본 사료인 동아투위의 『자유언론 40년 : 실록 동아투위 1974~2014』(다섯수레, 2014), 진실·화해를위한과거사정리위원회의 「동아일보 광고 탄압 사건 조사보고서」(2008), 그리고 성유보 외 6인의 『너마저 배신하면 이민갈 거야!』(월간말, 2002)가 많은 도움이 됐다. 또 『뉴스타파』에 연재된 기획물 「자유언론 실천 선언 50년」, 손석춘의 『동아 평전』(자유언론실천재단, 2021)과 동아일보사의 『동아일보사사』(동아일보사, 1990) 등의 도움도 받았다.

1970년대 광고계 풍경과 관련해서 김병희·윤태일의 『한국 광고회사의 형성』(컴북스, 2011), 윤태일의 『김석년과 그의 광고시대』(늘봄, 2015)에 실린 원로 광고인들의 증언과 일화가 도움이 많이 됐다.

그밖에 언론사 분야에서는 채백의 『한국언론사』(컬처룩, 2015)와 김영희·박용규의 『한국현대 언론인 열전』(컴북스, 2011), 광고사 분야에서는 신인섭·서범석의 『한국광고사』(나남, 2011)와 한국AP클럽의 『한국 광고홍보 인물사』(나남, 2015)를 참고했다.

소설 속 박수훈 화백의 모델인 박수근 화백에 관해서는 김복순의 『박수근 아내의 일기』(현실문화, 2015)를 참고했다.

제한된 지면에 일일이 이름을 열거하기 어려울 정도로, 이 소설을 쓰는 과정에서 정말 많은 분의 도움을 받았다. 허접한 원고를 끝까지 다 읽고 고견을 주신 많은 분의 인내에 경의를 표하며, 온 마음을 다해 깊이 감사드린다.

2024년 10월

자유언론 실천선언 50주년을 맞아

윤태일